구중천
九重天

구중천 2

임영기 新무협 판타지 소설

초판 1쇄 찍은 날 § 2006년 8월 31일
초판 1쇄 펴낸 날 § 2006년 9월 9일

지은이 § 임영기
펴낸이 § 서경석

편집장 § 문혜영
편집 § 유경화 · 심재영

펴낸곳 § 도서출판 청어람
등록번호 § 제1081-1-89호
등록일자 § 1999. 5. 31
어람번호 § 제2-0998호

주소 § 경기도 부천시 원미구 심곡1동 350-1 남성B/D 3F (우) 420-011
전화 § 032-656-4452 팩스 § 032-656-4453
http://www.chungeoram.com
E-mail § eoram99@chollian.net

ISBN 89-251-0295-1 04810
ISBN 89-251-0293-5 (세트)

구중천
九重天

2
팔대지옥(八大地獄)

임영기 신무협 판타지 소설

Fantastic Oriental Heroes

도서출판 청어람

목
차

第十四章

나찰(羅刹)

"……."

그러나 화무린은 자예를 뿌려내지 못했다.

자예를 막 뿌리려고 하는 순간 허공중에 있어야 할 녹면인은 이미 보이지 않았다.

화무린이 급히 몸을 굴려서 뒤쪽 바위 가장자리로 고개를 내밀어 쳐다보자 녹면인은 뒷모습을 보인 채 이미 십여 장 밖을 쏘아가고 있었다.

녹면인의 행동은 화무린을 발견하지 못했다는 것을 의미했다. 이것은 믿을 수 없는 일이었다.

허허벌판에 우두커니 서 있었는데 삼십여 장 전면까지 마주 달려오던 나찰이 그를 발견하지 못하다니…….

화무린은 어이없기도 하고 믿기 어렵다는 표정으로 녹면인의 뒷모습을 눈으로 쫓았다.

그때 녹면인이 달리면서 힐끗 뒤돌아보았다.

착각인가.

뒤돌아보는 녹면인의 눈구멍에서 새파란 안광이 뿜어져 나오는 것을 발견했다.

그 새파란 안광이 화무린의 동공을 파열시킬 듯했다.

화무린은 움찔 얼어붙었다가 급히 바위 안쪽으로 고개를 움츠리며 숨었다.

녹면인이 돌아볼 줄은 전혀 예상하지 못했다. 한 번도 아니고 두 번씩이나 실수를 하다니…….

불가능에 가까운 일이지만 어쩌면 처음에는 녹면인이 화무린을 발견하지 못했을 수도 있었다. 그러나 이번에야말로 제대로 들켜 버렸다.

그는 바위에 등을 기대고 이번에는 어떻게 해야 할 것인지 급히 염두를 굴렸다.

이번에 제대로 들켰다면 녹면인이 되돌아와서 자신을 죽일 것이 분명했다.

하지만 재주가 미천한 화무린에게 별달리 뾰족한 방법이 있을 리 없었다.

그저 자예를 뿌려대고 마구잡이로 검을 휘두르는 것밖에는.

그는 호흡을 멈추고 자예를 움켜쥔 오른손에 삼십 년 공력을 모조리 주입시킨 채 바위 가장자리로 슬쩍 고개를 내밀었다. 상대를 봐야 어떻게든 대처할 수 있기 때문이었다.

"……!"

그 순간 그는 다시 한 번 어이없는 표정을 짓고 말았다.

까마득한 저 멀리에 녹면인이 하나의 점으로 화해 멀어지고 있는 모습이 보였다.

그곳은 초원이 끝나는 곳이었다.

녹면인은 모습을 감추려고도 하지 않은 채 바위와 바위 사이를 훌쩍훌쩍 건너뛰면서 멀어지고 있었다. 화무린과의 거리는 족히 백여 장이 넘을 듯했다.

화무린은 멀거니 녹면인의 뒷모습을 바라보았다. 잠시 머릿속이 텅 빈 듯 아무것도 떠오르지 않았다.

그는 아직도 녹면인이 자신을 발견하지 못했다는 사실—아니면 발견하고도 그냥 가버린 사실—을 믿을 수가 없었다.

문득 조금 전에 뒤돌아보던 녹면인의 두 눈에서 새파란 안광이 뿜어지던 광경이 퍼뜩 뇌리를 스쳤다.

'설마 나를 발견하고도 그냥 간 것이라면?'

그것은 더욱 있을 수 없는 일이었다.

하지만 있을 수도 없고 믿을 수도 없는 일은 이미 방금 전에 두 번씩이나 일어나지 않았는가.

화무린은 녹면인의 안광을 기억해 냈다. 안광은 화무린의 동공 속으로 파고들었었다.

녹면인이 화무린을 발견하지 못했다는 것은 불가능하다.

그렇다면 발견했으면서도 그냥 갔다고 보는 쪽이 맞다.

하면 왜 그냥 갔는가?

설마 녹면인이 두 눈에서 뿜어낸 두 줄기 녹광(綠光)이 무언가를 암시하는 것이라는 말인가?

'경고다!'

그 순간에 왜 그런 생각이 들었는지는 알 수 없었다.

하지만 화무린은 반사적으로 녹면인의 안광에 담겨 있는 암시가 '경고'라고 판단했다.

'무엇을 경고하는 것인가?

문득 구중천에 오기 전 축록방 방주의 방에 들어가서 보물을 훔치려다가 걸렸을 때 축록방주 함중이 했던 말이 생각났다.

살무사가 개구리를 반쯤 삼키다가 멈춘 채 어쩌고저쩌고… 무언가를 물었다는 얘기이다.

지금은 녹면인이 살무사였다. 그는 개구리인 화무린을 삼킬 생각도 하지 않고 경고를 보냈다.

경고란 위험을 미리 알리는 것이다.

순간 화무린의 머리를 섬전처럼 스치는 뭔가가 있었다.

그는 급히 두 개의 바위 틈새에 눈을 대고 열천의 발원지가 있는 호수 쪽—나찰이 쏘아왔던 방향—을 쳐다보았다.

"……!"

다음 순간 그는 숨이 탁 막혔다.

하나의 붉은 인영이 수십 장 밖에서 이곳 바위 쪽을 향해 일직선으로 쏘아오고 있는 모습이 그의 동공에 쑤셔 박혔다.

붉은 인영은 화무린이 본 적이 있는 야차의 복장이었다.

화무린은 급히 틈새에서 눈을 떼고 물러났다.

나찰이 화무린을 발견하고서도 살무사의 아량(?)을 베푼 것이 분명하다면 야차에게까지 그 아량을 기대할 수는 없었다.

화무린은 재빨리 자신이 있는 공간 주위를 둘러보았다.

마침 한 사람이 끼어들 만한 좁은 공간이 눈에 띄자 즉시 그 사이로 비집고 들어갔다.

요행의 연속이랄까.

화무린이 몸을 숨긴 바위 위쪽이 안쪽으로 비스듬히 굽어 있어서 위에서 아래로 내려다 보이는 그의 모습을 가려주고 있었다.

만약 야차가 그 위로 날아서 넘어가다가 아래를 굽어보더라도 화무린을 발견하긴 어려울 것 같았다. 화무린이 모든 기척을 감춘 채 제대로만 은신해 있어준다면 말이다.

우주의 모든 운행이 멈춰 버린 듯한 적막이 흘렀다.

일체의 소리도 들리지 않았다.

그래서 야차가 얼마나 왔는지, 아니면 이미 지나갔는지조차도 알 수가 없었다.

화무린은 운공을 하여 호흡은 물론 맥박마저 완전히 정지시킨 상태에서 오른손에 한 움큼의 자예를 거머쥔 채 바위와 하나가 되어 기다렸다.

펄럭~

그때 가벼이 옷자락 펄럭이는 소리가 나며 화무린의 앞쪽 두 자 남짓 되는 바위 사이로 하나의 붉은 인영이 스쳐 지나갔다.

쭈뼛.

머리털이 곤두섰다.

어째서 야차가 조금 전의 나찰처럼 바위 위로 날아서 넘어갈 것이라고만 예측했는지 어이가 없었다.

화무린이 야차의 입장이라고 해도 힘들게 바위 위를 날아 넘지 않고 쉽게 바위 옆으로 지나쳤을 것이다.

그래서 그는 또 깨달았다.

나찰이 바위 위로 날아 넘었던 행동은 최초의 경고였던 것이다.

만약 야차가 스쳐 지나가면서 화무린 쪽으로 고개만 슬쩍 돌렸더라도 그를 발견하는 것은 너무도 간단한 일이었을 것이다.

화무린은 자신이 아예 바보 멍청이가 돼버린 것 같은 기분에 사로잡혔다.

잠시가 지났지만 야차의 모습은 다시 나타나지 않았다.

화무린의 온몸과 정신은 슬쩍 건드리기만 해도 폭발할 것처럼 팽팽하게 긴장했다.

그리고 그의 머릿속에 하나의 사실이 뚜렷이 새겨졌다.

나찰이 경고하려던 것은 바로 야차의 출현이었다. 정황상 그것은 너무도 명백했다.

'대체 왜?'

의문이 먹구름처럼 피어났지만 현재로선 그것에 대한 답을 알아내는 것은 불가능했다.

그는 자신이 지금 무엇을 어떻게 대처해야 하는지도 모르고 있다가 숨어 있던 바위 사이에서 황급히 나와 야차가 사라진 쪽 바위 가장자리로 조심스럽게 고개를 내밀었다.

온몸에 피 칠을 한 듯한 야차의 뒷모습이 칠십여 장 밖에서 멀어져 가고 있었다.

화무린은 야차가 경공술을 전개하는 광경을 보면서 한 가지 사실을 더 깨달았다.

나찰의 경공술은 야차보다 훨씬 빨랐다. 또한 옷차림도 나찰이 좀 더 격이 높았다.

어쨌든 나찰의 경고가 없었다면 추호의 경계심도 없이 열천의 발원지로 향하던 화무린은 십중팔구 야차에게 발각되어 죽임을 당했을 것이다.

나찰이 야차로부터 화무린을 보호해 주었다. 같은 동료, 그것도 윗사람인 나찰이 말이다.

세상에 공짜란 결코 없다. 그리고 이유없는 친절이나 원인 없는 결과도 있을 수 없다.

은혜를 베풀었다면 반드시 대가로 원하는 무언가가 있을 것이다.

대체 나찰이 바라는 대가는 무엇인가?

곰곰이 생각에 잠겼던 화무린은 또 한 가지 사실에 생각이 미치자 마치 번갯불이 심장을 관통한 듯한 충격에 휩싸였다.

'나찰은 나라는 존재가 지궁계에 있다는 사실을 미리부터 알고 있었다! 그래서 나를 줄곧 감시하고 있었을 것이다!'

거기에 생각이 이르자 온몸의 소름이란 소름이 한꺼번에 버적거리면서 돋아났다.

그런 상상은 충분히 가능했다.

'경고'나 '대가' 같은 것들을 생면부지의 사람에게 행하거나 원하는 사람은 없다.

물건을 사려면 우선 그 물건을 자세히 보고 가치와 쓰임새를 평가하는 것이 기본이다.

나찰은 '화무린'이라는 물건을 줄곧 지켜보다가 결국 사기로 결정한 것이다.

감시하고 있었다면 언제부터였을까?

아니, 그런 것이 무에 중요하다는 말인가?

기분이 아주 묘해졌다.

위기감이나 공포 같은 것이 아니라 한마디로 더러운 기분이었다. 자신이 감시당하고 있었으며, 좌판에 진열된 하나의 물건이 돼버린 듯한 기분.

화무린은 이런 상황에서 열천의 발원지를 탐사하는 것은 무의미하다고 판단하여 은신처로 되돌아가기로 마음먹었다.

지궁계에도 야차와 나찰이 있는 것을 지금이라도 알았으니 돌아가는 길은 극도로 조심해야 할 터이다.

몸을 일으키며 출발하려던 그는 잠시 망설였다.

이동하기에는 낮보다 밤이 더 낫지 않을까 해서였는데 잠시 생각해 보니 오히려 밤이 더 불리할 것 같았다.

어둠이 어느 정도 눈에 익었다고는 하지만 그로서는 낮이 더 환해서 활동하기가 수월했다.

반면, 무공이 뛰어난 야차들에게 어둠은 큰 장애가 되지 못할 것이다.

물고기를 물 밖으로 끌어내는 것이 어려운 법이지, 땅에 올라와서 퍼덕거리는 물고기를 잡는 것은 문제도 아니다. 화무린이 밤에 이동한다면 그 꼴이 되고 말 것이다.

결정을 내린 화무린은 즉시 은신처를 향해 이동하기 시작했다.

올 때는 계류를 따라 유람이라도 하듯이 거리낌없이 이것저것 구경하면서 걸어왔었다.

하지만 갈 때는 최대한 몸을 은폐시키면서 조금씩 이동하기 때문에 올 때보다 세 배 이상 이동이 더뎠다.

이러다가 밤이 되면 오도 가도 못하는 신세가 되고 말 것이라는 생각이 들자 화무린은 초조해졌다.

지금 시간이라면 전력으로 달려도 어두워지기 전에 은신처에 닿을까 말까 한데 주위를 최대한 경계하면서 은폐물과 은폐물 사이를 찔끔찔끔 가고 있으니 답답하기 짝이 없었다.

'제길!'

그는 지궁계를 처음 발견한 이후 조심하지 않고 마음대로 행동했던 것을 뒤늦게 후회했다.

그랬기 때문에 나찰에게 발각됐을 것이고, 그때부터 나찰의 감시하에 들어갔을 것이다.

왜 지궁계에는 야차나 나찰이 없다고 단순하게 생각했던 것일까?

아니, 지궁계라는 새로운 세계를 발견하고, 그곳에 적응하고, 또 탐사하면서 야차나 나찰의 존재 여부를 잠깐이라도 생각은 해봤는지조차 의심스러웠다.

갑자기 변해 버린 환경. 마침내 지옥을 벗어나 천국으로 들어와 목숨을 건졌다는 안도감 때문에 그런 생각 따윈 아예 해보지도 않은 것 같았다.

'제길!'

화무린은 자신도 모르는 사이에 끈끈한 거미줄에 걸려들었다는 생각이 들었다.

몸부림치면 칠수록 더욱 친친 옭아드는 거미줄.

거미라는 놈은 자신이 쳐놓은 거미줄에 걸려든 곤충을 금세 잡아먹지 않는다.

당연히 나찰은 거미이고, 거미줄에 걸려서 퍼덕이고 있는 가련한 곤충은 화무린이다.

그때 퍼뜩 한 가지 생각이 그의 뇌리를 스쳤다.

다른 곤충, 즉 거미보다 약한 곤충들은 거미가 무서워서 거미줄에 걸려든 곤충을 감히 탐내지 못할 것이다.

지궁계에서 다른 곤충이 있다면 야차다. 혹은 화무린과 같은 신세의 다른 자가 있든가.

아까 나찰이 경고를 보내 화무린을 야차로부터 보호(?)한 것이 분명하다면 그것은 결코 일회성으로 끝나지 않을 것이다.

나찰은 그 어떤 목적 때문에 화무린이 야차에게 발각되거나 죽는 것을 원하지 않는 것이다.

그렇기 때문에 그 목적을 이루기 전까지는 계속 화무린을 보호할 것이 분명했다.

'좋아!'

모험을 해보기로 했다.

화무린은 숨어 있던 바위 사이에서 벌떡 일어나 열천 가장자리를 따라서 어슬렁거리며 걸어갔다.

이제는 주위를 두리번거리지도 않았으며 조금도 겁먹은 얼굴이 아니었다.

이어서 그는 열천 하류를 향해 느릿하게 걷기 시작했다.

조금 전과는 달리 야차에게 발각될 것을 염려하지도 않았으며, 어두워질 것을 신경 쓰지도 않았다.

어쩌면 야차에게 발각될지도 모른다. 하지만 나찰이 충분히 방패가 되어줄 것이라고 믿었다.

고심 끝에 결단을 내리고 모험을 하기로 했으면 결행한다.

가진 것이라곤 별로 없는 그에게 두둑한 배짱은 내세울 만한 재산 중 하나였다.

지궁계에 칠흑 같은 어둠이 깔리고도 한참이 지나서야 화무린은 은신처에 당도했다.

결국 그의 추측과 결정이 맞은 것 같았다.

그는 아무 일도 없이 은신처까지 무사히 도착할 수 있었다.

야차가 그를 발견했었는지 나찰이 근처에서 배회하며 그를 보호했는지에 대해서는 눈곱만큼도 알 수가 없었다.

중요한 것은 아무 일도 일어나지 않았다는 사실이다.

그래서 모험은 성공했다.

이로써 나찰이 그를 엄호하고 있는 것이 분명해졌다.

원래 그의 은신처는 무척이나 교묘했다.

열천의 아담한 소 옆에 커다란 바위 십여 개가 윗부분을 맞대고 있는 곳 바깥쪽 아래에는 여간해서는 잘 눈에 띄지 않을 무성한 이끼에 덮인 좁은 소로가 있다.

그곳으로 삼 장쯤 진입하면 위쪽이 온통 커다란 바위 지붕으로 가려진 폭 이 장가량의 공터가 나오는데, 공터 둘레는 크고 작은 바위들이 쌓여 있으며, 그중 하나의 바위를 치우면 마침내 은신처가 나타난다.

화무린은 공터에서 일각 동안 장승처럼 우뚝 서서 무언가를 기다리는 듯하다가 이윽고 바위를 치우고 은신처로 들어갔다.

화무린은 열천 발원지로 가는 도중 운 좋게 구한 독각망과 청표사의 내단을 은신처 안에서 복용한 후 내리 사흘 동안 운공에만 몰두했다.

아령은 가부좌를 하고 있는 화무린의 곁에서 꼼짝도 하지 않고 그를 지켰다.

물론 화무린도 아령도 이틀 동안 아무것도 먹지 않았다.

얼마 전에 화무린이 복용했던 두 개의 백린홍점사 내단과 독각망의 내단은 극양지기였으며, 청표사의 내단은 극음지기였다.

말하자면 둘은 상극이었다.

그래서 처음에는 극양지기와 극음지기가 그의 체내에서 제멋대로 돌아다니면서 서로 충돌하며 융화를 이루지 못해 여간 애를 먹지 않았었다.

하지만 한시도 쉬지 않고 하루를 꼬박 허비하여 운공한 덕분에 네 가지 기운을 한데 모아 공력으로 만드는 데 끝내 성공했다.

그것으로써 그는 단숨에 삼십 년 정도의 공력이 증진되는, 기대조차 하지 않았던 성과를 거두게 되었다.

하지만 그는 네 개의 내단을 녹이고 융화시켜서 본래의 공력과 합쳤다고만 생각했으며 공력에 약간의 보탬이 됐을 것이라고만 여겼다.

자신의 공력이 졸지에 삼십 년이나 증진되어 도합 일 갑자가 됐다는 사실은 짐작조차 못하고 있었다.

사부도 없고 무공에 대한 조언자도 없이 혼자서 운공만 해 온 그는 대체 십 년 공력이 어느 정도인지, 얼마나 운공을 해야 일 갑자의 공력이 되는지조차도 모르고 있었다.

그러므로 예전 자신의 공력이 정확하게 삼십 년 수준이었다는 사실을 모르고 있었던 것은 당연했다.

다만 다섯 살 때부터 조화무극심법을 꾸준히 운공해 온 터라 언제부터인가 자신의 단전에 무언가 든든한 것이 형성되기 시작하더니 그것이 점차 강하면서도 커지고 있다는 사실을 느끼고, 그것이 공력일 것이라고 막연히 추측하는 정도일 따름이었다.

부친은 가문의 내공심법인 조화무극을 다섯 살짜리 아들에게 전수하면서 많은 설명을 해주지 않았다.

그저 조화무극심법을 삼 년 동안 꾸준히 운기조식하여 몸

과 마음을 최상으로 만들고 나면 그때부터 일인전승(一人傳
承)하는 가문의 절학을 본격적으로 전수하겠다는 말을 해주
었을 뿐이다.

화무린이 '무림' 이나 '무공' 에 대한 지식을 얻을 수 있었
던 곳은 하오문이나 건달패, 거지패 따위가 고작이었다.

건달패나 거지패에서 무림의 지식을 얻는다는 것은 요원
한 일이었고, 하오문에서도 밑바닥 심부름만 하던 그가 무림
에 대한 지식을 얻어봤댔자 얼마나 얻었겠는가.

다만 공력이 무엇인지, 무림이란 어떤 형태와 체제, 속성이
있는지 수박 겉 핥기 식으로 얻어들은 정도에 불과했다.

화무린으로서는 모르는 것이 당연하지만 사실 독각망은
무려 삼 백년 정도, 청표사가 이백 년, 백린홍점사가 각각 백
년씩 묵은 뱀이라는 사실이었다.

만약 그가 백린홍점사의 내단만으로 공력을 증진시키려고
했다면 수십 마리의 배를 갈라야만 했을 것이다.

단순히 산술적인 계산이라면 백 년 묵은 백린홍점사 일곱
마리를 모두 합쳐서 칠백 년이니까 그것들의 내단 일곱 개를
복용하면 삼십 년 공력이 되지 않겠느냐고 할 수 있겠지만 답
은 아니올시다이다.

더덕을 깊은 산중에 천 년 동안 묻어놓아 봐야 그건 천 년
묵은 더덕일 뿐이지 산삼이 아닌 법이다.

물론 천 년 묵은 더덕은 귀할 뿐 아니라 효능도 높다. 그렇

지만 어찌 천 년 묵은 산삼에 비하겠는가.

독각망은 천 년 묵은 산삼이고, 청표사는 백 년쯤 묵은 인삼이라고 할 수 있었다. 그러니 더덕이 아무리 많아야 산삼이나 인삼의 효능을 능가하겠는가.

바야흐로 화무린은 일 갑자의 공력을 보유했다.

그리고 해를 넘겼으니 그의 나이는 십육 세가 됐다.

무림에서도 십육 세 소년이 일 갑자 공력을 보유하고 있는 경우는 그리 흔치 않았다.

그의 심신은 기름진 밭, 즉 옥토(沃土)가 된 것이다.

부친이 살아 있었다면 그 옥토에 가문의 비전절학이라는 씨앗을 뿌려주었을 것이다.

그러나 부친은 죽었다.

따라서 옥토에 어떤 씨앗을 뿌릴 것인지는 화무린이 선택해야만 하고, 그래서 구중천에 왔다.

팔대지옥을 통과해야만 그의 옥토에 그가 원하는 최상의 씨가 뿌려질 터이다.

그는 은신처에서 꼼짝도 하지 않은 사흘 동안의 이틀째에는 하루 종일 운공조식만 했다.

이틀째의 운공은 첫째 날의 운공과는 사뭇 다른 의미를 가졌다.

첫날에 네 개의 내단을 녹이고 융화시켜서 공력으로 만들었다면, 이틀째에는 그 공력을 온몸 사지백해와 기경팔맥으로 끊임없이 회전시키면서 완전히 자신의 것으로 만드는 일에 주력했다.

이틀째 마지막 운공을 끝냈을 때 화무린은 심신이 이틀 전과는 비교도 할 수 없을 정도로 크게 달라졌다는 사실을 생생하게 느낄 수 있었다.

예전에도 한차례 운공을 하고 나면 온몸에 힘이 넘치고 머리가 더없이 청량했지만 지금의 느낌은 힘이 넘치는 정도가 아니라 아예 폭발할 지경이었다.

그래서 주먹을 휘두르기만 하면 거대한 산악마저도 반으로 쪼갤 수 있을 것 같은 자신감이 넘쳤다.

또한 경공술을 배운 적은 없지만 몸은 한 조각의 구름인 양 가벼웠다.

실제로 그는 한번 시험해 볼 요량으로 일어서서 힘껏 발을 굴려보았다가 몸이 탄환처럼 솟구쳐 올라 이 장 높이의 바위 천장에 머리를 호되게 부딪쳐야만 했다.

사흘째에는 오직 생각만 했다.

가문의 멸문.

부모의 처참한 죽음.

낯선 자들에게 끌려간 후 생사를 알 길 없는 누이.

그후 자신이 살아온 치열했던 구 년여의 세월.

강북의 내로라하는 명문세가들을 찾아가 입문시켜 달라고 애원하다가 문전박대에 숱하게 뭇매를 당했던 일들.

그리고 악가장.

죽어서 한 줌의 재가 돼서도 잊을 수 없을 것 같은 절망과 슬픔을 안겨주었던 곳.

그리고 지금 처해 있는 상황 등등을…….

추억과 고뇌와 갈등의 끝 자락에서 고뇌하던 그는 마침내 한 가지 결정을 내렸다.

'지궁계에 숨어 있는 것은 도피다. 팔대지옥을 통과해야 구중천에 들어 내가 원하는 무공을 배울 수 있지 않겠는가! 설마 나라는 놈은 죽을 때까지 이곳에서 숨어 살 생각이라는 말인가?'

그런 결정을 내린 직후 그는 은신처에서 당당하게 걸어나와 공터 한복판에 우뚝 섰다.

그렇게 잠시 묵묵히 서 있다가 허공을 응시하면서 나직하게 중얼거렸다.

"이제 그만 나타나시오."

느닷없는 말이었다.

그러나 잠시가 지나도록 아무도 나타나지 않았다.

"당신이 나찰이라는 것, 그리고 날 감시하고 있으며 사흘 전에는 내게 경고를 보내 야차로부터 구했다는 사실을 알고 있소. 할 말이 있으니 나오시오."

그래도 반응이 없자 그의 입가에 흐릿한 냉소가 매달렸다. 일부러 지으려고 해도 짓기 어려운 미묘한 냉소였다.

"후후, 내 실력으로 당신을 어떻게 할 수 없다는 사실을 인정하고 있소. 그렇다고 이런 식으로 나를 너무 무시하면 서로 득 될 게 없을 것 같은데?"

나찰은 화무린 한 명을 감시하느라 하루 종일을 허비하지는 않을 것이다.

그러나 지난 사흘 동안 은신처에서 꼼짝도 하지 않았던 그의 행동은 나찰의 관심을 끌기에 충분했을 터.

그래서 지금쯤 나찰이 은신처 주변에 은둔한 채 자신을 지켜보고 있을 것이라는 게 화무린의 추측이며 또한 확신이었다.

스릉!

"결국 당신이 나로 하여금 최후의 방법을 쓰도록 강요하고 있군. 잘 보시오. 내가 할 수 있는 방법이래야 기껏 이런 것밖에는 없소."

화무린은 어깨에서 느릿하게 검을 뽑았다.

이어서 슬쩍 닿기만 해도 살이든 뼈든 베어버릴 듯한 날카로운 검날을 자신의 목에 갖다 대고는 마치 친한 벗에게 어제 있었던 일상의 일을 설명하는 듯이 말을 이었다.

"만약 이 말이 끝날 때까지도 당신이 내 앞에 모습을 드러내지 않는다면 내 목을 자르겠소. 내가 죽으면 나는 모든 것을 잃겠지만 당신은 무얼 얼마나 잃을지 모르겠소. 하지만 분명히 나보다 많은 것을 잃지는 않겠지. 어쨌든 지금 내가 할 수 있는 일은 이러는 것뿐이오."

말을 끝낸 화무린은 검을 쥔 오른손에 불끈 힘을 주어 자신의 목을 자르려고 했다.

그런데 어찌 된 일인지 검이 꼼짝도 하지 않았다.

그 순간 화무린은 나찰이 나타나서 검을 잡고 있는 것임을 직감했다.

녹면인 나찰은 화무린의 왼쪽 어깨 뒤에 우뚝 서서 뾰족한 검봉을 엄지와 검지 두 손가락만으로 가볍게 잡고 있었다.

그는 정말로 화무린의 말이 채 끝나기도 전에 나타났다.

과연 화무린의 무지막지하고도 위험천만한 또 한 번의 모험이 성공을 거둔 것이다.

나찰은 화무린이 짐작한 것처럼 평소에는 하루 종일 그를 감시하진 않는다.

그만큼 한가하지 않기 때문이다.

그러나 화무린이 지난 사흘 내내 두문불출하자 사흘째 되는 어제 오후부터 나흘째 오전인 지금까지 은신처 근처에 은둔하여 동태를 살피고 있는 중이었다.

나찰은 화무린을 필요로 했다. 그러나 매우 중대한 일에 필요한 것은 아니었다.

화무린의 추측 중 한 가지 틀린 것이 있었다. 그것은 그가 지궁계에 들어선 후에 나찰의 눈에 띄어 감시를 받게 된 것이 아니라는 사실이었다.

나찰은 화무린이 알부타에 떨어지기 전에 이미 누군가로부터 그를 눈여겨보라는 명령을 받았었다.

나찰이 관찰한 결과 그는 팔대지옥에 떨어진 다른 사람들과 별반 다른 점이 없는 것처럼 보였다.

하지만 그가 알부타에서 게, 즉 추해가 사라진 바닥의 틈새를 살피다가 거대한 바위 밑으로 기어들어 간 순간부터 나찰은 그를 조금쯤은 달리보기 시작했다.

이후 그가 백령예 아령을 구해주고 바위 아래 틈새를 벽월도로 파내어 마침내 지궁계에 들어섰을 때에는 그 관심의 도가 조금쯤 더 높아져 있었다.

물론 팔대지옥에 들어왔다가 지궁계를 발견한 사람은 화무린이 처음은 아니었다.

하지만 그들은 팔대지옥에 떨어진 전체 인원의 겨우 천분의 일에 불과했다.

화무린은 나찰이 출현하자 내심으로는 극도로 긴장한 상태였다.

하지만 다행히 그는 지난 구 년여 동안의 혹독했던 삶 덕분에 내심을 어떻게 하면 겉으로 드러내지 않는지를 완벽하게 터득하고 있는 상태였다.

그래서 그의 긴장과 놀라움, 동요는 이 순간 추호도 겉으로 드러나지 않고 있었다.

화무린의 뒤에 서 있는 나찰이 그의 얼굴 표정은 보지 못한다고 해도 사람의 내심은 얼굴로만 드러나는 게 아니다.

몸의 미미한 떨림, 호흡, 목덜미에 생기는 교부(鮫膚) 등으로도 충분히 표출되기 마련이다.

정말 강심장을 지녔거나 초인적인 극기(克己)로서 내심을 감추는 능력이 있는 사람만이 그것들을 드러내지 않을 수 있는데 화무린은 후자에 속했다.

그런데 화무린은 그 행위를 한동안 유지하다가 어느 순간에 이르자 상대는 물론 자기 자신마저도 감쪽같이 속이고 마는 기이한 현상에 휩싸이게 되었다.

즉 자신의 위장이 너무 완벽하다 보니까 상대를 속이고 나서 거기에 심취해 버린 자신도 속게 되는 현상인 것이다.

그렇게 되면 굳이 애써서 내심을 감출 필요가 없게 된다.

나찰의 녹면에 뚫린 두 개의 눈구멍에서 파르스름한 안광이 흘러나와 빠르고도 날카롭게 화무린을 살폈다.

하지만 그는 화무린에게서 그의 내심에 대한 어떠한 징후도 발견해 내지 못했다.

슥—

나찰은 검을 놓아주고 한 걸음 뒤로 물러섰다.

척!

화무린은 검을 검집에 꽂으며 천천히 나찰을 향해 돌아섰다. 서두르지 않는 여유있는 동작이고 자세였다.

나찰의 안광이 조금 더 짙어지면서 화무린의 얼굴을 훑었다. 하지만 그 눈빛은 곧 가벼이 흔들리면서 옅어졌다.

화무린의 얼굴에서 어떤 동요의 표정도 발견해 내지 못했으며, 그의 얼굴이 예상 밖으로 무심하게 가라앉아 있었기 때문이다.

지금 이 순간 오히려 나찰이 속으로 적잖이 놀라고 있었다.

나찰이 여태껏 지켜본 화무린이라는 소년은 그저 평범한 정도에서 조금 벗어난 정도의 수준이었다.

그에게 명령했던 그 누군가의 말처럼 특별히 눈여겨볼 만한 재목은 아니라는 뜻이다.

그런데 그것이 나흘 전에 깨졌다.

나흘 전 열천의 발원지로 향하던 화무린은 나찰의 경고를 간파하고 야차로부터의 위험을 모면할 수 있었다.

원래 나찰은 보름쯤 더 지켜보다가 화무린의 앞에 모습을 드러낼 계산을 하고 있었다.

하지만 조금 일찍 모습을 드러냈다고 해서 일이 차질을 빚는 것은 아니었다.

화무린이 나찰의 두 번에 이은 경고를 어렵사리 간파하여 적절하게 대처했다는 사실 정도로는 그가 뛰어난 기재라고까지 말할 수는 없었다.

나찰은 화무린이 그쯤에서 은신처로 돌아갈 것이라고 예측했고, 화무린은 그대로 실행했다.

하지만 나찰이 화무린의 행동을 예측할 수 있었던 것은 거기까지였다. 예기치 못한 상황은 그 직후에 벌어졌다.

극도로 조심하면서 은신처로 향하던 화무린이 갑자기 벌떡 일어나 열천 가로 가는가 싶더니 그때부터 마치 유람이라도 나온 것처럼 느긋하게 걸어가는 것이었다.

그때부터 나찰은 화무린이 은신처에 도착할 때까지 그를 보호하느라 한시도 경계를 게을리 하지 못했다.

다행히 야차가 나타나지 않아서 나찰이 특단의 조치를 취해야 하는 사태가 발생하지는 않았지만 바로 그 사건 때문에 나찰은 화무린을 전혀 새롭게 보게 되었다.

화무린의 그런 돌발적인 행동은 나찰이 자신을 보호하고 있다는 사실을 간파하고 오히려 그것을 역이용한 것이었으며, 나찰로서는 전혀 예상하지 못한 일이었다.

즉, 뒤통수를 한 대 제대로 얻어맞은 것이었다.

뒤이어 사흘 동안의 두문불출.

그러더니 나흘째에 불쑥 나타나 자신의 목에 칼을 갖다 대고는 나찰이 나오지 않으면 자살하겠다고 위협까지 한다.

제 손으로 제 목을 자르겠다는 것이다.

나찰은 그동안 자신이 화무린을 잘못 판단했음을 깨달았다.

이놈은 정말 심상치 않은 놈이었다.

第十五章

귀명비도(鬼鳴飛刀)

구중천(九重天)

"할 말이 뭐냐?"

지궁계의 날씨는 그리 춥지 않았지만 화무린은 나찰의 중얼거림을 듣는 순간 자신도 모르게 오싹 몸을 떨었다.

만 년 동안 꽁꽁 얼었던 빙하가 조금씩 녹으면서 한기(寒氣)를 뿜어낸다면 아마도 방금 나찰의 입, 아니, 녹면 사이에서 흘러나온 섬뜩한 음색의 말과 비슷한 느낌을 줄 것이 분명했다.

나찰의 눈에서는 화무린을 겁주기 위한 녹광이 더 이상 흘러나오지 않았다.

그래도 화무린의 생살여탈권이 그의 손에 쥐어져 있다는

사실에는 변함이 없었다.

"나한테… 크흠! 워, 원하는 것이 무엇이오?"

화무린은 긴장 때문에 입 안은 물론 목구멍까지 바싹 말라 있는 것을 모른 채 말하다가 목이 칼칼해서 헛기침을 하는 바람에 본의 아니게 말을 더듬는 꼴이 되고 말았다.

"너는 알 자격이 없다."

화무린은 눈살을 찌푸리며 내뱉었다.

"내게 무언가를 바라는 게 아니었나?"

"달걀에게 장차 닭으로 키워진 후 삶을 것인지 튀길 것인지를 미리 말해줘야겠느냐?"

"……."

"게다가 이곳에서는 닭이 되기도 전에 달걀이나 병아리 때 죽어버리는 경우가 대부분이지."

나찰의 말에 의하면 현재의 화무린은 달걀이다.

그런데 대부분의 달걀이 채 닭이 되기도 전에 죽으며, 운이 좋아서 닭이 된다 한들 삶아지거나 튀겨진다는 것이다.

화무린은 미간을 좁혔다.

"나는 당신에게 선택된 것이오?"

"그런 셈이다."

'셈이다'는 '그렇다'와 다르지만 화무린은 문제삼지 않았다.

"당신의 보호를 받아 요행히 살아남는다고 해도 결국 삶아지거나 튀겨질 팔자라는 것이로군."

나찰은 말을 절제하고 있었다. 말을 해야 할 때는 최대한 짧게, 그 외에는 굳게 입을 다물었다.

"선택을 거부할 수 있소?"

"그렇다."

뜻밖의 대답이었다.

닭이 된 후에는 삶아지거나 튀겨진다는 것, 즉 구중천에서 살아나간 후 구중천, 혹은 나찰을 위한 일을 행하다가 희생당해야 하는 길을 가지 않을 수도 있다는 것이다.

"거부하면 어떻게 되오?"

"내 보호를 받지 못하게 된다."

어쩌면 그 말은 별게 아닌 것처럼 들릴 수도 있다.

하지만 나찰의 보호를 받는 것과 받지 못하는 것은 생과 사를 결정짓는 것이라고 단언할 수 있을 정도로 극명한 차이가 있었다.

"내가 거부하면 지금 이 자리에서 날 죽일 것이오?"

"하루의 여유를 준다."

그 하루 동안에 어디로든 도망치든가 숨든가 마음대로 하라는 것이었다.

문득 화무린은 여태 너무 긴장하고 있던 나머지 나찰이 무슨 말을 하는지 내용에만 신경을 쓰고 그의 목소리에는 전혀 귀를 기울이지 않았던 사실을 뒤늦게 깨달았다.

그런데 이제야 귀가 트였다.

나찰의 목소리는 여전히 만 년 빙하가 녹는 것처럼 싸늘하기 짝이 없었지만 분명히 여자의 음색이었다.

'여자……'

그러나 다시 한 번 확인해 볼 필요가 있었다. 차가운 목소리와 여자의 목소리는 왠지 비슷하기 때문이다.

"지궁계에는 나 이외에 다른 사람도 있소?"

"지궁계가 뭐냐?"

틀림없는 여자의 목소리였다.

"나는 이곳에 지궁계라는 이름을 붙였소."

"어제까지 네 명이 있었다."

"어제까지라면 지금은 아니라는 뜻이오?"

"지금은 너를 포함해서 세 명이 있다."

화무린은 문득 뇌리를 스치는 뭔가가 있었다.

"혹시 그 한 명은 죽었소?"

"그렇다."

화무린은 슬쩍 나찰의 손을 쳐다보았다.

그 손은 화무린이 자신의 목을 베는 것을 제지하고 나서 미처 견폐 속으로 들어가지 않고 있었다.

나찰의 손은 길고 희며 섬세했다.

그러고 보니 허리까지 이르는 녹색의 견폐에 감싸인 몸매도 늘씬했으며, 가슴도 봉긋했고, 허리까지 이르는 길고 검은 머리카락도 여자의 것 같았다.

　나찰은 화무린의 시선을 의식해서인지 손을 미끄러지듯이 견폐 속으로 집어넣었다.

　"혹시 죽은 한 명은 선택받기를 거절했소?"

　화무린은 다시 본론으로 돌아갔다. 대화를 하는 중에 그는 어느 정도 안정을 되찾고 있었다.

　"그렇다."

　"당신이 죽였소?"

　나찰은 대답하지 않았다. 침묵은 그가, 아니, 그녀가 죽였다는 사실을 대신하고 있었다.

　또한 화무린이 선택받기를 거절할 경우 그 역시 지금 이 나찰에 의해서 죽을 것이라는 사실을 암시하고 있었다.

　"선택을 받아들였을 경우에 나는 어떻게 되오?"

　나찰의 녹면 사이로 전혀 예기치 않았던 말이 흘러나왔다.

　"팔대지옥에서 석 달 동안 살아남으면 자연히 구중천으로 오르게 되어 있다."

　무조건 석 달 동안만 견뎌서 살아남기만 하면 팔대지옥에서의 엄청난 고통과 구중천에 들어오는 자들 중 무려 칠 할이 죽어야만 하는 험로를 면제받는다는 것이다.

　그것은 뿌리치기 어려운 유혹이 분명했다.

　아마도 팔대지옥에서 살아남게 되는 자들 삼 할 중 구 할은 또다시 구중천에서의 무공 수련 중에, 혹은 또 다른 일로 죽음을 당하거나 도태될 것이다.

"그것뿐이오?"

그것만으로도 굉장한 혜택이라고 할 수 있었지만 화무린은 슬쩍 욕심을 부려봤다.

"구중천에서의 무공 수련 중 원하는 무공 한 가지를 더 선택할 수 있는 기회를 준다."

어쩌면 그것은 팔대지옥에서 살아남게 해주는 것보다 더 큰 혜택일 수도 있었다.

구중천에 들어오는 사람들의 목적은 하나같이 자신이 원하는 최고의 무공을 배우기 위해서이다.

바깥 세상에서는 그것이 불가능하니까 만 냥의 은자를 준비해서 '입백출일'의 위험을 감수하면서까지 구중천에 오는 것이다.

그나마도 구중천으로 오는 방법은 워낙 까다롭기 때문에 마음만 있다고 올 수 있는 게 아니었다.

그저 팔대지옥에서 살아남는 것이 목적이었다면 애초에 구중천에 오지도 않았을 화무린이다. 오지 않았다면 팔대지옥 따윈 경험하지 않아도 되었을 것이다.

그러므로 팔대지옥에서 살아남게 해주고 또 원하는 무공한 가지를 더 보장해 주겠다는 조건은 최상 그 이상이었다.

그 정도의 혜택을 준다는 것은 또한 장차 선택된 자들에게 요구될 그 무엇인가가 결코 만만하지 않을 것임을 암시하는 것이기도 했다.

"선택된 자가 닭으로 성장했을 때 삶아지거나 튀겨진다는 것은 당신들의 꼭두각시가 된다는 뜻이오?"

"절반만이다."

그 말에 화무린은 귀가 약간 트이고 마음이 동했다.

"그러니까 꼭두각시 노릇을 하면서도 절반쯤은 내 인생도 있다는 뜻이로군."

"그렇다."

"당신들에게 선택되지 않고서도 스스로의 힘으로 팔대지옥에서 살아나간 자들도 있을 텐데, 그들과 당신들이 선택한 자들의 비율은 어떻게 되오?"

꽤 중요한 질문이었다. 그러므로 나찰이 대답해 주지 않을 수도 있었다.

"이십 대 일이다."

의외로 나찰이 선선히 대답해 주었다.

그만큼 자신이 있다는 뜻이고, 화무린을 추호도 경계하지 않는다는 의미였다.

제 힘으로 팔대지옥을 통과한 자들 이십 명에 선택된 자들 한 명 꼴이라는 것이다.

그 말은 구중천에서 살아서 나가는 것이 '입백출일'이라면 선택되는 것은 '입이천출일'쯤 된다는 뜻이 아니겠는가.

"선택이라는 것은 구중천이 하는 것이오?"

화무린의 질문은 날카로웠다.

그러나 나찰은 대답하지 않았다.

화무린의 영리한 두뇌가 빠르게 회전했다.

방금의 질문에 나찰이 대답하지 않았다는 것은 '선택'이 라는 것이 구중천에서 하는 일이 아닐 수도 있다는 뜻이었다. 아니, 그럴 가능성이 짙었다.

"너는 이미 너무 많은 것을 물었다. 이제 선택해라."

나찰은 최후 통보를 했다.

화무린은 자신이 처음에 예상했던 것보다 나찰이 더 많은 말을 해주었다는 것을 알고 있었다.

솔직히 그는 팔대지옥에서 살아나갈 자신이 없었다.

그러나 선택되지 않고서도 팔대지옥에서 살아나간 사람들 이 있으며, 그것도 선택된 자들보다 이십 배나 더 많다고 했 다.

화무린의 승부욕이 슬그머니 고개를 쳐들었다.

"우리 거래를 합시다."

그의 말에 나찰의 녹면 너머 얼굴이 필경 어이없다는 표정 을 지었을 것이라고 화무린은 생각했다.

"당신이 지니고 있는 무공 중에서 강한 것 하나를 내게 가 르쳐 주시오."

난데없는 요구였다.

그리고 나찰의 침묵은 녹면 너머의 얼굴이 방금 전보다 더 어이없는 표정을 짓고 있음을 대변하고 있었다.

"대신 나는 당신의 보호에서 벗어나 팔대지옥을 내 힘으로 통과하겠소."

이번에는 나찰의 얼굴이 어떻게 변했을지 예상할 수 없었다.

"나는 당신이 가르쳐 주는 한 가지 무공을 익힌 후에 스스로 팔대지옥을 헤쳐 나가볼 계획이오."

나찰의 두 눈에서 푸르스름한 안광이 뿜어져 나와 화무린의 얼굴을 당장이라도 꿰뚫을 듯했다.

"그게 아니면 선택이고 나발이고 없었던 것으로 합시다."

화무린은 이제 할 말은 다 했다는 듯이 손을 내저었다.

"당신 손에서 결정할 수 없는 문제라면 돌아가서 더 높은 자에게 보고한 후 확답을 받아오시오. 나는 여기에서 기다리겠소."

그의 말은 별것 아닌 듯했지만 기실 또 한 가지 사실을 알아내려는 기발한 말재주였다.

만약 나찰이 지금 결정하지 못하고 물러갔다가 나중에 다시 찾아와서 가부를 말해준다면 필경 '선택'이라는 것을 조종하는 윗선이 있을 것이라고 추측할 수 있었다.

그것은 나찰이 하수인이라는 뜻이었다.

어쩌면 그 '선택'은 구중천이 벌이는 것일 수도 있고, 구중천에 속해 있는 어떤 자들, 즉 비밀스러운 조직이 암암리에 벌이고 있는 모종의 계획일 수도 있었다.

하지만 현재의 화무린이 거기까지 알 필요는 없었다.

슥—

그는 몸을 돌려 은신처 쪽으로 걸어갔다.

"조금 전에……."

나찰의 말이 등 뒤에서 들려오자 화무린은 걸음을 멈추었다.

"정말 죽으려고 했느냐?"

화무린은 돌아보지 않은 채 입술 사이로 흐릿한 실소를 흘려냈다.

"훗! 당신 눈에는 내가 장난이나 할 만큼 여유로워 보였소?"

그는 죽고 싶은 생각이 눈곱만큼도 없었다.

나찰이 나타날 것이라고 확신했고, 그 외에의 상황은 생각해 본 적이 없었다.

만에 하나, 정말 만에 하나 나찰이 나타나지 않았다면 그는 베다가 만 자신의 목을 부여잡고 은신처 안에 들어가서 데굴데굴 굴렀을 것이다.

터져 나오려는 억울함과 고통을 삼키면서.

화무린은 천천히 은신처로 걸어가기 시작했다.

나찰은 걸어가는 그의 뒷모습을 뚫어지게 쏘아보았다.

그녀는 화무린이 심상치 않은 놈이라고 생각했던 얼마 전의 자신의 판단을 수정해야만 했다.

저놈은 어쩌면 무서운 놈일지도 모른다.

나찰, 즉 구나찰이 다시 화무린을 찾아온 것은 그로부터 세 시진이 지나서였다.

"나와라."

구나찰이 은신처 앞 공터에 서서 예의 싸늘한 목소리로 화무린을 부르자 전혀 뜻밖의 반응이 돌아왔다.

"들어오시오."

실로 건방지기 짝이 없는 요구였다.

야차도 아니고 감히 나찰에게 들어오라 마라 하다니…….

구나찰의 두 눈에서 섬뜩한 녹광이 무섭게 뿜어졌다. 그녀는 은신처의 입구를 주시한 채 꼼짝하지 않고 서서 기다렸다.

이런 어이없는 경우가 처음이라서 이럴 땐 어떻게 대처해야 하는지 알지 못하는 그녀였다.

실력으로는 그녀가 화무린을 압도하겠지만 사람을 다루는 것에서만큼은 화무린을 이기기란 쉽지 않을 것이다.

화무린은 홍토와 갈토의 가죽을 잇대어 만든 깔개 위에 비스듬히 기대앉아 뒷머리를 바위에 댄 채 한껏 여유있는 자세로 입구를 응시하고 있었다.

그의 옆에는 아령이 미동도 하지 않은 채 앉아 있었다.

다른 사람이 이런 광경을 봤다면 틀림없이 그가 객기나 만용을 부리는 것이라고 생각할 터이다.

그러나 그는 객기를 부릴 정도로 여유있지도 않았으며 만용을 부릴 만큼 어리석지도 않았다.

아니, 그 누구보다 절박했고, 그 어떤 상황보다 피가 마르고 있는 중이었다.

다만 그는 모험을 선택했을 뿐이다.

예전의 고단했던 그의 삶이 그랬지만 지금 이곳에서의 상황은 더욱 모험을 필요로 하고 있었다.

일곱 살 때 천애고아가 된 이후 그는 언제나 벼랑 끝에서 외줄 타기를 하는 심정으로 살아왔다.

그리고 지금은 슬쩍 닿기만 해도 살과 뼈가 베어지고 말 칼날 위에 맨몸뚱이로 누워 있는 것이나 진배없었다.

바깥 세상이든 팔대지옥이든 그 어디라도 인간이 있는 곳이라면 기세(氣勢)라는 것이 있다.

보이지는 않지만 누구나 느끼는 것이며, 그것에 의해서 일의 성패(成敗), 혹은 생사가 좌우되기도 한다.

기세라는 것은 인간이 있는 곳이라면 어디에서든, 누구에게든 존재하기 마련이다.

그러므로 당연히 화무린과 구나찰 사이에도 존재한다.

아니, 구나찰은 느끼지 못하고 있을지도 모른다. 화무린을 자신의 발밑에 있는 한 마리 벌레쯤으로 생각하고 있다면 말이다.

그렇게 생각했다면 그녀는 잠시 후부터 이곳에서 아주 미묘한 기세의 흐름을 느낄 수 있을 것이다.

화무린은 아까 은신처에 들어올 때 일부러 입구를 바위로 막아놓지 않았다.

구나찰이 다시 돌아올 것이라고 예상했기 때문이다.

그때 그는 이미 구나찰이 돌아오면 은신처 안으로 끌어들여야겠다는 계산을 하고 있었다.

그러나 만약 그사이에 야차가 공터까지 진입했었다면 화무린은 꼼짝없이 죽음을 당할 수밖에 없었을 것이다.

모험에는 당연히 위험이 따른다.

위험이 없다면 결코 모험이라고 할 수 없는 것이다.

오히려 위험의 도가 높으면 높을수록 모험이 성공했을 때 대가도 큰 법이다.

한겨울의 추위가 혹독하지 않고서야 어찌 봄날의 화창함을 기대하겠는가[嚴冬不肅殺 何以見陽春].

문득 화무린의 눈초리가 좁아졌다.

그의 시선이 끝나는 곳에 구나찰이 몸을 한껏 굽힌 채 입구 안으로 들어오고 있었다.

화무린의 생살여탈권을 움켜쥐고 있는 구나찰이지만 그녀는 일단 최초의 기 싸움에서 한풀 꺾이고 있는 모습을 보여주었다.

언제라도 자신이 마음만 먹으면 단칼에, 아니, 굳이 검을 사용하지 않더라도 아주 간단하게 화무린을 죽일 수 있기 때문에 이 정도쯤은 봐주겠다고 그녀는 생각하고 있는지도 모른다.

대부분의 기세 싸움에서 숙이고 들어가는 사람의 심리가 원래 그렇다는 것을 그녀는 모르고 있는 것이 분명했다. 대인 관계가 많지 않았다는 증거이다.

또한 그녀는 은신처 안으로 들어오기 위해서 바닥에 나 있는 좁은 입구로 몸을 최대한 작게 만든 채 거의 기다시피 들어오고 있는 중이었다.

그리고 그것을 응시하는 화무린의 입가에 흐릿한 미소가 떠오르는 것을 고개를 숙이고 있는 구나찰은 보지 못했다.

드극―

안으로 들어온 구나찰은 바위로 입구를 가린 후 화무린에게 걸어와 서너 걸음 앞에 우뚝 섰다.

"앉으시오."

화무린은 거의 눕다시피 했던 자세를 고쳐 똑바로 앉으면서 자신의 앞을 가리켰다.

자칫 지나친 오만방자함과 상대에 대한 무시는 기세 싸움에서의 기득권을 차지하기보다는 오히려 화를 자초할 수도 있는 법이다.

또한 그는 미리 일어나 앉아 있을 수도 있었지만 구나찰이 보는 앞에서 자세를 똑바로 하는 행동을 해 보임으로써 자신이 상대를 결코 무시하거나 가볍게 보지 않는다는 뜻을 은연 중에 내비쳤다.

그의 이러한 행동은 자신이 만만하게 볼 상대가 아니라는 사실을 상대하게 인식시키면서 자신이 상대를 존중하고 있다는 두 가지 효과를 노리는 것이었다.

지금 그가 행하고 있는 이 위험천만한 행위가 어떤 결과를 낳을지는 모르지만 최소한 화무린의 생각은 그랬다.

구나찰은 방금 화무린이 가리킨 하나의 가죽 깔개를 내려다보았다.

그녀는 자신이 이 안으로 들어올 것을 화무린이 예측하고 있었다는 사실을 그제야 깨달았다.

그녀의 기분이 아주 묘해졌다.

그러나 그때까지도 화무린이 꾸미는 무언가에 자신이 휘말려 들고 있다는 생각은 들지 않았다.

그가 평범하지 않다는 사실은 이미 간파했지만 자신은 결코 그의 술수에 휘말려 들지 않을 자신이 있다고 확신했기 때문이다.

구나찰에게 화무린은 아직도 여전히 벌레 같은 존재였다. 손만 뻗으면 언제라도 일수(一手)에 죽일 수 있는 그런 존재인 것이다.

그러나 구나찰은 화무린이 가리킨 가죽 깔개에 앉지 않고 그대로 묵묵히 서 있었다.

화무린은 구나찰이 이런 상황에 익숙하지 않으며 또 꽤나 어색해하고 있다고 간파했다.

그것만 봐도 그녀는 여염집 규수로서 살아오기보다는 이 날까지 무공 수련이나 남녀를 별로 따지지 않는 규범 속에서 생활해 온 것이 분명했다.

이럴 때 화무린이 섣불리 웃음을 보이거나 쓸데없는 친절을 베풀면 도리어 역효과가 일어나는 법이다. 상대가 자신의 마음을 읽고 있다고 오해하기 십상이기 때문이다.

화무린은 구나찰이 어떤 대답을 갖고 왔는지 어느 정도 짐작하고 있었다.

아마도 그의 요구를 수락한다는 것일 게다.

만약 거절이라면 구나찰이 굳이 몸을 굽히면서까지 은신처 안으로 들어올 필요가 없었을 테고, 들어와서도 저렇게 서서 머뭇거리지 않을 것이다.

그저 '거절' 이라는 한마디만 툭 던지든가 그에 따른 행동을 취하고 가버리면 그만이었다.

화무린은 끈기있게 기다렸고, 마침내 구나찰은 조금 더 서 있다가 소리없이 가죽 깔개 위에 앉았다.

"귀명비흔(鬼鳴飛痕)이라는 비도술(飛刀術)을 가르쳐 주겠다."

역시 화무린의 예상이 맞았다.

나중에 원하는 무공 한 가지를 더 가르쳐 준다고 할 정도면 지금이라고 그쯤 못 들어줄 리 없을 것이라고 생각했던 그이다.

화무린은 구나찰의 양어깨에 메어져 있는 쌍검을 쳐다보았다.

"당신의 성명무공은 쌍검술이 아니오?"

"배우고 싶지 않으냐?"

구나찰도 결코 만만한 성격이 아니었다.

조금씩 양보하다가 어느새 자신의 무공 한 가지를 가르쳐 주는 상황이 돼버렸지만 여차하면 한순간에 마음을 바꿔 화무린을 죽여 버릴 수도 있었다.

"나는 비도가 없소."

화무린은 빈손을 들어 보였다.

"이것을 써라."

툭!

구나찰은 견폐 안에서 하나의 검은색 가죽 띠를 꺼내 화무린 앞에 던졌다.

화무린이 집어보니 그것은 가슴이나 허리에 두르는 것인데, 상중하 삼층으로 빙 둘러 수십 자루의 비도가 빽빽하게 꽂혀 있었다.

그는 우선 비도가 너무 많다는 사실에 적잖이 놀랐다.

슥—

그는 한 자루의 비도를 뽑아 들었다.

도신은 은색이며 도파는 검은색이었다.

길이가 일곱 치에 폭은 한 치 반인데, 비도라고 하기에는 도폭이 지나치게 넓었다.

또한 도첨은 송곳처럼 뾰족했으며, 한쪽 도신은 도첨에서 도파까지 예리하기 짝이 없는 날이 서 있었다.

반대쪽 도신은 도첨에서부터 도파까지의 절반만 칼날이며, 나머지 반에는 다섯 개의 가느다란 일자 흔(痕)과 좁쌀처럼 작은 구멍 다섯 개가 뚫려 있었다.

도파는 기이하게도 정사각형이었다.

그리고 사각형의 사면(四面) 똑같은 위치에 콩알 정도 크기의 구멍이 뚫려 있었다.

도신은 길고 납작한 데 비해서 도파가 뭉툭한 정사각형이라는 점이 특이했다.

그리고 도파에는 보기만 해도 모골이 송연해질 듯한 나찰이 양각(陽刻)되어 있었다.

이상한 형태, 그리고 소름 끼치는 모양의 비도였다.

화무린은 몇 번인가 하오문도들이 지니고 있는 비도를 본 적이 있었지만 이것은 그런 하찮은 비도와는 근본적으로 달랐다.

비도란 얼마나 빠르게 발출하고 쏘아져 날아가서 상대 몸의 목표한 부위에 맞추느냐는 것이 관건이다.

그렇기 때문에 되도록 도신의 폭을 좁히고 길이를 짧게 만든 비도일수록 던졌을 때 공기의 저항을 적게 받아 더욱 빠르고도 정확하게 명중되는 것이다.

　최소한 화무린이 비도에 대해서 알고 있는 상식은 그랬다. 아니, 절대 다수의 무림인들이 알고 있는 상식도 그러할 것이다.

　그는 비도를 손에 쥔 채 구나찰을 쳐다보았다.

　"오비도(五飛刀)다."

　"오비도?"

　화무린은 구나찰의 말을 되뇌면서 비도를 다시 보았다.

　비도의 한쪽 날이 절반만 칼날이고 나머지 절반에는 가느다란 다섯 개의 흔과 다섯 개의 구멍이 뚫려 있는 것이 눈길을 끌었다.

　아마 오비도라는 이름은 다섯 개의 흔, 다섯 개의 구멍과 연관이 있는 것 같았다.

　다시 한 자루의 비도를 뽑았다.

　그 비도는 오비도와 비슷했지만 약간 다른 모습이었다.

　오비도보다 도신의 폭이 훨씬 좁았으며, 한쪽이 칼날인 것은 같은데 다른 한쪽은 전체 날을 십(十)으로 친다면 도첨에서 삼(三) 정도만 칼날이고, 그곳에서 도파까지의 칠(七)에는 일곱 개의 흔과 일곱 개의 구멍이 각 흔마다 뚫려 있었다.

　또한 구멍의 크기는 오비도가 좁쌀 크기인 데 비해서 이것은 좁쌀 두 개의 크기였다.

게다가 흔도 오비도가 도신에 나란히 새겨진 것에 비해 이것은 비스듬히 사선으로 그어져 있었다.

"이것은 칠비도(七飛刀)요?"

그의 물음에 구나찰은 가볍게 고개를 끄덕였다.

화무린은 오랜 시간을 두고 찬찬히 세밀하게 비도 하나하나를 관찰했다.

비도는 모두 마흔다섯 자루였다.

비도의 한쪽 도파 가까운 부분에 하나의 흔과 하나의 좁쌀보다 훨씬 작은 구멍이 뚫려 있는 것이 일비도였다.

도신의 한쪽 날에 아홉 개의 나선형에 가까운 흔과 아홉 개의 좁쌀 세 개 크기의 구멍이 뚫려 있는 것이 흔과 구멍이 가장 많은 비도인데, 구비도였다.

그렇게 일비도에서부터 구비도까지 아홉 종류가 있었으며, 일비도는 단 한 자루뿐이고 오비도는 다섯 자루, 구비도는 아홉 자루라는 식으로 모두 마흔다섯 자루인 것이다.

구나찰은 화무린이 비도들을 가죽 띠, 즉 도곤(刀緄:비도를 꽂는 혁대)에 모두 꽂는 것을 지켜본 후 입을 열었다.

"귀명비도(鬼鳴飛刀)라고 한다."

귀신의 울음소리.

괴이하면서도 섬뜩한 이름이었다.

화무린은 처음에 비도술이라고 해서 솔직히 실망했었는데 마흔다섯 자루의 귀명비도를 보고 나자 호기심과 의욕이 부쩍 생겼다.

"어떤 위력이 있소?"

"저기 벽을 등지고 서라."

구나찰이 한쪽 벽을 가리켰다.

화무린은 시키는 대로 벽을 등지고 섰다.

구나찰과 화무린과의 거리는 이 장 정도.

'뭐야? 이 짧은 거리에서 날 맞추겠다는 건가?'

실망 때문에 기껏 피어올랐던 의욕이 사라지려고 했다.

스륵—

구나찰이 일어나서 걸치고 있던 견폐를 벗자 아래위 몸에
착 달라붙은 녹의 경장을 입고 있는 몸이 고스란히 드러났다.

구나찰의 키는 화무린보다 두 치 정도 더 큰 오 척 여섯 치
로 늘씬했다.

보통보다 조금 더 큰 듯한 풍만한 젖가슴과 가느다란 허리.

상체에 비해서 훨씬 길고 곧게 뻗은 하체.

구나찰은 도곤을 젖가슴 바로 아래 윗배 부위에 두르고 흘
러내리지 않도록 등 뒤에서 고정시켰다.

철컥!

이어서 도곤의 상중하 세 줄로 꽂혀 있는 각 줄의 양쪽 끝
을 한 번씩 가볍게 잡아당겼다.

그녀는 두 팔을 늘어뜨린 채 묵묵히 화무린을 응시했다. 손
끝이 거의 무릎 가까이에 이를 만큼 팔이 길었다.

화무린은 지금부터 전개될 동작을 한순간도 놓치지 않으려는 듯 눈도 깜빡이지 않은 채 구나찰을 주시했다.

슥—

구나찰의 두 손이 느릿하게 올라와 도곤에 닿았다.

화무린은 구나찰의 희고 섬세한 손을 뚫어지게 주시했다.

그르르—

그때 가만히 있던 아령이 몸을 일으키면서 두 눈에서 혈광을 뿜어내며 당장이라도 구나찰을 공격할 자세를 취했다. 구나찰이 화무린을 공격한다고 여긴 것이다.

"아령, 가만히 있어라."

화무린이 나직이 명령하자 아령은 눈에서 혈광을 지우며 다시 제자리에 앉았다.

순간 구나찰의 두 손이 슬쩍 움직였다.

하지만 화무린은 그 손이 귀명비도들을 던져 낼 것이라고는 생각하지 않았다.

단지 옷에 묻은 먼지를 서너 차례 떨어내는 듯한 가벼운 동작들이었으므로.

다음 순간,

화무린은 구나찰에게서 흐릿한 여러 줄기의 은빛 선이 뿜어져서 자신을 향해 폭사되어 오는 것을 발견하고는 움찔 몸을 떨었다.

휴르르르—

그리고 귀신의 저주 같기도 한 비류음(飛流音)이 나직이 허공을 떨어 울렸으며,

투투투툭!

화무린의 등 뒤에서 미약한 음향이 가볍게 터져 나왔다.

아니, 구나찰에게서 은빛 선들이 뿜어지고 허공중에 비류음이 흘렀으며, 화무린의 등 뒤에서 터진 미약한 음향은 한순간에 동시에 벌어졌다.

화무린은 멍한 표정으로 구나찰이 차고 있는 도곤을 쳐다보았다.

이 순간 도곤에는 단 한 자루의 귀명비도도 남아 있지 않았다.

문득 그는 방금 자신의 등 뒤에서 터져 나왔던 미약한 음향을 생각해 내곤 급히 뒤돌아보았다.

"……!"

순간 그는 두 눈을 한껏 부릅뜨고 말았다.

뒤돌아서 있는 그의 앞 암벽에 마흔다섯 자루의 귀명비도가 도파만 남긴 채 모조리 깊숙이 꽂혀 있었다.

마흔다섯 자루의 귀명비도가 그저 암벽에 꽂혀 있다면 그리 놀라운 일이 아니다.

화무린과 암벽의 거리는 고작 두 자 남짓.

그런데 암벽에 꽂혀 있는 귀명비도들은 어렴풋이 사람의 상체 형상을 이루고 있었다.

화무린은 귀명비도가 꽂혀 있는 부위와 자신의 몸을 번갈 아 쳐다보다가 한순간 경악을 금치 못했다.

　마흔다섯 자루의 귀명비도는 하나같이 그의 상체 크기의 머리와 목, 심장, 복부 부위에 해당하는 암벽에 꽂혀 있었던 것이다.

　마치 그의 몸을 관통하여 암벽에 적중된 듯한 광경.

　"마흔다섯 자루의 귀명비도는 모두 너의 상체에 있는 마흔 다섯 군데 급소에 적중됐다."

　등 뒤에서 구나찰의 조용한 목소리가 들려왔다.

　"설마……."

　한참 만에야 화무린은 억눌린 듯한 신음 소리를 입 밖으로 흘렸다.

　"귀명비도가 내 뒤에서 휘어졌던 것이오?"

　"그렇다."

　그의 말도 안 되는 질문에 구나찰은 그렇다고 대답했다.

　마흔다섯 자루의 귀명비도는 화무린과 암벽 간의 두 자 남 짓한 거리로 급선회하여 꺾어져 들어가 모조리 꽂혔다는 것 이었다. 그것도 정확하게 급소 부위에만.

　하지만 놀라움은 그게 끝이 아니었다.

　"이제부터는 피해봐라."

　화무린은 구나찰의 말뜻을 제대로 알아듣지 못했다.

　마흔다섯 자루의 귀명비도는 이미 모조리 암벽에 꽂혀 있다. 더 이상 무엇을 어떻게 하겠다는 것인가?

설마 숨겨둔 귀명비도라도 있다는 말인가?

그러나 믿기 어려운 일은 이미 일어났다. 다시 그런 일이 일어나지 말라는 법은 없다.

하지만 두 가지만은 분명했다.

구나찰이 새로운 무언가를 보여줄 것이라는 사실.

또한 자신을 다치게 하지 않을 것이라는 사실.

화무린은 지그시 어금니를 악물었다. 이왕 피할 거라면 제대로 해보겠다는 생각이 들었다.

그에겐 경신술은 없지만 내공은 있었다. 내공을 최대한 끌어올려서 전력으로 움직여 보려는 것이다.

뭘 어떻게 하겠다는 것인지는 모르겠지만 이번에는 호락호락 당하지 않을 것이라 생각했다.

휘익!

순간 그는 좌측으로 갈 듯하다가 번개같이 우측으로 내달렸다.

달리면서도 구나찰에게서 눈을 떼지 않았다.

문득 그녀의 흰 손이 어지럽게 움직이는 것을 발견했다. 무언가를 가볍게 잡아당기는 동작에 이어 자신의 어깨 너머 등 뒤로 또다시 이어지는 먼지를 떨어내는 듯한 가벼운 동작.

극히 짧은 시간에 화무린은 구나찰의 뒤에서 그녀의 뒷모습을 보는 자세로 우뚝 멈춰 섰다.

순간 흐릿하고 어지러운 은빛 선들이 화무린의 전면 허공에 마치 반딧불들이 군무를 추듯 피어났다.

투두두둑!

다음 순간 그는 자신의 등 뒤에서 예의 가벼운 음향이 거의 한순간에 터지는 것을 들었다.

불길한 느낌에 부지중 모골이 송연해졌다.

홱!

다급히 몸을 돌려 암벽을 보던 그는 처음보다 더 크게 두 눈을 부릅뜨며 경악지색을 떠올려야만 했다.

처음과 마찬가지로 그의 앞 암벽에는 마흔다섯 자루의 귀명비도가 사람의 상체 형상을 이룬 채 집중되어 꽂혀 있었다.

이번에는 일부러 암벽과의 사이를 좁히느라 애를 썼기 때문에 그와 암벽의 사이는 한 자가 고작이었다.

게다가 더 믿을 수 없는 것은 마흔다섯 자루의 귀명비도가 화무린이 처음에 서 있던 곳 암벽에 모두 꽂혀 있었으며, 구나찰은 분명히 더 이상의 귀명비도를 지니고 있지 않았다.

"어… 떻게 된 것이오?"

지금의 화무린은 애초에 구나찰과 기세 싸움을 하려던 생각이 더 이상 들지 않았다.

아니, 그는 구나찰의 놀라운 솜씨에 심신으로 완전히 매료

되어 버린 상태였다.

화무린이 쳐다보고 있는 중에 구나찰은 천천히 그를 향해 돌아서더니 전면의 허공을 향해 서너 차례 무언가를 끌어당기는 시늉을 해 보였다.

단지 그뿐이었거늘 어느새 마흔다섯 자루의 귀명비도는 그녀가 차고 있는 도곤의 원래 자리에 얌전하게 돌아와 있지 않은가.

"배우겠느냐?"

구나찰은 처음이나 변함없는 한기 어린 목소리로 나직이 물었다.

화무린은 즉시 깊숙이 허리를 굽혔다.

"가르쳐 주시오!"

깍듯하게 예의를 차리고 있는 화무린을 바라보는 구나찰의 눈빛이 가볍게 흔들렸다.

그러나 그녀는 화무린이 비굴하다는 생각은 조금도 들지 않았다. 오히려 그녀는 그의 행동에서 진심을 읽었다.

자신의 비도술을 배우고 싶어하는 열망 어린 진심을.

"내공이 어느 정도이냐?"

알부타에서부터 화무린을 줄곧 지켜본 구나찰은 그가 내공을 갖고 있다는 사실을 알고 있었다.

"나도 모르겠소."

"오른팔을 내밀어라."

화무린이 팔을 내밀자 구나찰이 가볍게 손목을 잡았다.

"……."

화무린의 손목에 닿은 구나찰의 손의 감촉은 전혀 뜻밖이었다.

부드러웠으며 또 따스했다.

화무린이 가볍게 놀라는 표정으로 구나찰을 쳐다보자 그녀는 슬쩍 그를 외면했다.

"흐읏!"

다음 순간 화무린은 구나찰에게서 시선을 거두며 나직한 신음을 터뜨렸다.

구나찰의 손에서 비롯된 한줄기 진기가 도도한 강물처럼 자신의 손목을 타고 흘러들기 시작했기 때문이다.

흘러든 진기는 거침없이 화무린의 단전으로 향했다.

그러자 화무린의 단전에 축적돼 있는 본신의 내공이 반탄지기로 화해 침입자를 공격했다.

이것은 상대의 내공 수위를 알아내는 가장 기본적이며 정확한 방법이었다.

내공을 지니고 있는 사람의 몸속에 진기를 주입시키면 단전의 내공이 반탄지기로 화해서 항거한다.

이때 반탄지기의 강도(强度)로 그 사람의 내공 정도를 측정하는 것이다.

그런데 갑자기 구나찰의 눈이 커지며 놀라움이 역력히 떠올랐다.

그녀는 급히 화무린의 손목을 놓았다. 하지만 손이 그의 손목에 붙은 듯 떨어지지 않았다.

그녀가 당황하고 있는 사이에 그녀의 내공이 화무린의 손목을 통해서 그의 체내로 노도처럼 빨려 들어가고 있었다.

반면 화무린은 상쾌하면서도 힘찬 기운이 자신의 손목을 통해서 빨려드는 것을 느꼈다.

순간 구나찰의 왼손 장심이 짧고 강하게 화무린의 가슴 한복판을 강타했다.

퍽!

"흐윽!"

그 바람에 두 사람의 손이 떨어지고 화무린은 입에서 피화살을 뿜으면서 허공으로 붕 날아갔다.

그는 일 장쯤 날아가 바닥에 나뒹굴었다가 아무렇지도 않은 듯 어리둥절한 얼굴로 일어섰다.

"무… 슨 일이오?"

구나찰은 날카롭게 화무린의 얼굴을 쏘아보았다.

그의 표정에서 방금 전에 벌어졌던 괴이한 사건에 대한 해답이라도 찾아내려는 듯한 칼날 같은 눈빛이었다.

하지만 그녀는 그의 얼굴에서 어리둥절함과 왜 나를 때렸느냐는 흐릿한 반발심밖에는 읽어내지 못했다.

그녀의 눈빛 때문에 화무린은 그녀가 왜 자신을 때렸는지 물으려다가 입을 다물고 말았다.

만약 구나찰이 그를 해칠 생각이었다면 그는 심한 내상을 입거나 즉사했을 것이다.

그걸 모를 리 없는 화무린이다.

그는 구나찰이 자신의 가슴을 가격한 이유가 방금 전 알 수 없는 힘찬 기운이 자신의 손목을 통해서 주입된 일과 연관이 있을 것이라고 추측했다.

"너는 무슨 심법을 연마했느냐?"

구나찰이 본래의 눈빛을 되찾으며 나직이 물었다.

"말할 수 없소."

화무린은 고개를 가로저었다.

자신에 대해서는 누구에게도 함구하라는 부친의 유시는 지금껏 철저하게 지켜왔다.

구나찰은 방금 전의 한차례 시험을 통해서 화무린의 내공 수위가 사십 년을 약간 상회한다는 사실과 구나찰 자신의 내공이 빨려들기는 했지만 그렇다고 해서 그의 심법이 사공이나 마공은 아니라는 것을 확인했다.

오히려 화무린의 내공은 매우 정심하고 순후했다.

구중천이라는 곳의 근저에는 '비밀'이라는 것들이 깔려 있다.

상대의 비밀을 캐묻지 않는다는 것은 구중천에 속한 모두

에게는 반드시 지켜야 하는 묵계(默契) 같은 성질의 것이었다.

구나찰은 더 이상 캐묻지 않는 대신 한 가지를 지시했다.

"운공을 하여 내상을 입었는지 확인해라."

화무린은 즉시 가부좌를 틀고 앉아서 운공을 시작했다.

구나찰은 화무린이 운공에 몰입하는 것을 확인한 연후에 그의 뒤쪽에 그를 향해 가부좌로 앉아서 운공을 시작했다.

그녀는 조금 전 화무린의 가슴을 때렸을 때 내공을 싣지 않았으므로 그가 내상을 입지 않은 것을 알고 있었다.

그런데도 그에게 운공을 하라고 지시한 것은 그가 운공하는 동안 자신이 운공을 하기 위해서였다.

그래서 조금 전의 그 괴이한 현상으로 인해서 자신의 몸이나 내공에 어떤 이상이 생겼는지 확인해 봐야만 했다.

평소 운공의 절반만 한다면 화무린보다 일찍 끝낼 수 있을 테고 위험은 없다.

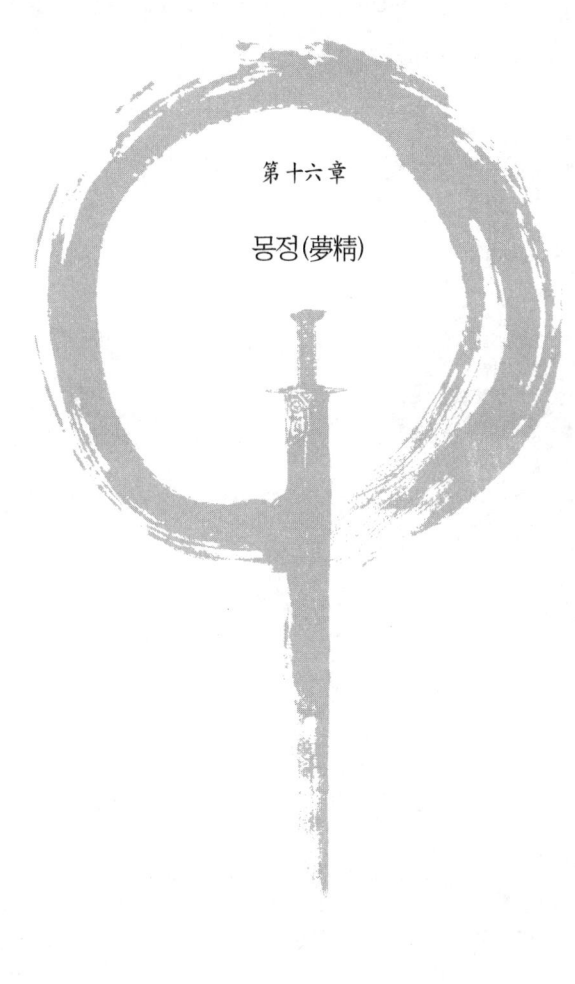

第十六章

몽정(夢精)

구중천
九重天

잠시 후 구나찰은 운공을 끝냈다.

그녀는 조금 전 그 일로 자신의 팔십 년 내공 중에 십 년 정도의 내공을 잃었다.

즉, 십 년 내공은 화무린의 것이 돼버린 것이다.

낙담했지만 그것 때문에 화무린을 탓할 수는 없었다. 그의 표정이나 언행으로 볼 때 그런 일이 벌어진 것은 그가 연공한 심법 탓인 것 같았기 때문이다.

그의 내공 수위를 알아보기 위해서 먼저 손을 내민 사람은 구나찰 자신이었다.

"……!"

눈을 뜬 그녀는 움찔 놀랐다.

자신의 앞에 앉아서 운공을 하고 있어야 할 화무린이 보이지 않았기 때문이다.

그는 운공을 먼저 끝낸 것이다.

한순간 극도의 긴장감과 위기감이 구나찰을 지배했다.

채앵!

순간 그녀는 퉁기듯 일어나며 양손으로 쌍검을 뽑는 것과 동시에 재빨리 주위를 쓸어보았다.

"뭐가 잘못됐소?"

한쪽에 서서 귀명비도 한 자루를 만지작거리며 살피고 있던 화무린이 구나찰을 보며 의아한 표정으로 물었다.

순간 구나찰은 뜨악해지고 말았다. 그리고 한꺼번에 몇 가지 복잡한 생각과 감정이 머릿속에서 마구 교차했다.

그녀는 분명히 화무린이 운공하는 것을 확인하고서 자신도 운공을 시작했다.

더구나 화무린보다 일찍 끝내기 위해서 평소 운공의 절반만 행했는데도 그가 먼저 끝낸 것이다.

하지만 구나찰이 무엇보다도 놀란 것은 화무린이 운공 중인 자신을 해치지 않았다는 사실이었다.

나찰 한 명을 죽이면 야차 네 명을 죽인 효과가 있다. 즉 팔대지옥 전체를 통과한 것으로 간주되는 것이다.

그뿐만이 아니라 원하는 무공 한 가지를 더 요구할 수 있는 자격이 주어진다.

화무린이 그런 사실을 모를 리 없다. 어떻게 하면 팔대지옥을 벗어날 수 있을까 하루에도 수십, 수백 번이나 궁리하고 또 궁리했던 그가 아니었든가.

그런데도 그는 무슨 이유에선지 구나찰을 죽이지 않았다.

제아무리 절정고수라고 해도 운공 중일 때에는 무방비 상태가 될 수밖에 없다.

운공하는 사람을 죽이는 일은 기어다니는 한 마리 벌레를 밟아 죽이는 것만큼이나 간단하다.

몸에 약간의 충격을 가하기만 해도 즉시 주화입마에 들어 폐인이 되거나 즉사하고 마는 것이다.

그보다 더 확실한 방법은 정수리 천령개에 장심을 대고 약간의 진기를 주입시키기만 하면 그것으로 끝이다.

만약 구나찰이 화무린의 입장이었다면 두 번 생각할 것도 없이 나찰을 죽였을 것이다.

구나찰은 복잡한 눈빛으로 화무린을 바라보았다.

화무린은 그녀의 시선은 아랑곳하지도 않은 채 양손에 두 자루의 귀명비도를 쥐고는 눈살을 찌푸리면서 심각하게 서로를 비교하는 중이었다.

"왜였지?"

이런 일을 그냥 가슴에 묻어두기에는 구나찰의 워낙 대쪽 같은 성격이 용납하지 않았다.

"뭐가 말이오?"

화무린은 또 한 자루의 귀명비도를 꺼내 도신에 나 있는 흔과 구멍을 매만지면서 그녀를 쳐다보지도 않은 채 반문했다.

"왜 내게 아무 짓도 하지 않았느냐?"

그제야 화무린은 구나찰을 쳐다보았다. 이어서 가볍게 눈살을 찌푸리며 투덜거렸다.

"나를 어떻게 보고 하는 소리요?"

화무린을 응시하는 구나찰의 눈빛이 가벼이 흔들렸다.

열두 살 이후로는 인간이기를 포기하고 살아왔던 그녀다.

어느 누구에게도 자신의 감정을 드러내거나 전해준 적이 없었으며, 다른 사람의 감정을 받아들인 적은 더 더욱 없었다.

그녀는 조금도 길들여지지 않은 감정의 소유자였다.

또한 일곱 살 이후 다른 사람들과 감정을 나눠보지 않기는 화무린도 마찬가지였다.

어떻게 보면 두 사람은 누구보다 순수한 영혼을 지니고 있다고 할 수 있었다.

명령이나 복종에만 익숙해져 있는 구나찰에게 인간 사이의 순수한 믿음 같은 감정은 생소하기만 할 것이다.

그 믿음이라는 것이 지금 구나찰의 가슴속에서 생애 최초로 여린 싹을 틔우고 있었다.

화무린은 구나찰이 자신의 말을 믿지 못하는 듯한 반응을 보이자 그녀 앞에 서서 거세게 항변했다.

"지금 나를 믿지 못하는 것이오? 나는 지금껏 한 번도 여자를 건드려 본 적이 없소!"

"……."

순간 구나찰은 둔기로 머리를 한 대 호되게 얻어맞은 듯한 충격을 받았다.

그녀는 화무린이 무슨 말을 하는 것인지 한순간 명확하게 알아듣지 못했다.

다만 화무린의 말 중에서 '여자를 건드린다' 라는 말만 한여름 밤 비 온 뒤의 개구리 울음소리처럼 귓전에서 시끄럽게 맴돌 뿐이었다.

그런데 그녀의 그런 아둔패기 같은 반응을 화무린은 여전히 자신의 말을 믿지 못하는 것으로 받아들이고는 더욱 열띤 어조로 외치듯 말했다.

"내가 아무리 막돼먹은 놈처럼 보여도 남녀가 서로 사랑하는 사이라야 몸을 섞을 수 있다는 상식쯤은 알고 있소!"

"……."

구나찰의 얼굴이 더 모호하고 착잡해졌다.

그걸 보는 화무린은 답답하다는 듯 주먹으로 손바닥을 두드리며 열변을 토했다.

"이것 보시오! 우리가 사랑하는 사이요? 아니잖소! 더구나 얼굴을 가면으로 가리고 있어서 미녀인지 추녀인지도 모르는

데 그런 당신을 설마 내가 겁탈할 수 있겠소?'

구나찰은 그제야 화무린이 무슨 말을 하는지 확연하게 알아차렸다.

"사람을 어떻게 보고 말이야!"

화무린은 눈을 부라리며 씨근거렸다.

문득 그는 가만히 구나찰을 지켜보다가 자신의 말이 심했다고 여겼는지 구나찰의 늘씬하고 풍만한 몸매를 위아래로 훑어보면서 부드럽게 말을 이었다.

"그렇다고 당신이 매력없다는 말은 아니오. 아니, 여태껏 내가 본 여자 중에서 당신의 몸매는 단연 최고요. 그러나 안타깝게도 나는 연상의 여자에겐 관심이 없소."

제 딴에는 위로였다.

하지만 이 순간의 구나찰 얼굴은 녹면 속에서 보기 싫게 일그러지고 있었다.

그녀는 '왜 죽이지 않았느냐' 고 물었는데 화무린은 '난 사랑하지 않는 여자, 더구나 가면까지 쓰고 있는 여자는 겁탈하지 않는다' 라고 동문서답을 한 것이다.

결국 그녀는 화무린이 자신을 왜 죽이지 않았는지에 대한 대답은 듣지 못했다.

그러나 화무린의 대답은 전혀 뜻하지 않게 그녀조차 모르고 있던 미묘한 감정의 선을 살짝 건드리고 말았다.

그중에서도 '당신의 몸매는 단연 최고요' 라는 말은 그녀의 머리와 가슴에 평생 지워지지 않을 만큼 깊고도 뚜렷하게 각인되었다.

그녀는 자신에게 그런 기이한 감정이 있을 것이라고는 상상조차 해본 적이 없었다.

믿을 수 없는 일이지만 열두 살 어린 나이에 누군가에게 발탁되어 오늘에 이른 그녀는 미인이라든가 멋진 몸매의 기준이 무엇인지 전혀 알지 못했다.

결국 화무린은 예기치 않게도 구나찰의 동면하고 있던 '여성(女性)'을 건드린 꼴이 되고 말았다.

구나찰이 대답하지 않고 뭔가 생각에 잠겨 있는 것을 보고 화무린은 가볍게 한숨을 내쉬며 물었다.

"당신은 내게 기대했던 것 이상으로 잘 대해주었소. 그런데 내가 왜 당신을 죽이겠소?"

구나찰의 몸이 눈에 띄게 움찔 떨렸다. 비로소 그녀가 원하던 대답이 나왔다.

그런데 그 말은 방금 전 '겁탈' 운운하던 얘기와 비슷한 충격파를 안겨주었다.

"나는 바보가 아니오. 그러니 당신이 나찰이라는 신분 이상으로 내게 잘해주고 있는 것을 느낄 수 있소."

문득 화무린은 지난 삼 년 동안 같은 방을 사용한 홍연루의 기녀 상명이 떠올랐다.

왜 그런지는 모르겠지만 이 순간의 구나찰이 마치 상명 같다는 생각이 들었다.

새로운 감정이 눈을 뜨는 것은 구나찰만이 아니었다. 화무린 역시 그녀를 잔혹한 '나찰'에서 한 명의 '여자', 혹은 '누나'로 보기 시작하는 자신의 감정을 부정하기 어려웠다.

슥—

그는 구나찰 옆에 서서 팔을 뻗어 그녀의 어깨를 자연스럽게 감싸면서 조용히 입을 열었다.

"그런데 말이오, 내가 당신에게 비도술을 배우려면 어쩔 수 없이 우리는 한동안 함께 생활해야만 할 텐데 나는 당신을 뭐라고 불러야 하오?"

무엇에 홀린 것인지 구나찰을 상명과 비슷한 감정으로 생각하다 보니까 경계가 느슨해졌는지 화무린은 스스로 생각해도 깜짝 놀랄 만한 행동을 서슴지 않았다.

화무린은 자신의 강인한 팔 안에서 구나찰의 여린 어깨와 상체가 후드득 떨리는 것을 생생하게 느꼈다.

"구… 구… 나찰."

구나찰은 간신히 대답했다. 비둘기 울음소리 같은 목소리였다.

화무린은 적잖이 놀랐다.

그는 그녀의 어깨에 팔을 두르고 나서 아차 하는 생각이 들어 그녀에게 한 대 얻어맞을 각오를 하고 있었는데, 그녀가 보인 반응은 전혀 뜻밖이었다.

그는 구나찰의 어깨에 팔을 두른 상태에서 슬쩍 그녀의 옆얼굴을 쳐다보았다.

녹면은 그녀의 얼굴 앞면만 가리고 있을 뿐이어서 밀랍처럼 흴 뿐만 아니라 가녀리고 고운 턱의 선과 솜털이 보송보송 난 뽀얗고 긴 목덜미, 작고 귀여운 귀가 고스란히 보였다.

그것만으로 판단했을 때 구나찰은 상당한 미인일 것 같았다.

화무린은 내친김에 조금 더 용기를 낼 필요가 있다고 판단했다.

평소 같으면 어림도 없는 일이지만 지금처럼 미묘한 감정 상태는 쉽사리 찾아오지 않을 것이고, 어차피 엎질러진 물이었다.

그래서 할 수만 있다면 완고하기 짝이 없는 구나찰을 이 기회에 조금쯤은 누그러진 여자로 만들어놓고 싶었다.

슥―

어깨에 둘렀던 화무린의 팔이 스르르 등의 호선을 타고 내려와 은근슬쩍 가느다란 허리에 둘러졌다.

바깥 세상에서조차 한 번도 행해보지 않은 대담한 행동이었다.

그리고 응큼한 행동이기도 했다.

부르르.

구나찰의 몸이 아까보다 더욱 격렬하게 떨렸다.

꿀꺽!

이런 일에 익숙하지 않은 화무린도 목젖을 울리면서 마른 침을 삼켰다.

이성에 대한 접촉 때문이 아니라 한 대 얻어맞을까 봐 바짝 긴장한 때문이었다.

예전에 그는 상명과 같은 목욕통 속에서 숱하게 목욕을 하면서 서로의 몸을 밀어주기도 하고 닦아주기도 했었다.

물론 아무런 감정도 없었다. 누나, 혹은 어머니라고 여기는 여자에게 그런 감정을 느끼는 놈은 패륜아뿐일 것이다.

그때 상명의 탱탱한 젖가슴은 화무린에겐 그저 '찌찌' 였었다.

지금 그가 팔을 두르고 있는 사람은 구나찰이 아니라 상명이었다. 최소한 그는 그렇게 생각하려고 애썼다.

화무린의 손은 구나찰의 허리 끝 골반에 슬쩍 얹혀 있었는데, 그녀의 몸이 마치 갓 잡아 올린 생선처럼 파들파들 떨리는 것이 고스란히 손을 타고 전해졌다.

그가 슬쩍 그녀를 쳐다보자 구나찰의 풍만한 젖가슴이 심하게 오르락거리고 있었다.

그녀는 분명히 놀라고 있었다. 아니, 당황하고 있는 것일 게다.

화무린은 그 정도에서 그만두었어야 했다.

하지만 그의 만족할 줄 모르는 용기는 한 걸음 더 나아가기를 무식하게 재촉하고 있었다.

　물론 그는 여전히 구나찰을 '여자'로 보고 있지 않았다. 그럼으로 음심 같은 것을 느낄 리도 없었다.

　단지 그녀와 더 가까워질 필요가 있었고, '이 짓'을 하다 보니까 자신도 모르게 은근히 장난기가 발동했다. 예전에 그는 가끔 상명에게 장난을 쳤었다.

　그는 입을 구나찰의 보드라운 솜털이 자란 귓가에 가까이 대고 뜨거운 입김을 토해내면서 속삭였다.

　"이름이 뭐요?"

　대담무쌍한 행동이었다.

　순간 구나찰의 몸이 장작처럼 뻣뻣하게 경직되었다.

　그 순간 입술이 구나찰의 귀에 거의 닿을 듯 말 듯한 상태에서―어쩌면 살짝 닿았는지도 모른다―화무린은 발견하고 말았다.

　구나찰의 녹면 안의 길고 우아한 속눈썹이 가지런히 뻗어 있는 아래의 까만 눈동자가 사르르 화무린 자신 쪽을 향해 구르고 있는 것을.

　그리고 화무린 쪽의 눈초리 끝까지 도달한 그 눈동자에서는 여태껏 그가 보아왔던 어떤 것보다 살기등등한 녹광이 와르르 쏟아져 나왔다.

　뻐걱!

　"꾸엑!"

어디를 어떻게 맞았는지 화무린은 턱이, 아니, 머리 전체가 박살나는 것 같은 엄청난 충격을 받으면서 허공을 날아갔다.

날아가면서 그는 후회했다.

'으으… 이름은 묻지 말 걸 그랬어.'

구나찰은 경공술을 전개하여 전속력으로 달리고 있었다.

지금 그녀는 제정신이 아니었다.

오늘은 그녀가 감당하기에는 너무 힘겨운 일들이 많이, 그리고 한꺼번에 일어났다.

이런 일은 여태 한 번도 없었다.

게다가 어떻게 된 일인지 한번 뛰기 시작한 심장 박동은 가라앉기는커녕 시간이 지날수록 더욱 거세게 요동쳤다.

머릿속이 텅 빈 것 같기도 했고, 가슴이 뻥 뚫려서 휑하니 찬바람이 훑고 지나는 것 같기도 했다.

도대체 얼마나 달렸는지 숨이 찼다.

그녀는 어딘지 모를 곳에 멈춰 서서 가쁜 숨을 몰아쉬었다.

"하아… 하아……!"

그때 갑자기 그녀의 등 뒤에서 누군가의 목소리가 들려왔다.

"구나찰님, 무슨 일이십니까?"

평소 같으면 조금도 놀랄 일이 아니지만 구나찰은 화들짝 놀라서 급히 뒤돌아보았다.

그곳에 한 명의 야차가 의아한 눈빛으로 그녀를 보고 서 있었다.

"뭐… 냐?"

구나찰의 어눌한 물음에 야차는 대답 대신 눈을 아래위로 굴리면서 구나찰의 늘씬하고 풍만한 몸을 쳐다보았다.

순간 구나찰은 온몸의 피가 머리 꼭대기로 몰렸다.

이어서 그녀의 일장이 야차의 가슴 한복판에 작렬했다.

"뭘 봐!"

뿌악!

"으악!"

야차는 가랑잎처럼 허공으로 훌훌 날아갔다가 오 장 밖으로 나뒹굴더니 일어나지 못했다.

"죽일 놈!"

구나찰은 입과 코에서 피를 흘리며 기절한 야차를 보면서도 분을 삭이지 못했다.

"감히……!"

그녀는 자신의 몸을 보다가 그제야 자신이 견폐를 입지 않았으며 몸에 착 달라붙는 녹의 때문에 몸의 굴곡이 고스란히 드러나 있다는 사실을 발견하고는 깜짝 놀랐다.

화무린이 그녀의 귓바퀴에 입을 대고 뜨거운 숨결을 토해내는 것 때문에 얼마나 놀랐으면 그놈의 턱을 한 대 갈기자마자 견폐도 잊어버린 채 뛰어나왔겠는가.

사실 야차는 구나찰의 몸매를 훑어본 것이 아니라 그녀가 견폐를 걸치고 있지 않았기 때문에 그저 이상해서 쳐다봤을 뿐이다.

정말 이상한 일이었다.

그녀가 화무린 앞에서는 몸매의 굴곡이 고스란히 드러나는 녹의 차림으로 행동했어도 아무렇지 않았으며, 오히려 그가 그녀의 어깨와 허리에 팔을 둘렀을 때에는 화가 나기는커녕 부끄러우면서도 이상야릇한 느낌까지 들었다.

그런데 야차는 그저 그녀의 몸을 쳐다보기만 했을 뿐인데도 그 시선을 견딜 수가 없었다.

또한 그녀는 야차에겐 공력을 실은 일장을 갈겼지만 화무린은 맨주먹으로 때렸을 뿐이다.

이유도 각기 달랐다.

야차는 그녀의 몸매를 훑어봤기 때문에 불경죄에 해당하는 것이고, 화무린은 더 심한 짓(?)을 했어도 그저 놀랐을 뿐이다.

결국 구나찰은 화무린에 대한 평가를 세 번째로 수정할 수밖에 없었다.

처음에는 심상치 않은 놈이었고, 두 번째에는 무서운 놈, 그리고 세 번째는,

'정말 응큼한 놈이야.'

그렇게 속으로 중얼거리면서 구나찰은 살짝 얼굴을 붉혔다.

화무린은 자신이 구나찰에게 저지른 짓이 은근히 켕기긴 했지만 그것 때문에 그녀가 화가 나서 비도술을 가르쳐 주지 않을 것이라고는 염려하지 않고 있었다.

그것이 무엇 때문인지는 몰라도 그저 막연한 믿음 같은 것이었다.

이런 팔대지옥에서 만난 사람 간에 무슨 믿음이 있겠느냐고 할 수도 있다.

솔직히 화무린은 그 일—어깨와 허리를 안고 귀에 바람을 불어넣은 일—이 있기 전까지는 그녀에게 일말의 믿음 같은 것은 고사하고 인간적인 느낌조차 갖고 있지 않았다.

그런데 그 일을 저지르고 나서는 그녀가 팔대지옥의 나찰이라기보다는 예전부터 알고 지내던 사람 같은 친밀감을 느끼게 되었다.

그는 구나찰을 한순간 상명처럼 생각했는데 가만히 생각해 보니 그게 아닌 것 같았다.

상명은 어떤 행동, 어떤 장난을 해도 두 눈에서 녹광을 쏟아내거나 머리통이 박살날 정도로 화무린을 때린 적이 없었다.

어쨌든 화무린은 그 일 때문에 속으로는 켕겨하면서도 구나찰과 조금쯤은 가까워졌다는 다소 억지스러운 생각을 하게 된 것이다.

하지만 날이 밝은 후에도 한 시진이 지나도록 구나찰이 오지 않자 그는 은근히 걱정이 되기 시작했다.

'이름은 괜히 물었나?'

그는 끝까지 겉돌고 있었다.

마지막 순간에 귀에 바람을 불지 말았어야 했는데도 이름을 물어서 그녀가 화를 냈다고 착각하고 있는 중이었다.

그는 가부좌를 틀고 앉았다. 한차례 운공을 하고 나면 그녀가 와 있을 것이라고 마음을 편히 먹었다.

눈을 감고 조화무극심법의 구결대로 진기를 운용하던 그는 한순간 깜짝 놀랐다.

자신의 본신진기와는 전혀 다른 종류의 진기가 미처 단전에 축적되지 않은 상태로 있다가 운공과 함께 마구 온몸 혈맥을 휘젓고 다니는 것을 느낀 것이다.

'이것은……?'

퍼뜩 깨달아지는 것이 있었다.

어제 구나찰이 자신의 손목을 잡았을 때 느닷없이 밀려들어 왔던 힘찬 기운, 바로 그것이었다.

진기를 삼 주천(三周天)시키는 동안 그 기운은 자연스럽게 본신진기와 합류하여 화무린의 공력이 되어버렸다.

단전에 있던 진기와 구나찰의 진기, 그리고 십이원혈에 각각 저장되어 있던 삼 할의 진기가 합쳐져서 거칠 것 없는 해일처럼 화무린의 체내를 휘젓고 다녔다.

운공을 끝냈을 때 그는 자신의 공력이 어제에 비해서 한층 증진된 것을 느꼈다.

'그랬었군. 그것 때문에……'

그는 구나찰의 공력이 자신에게 유입됐기 때문에 공력이 증진됐다는 사실을 깨달았다.

그리고 어쩌면 그것이 구나찰이 진짜 화가 난 이유일지도 모른다고 생각했다.

도대체 어느 정도의 공력이 흘러들어 왔는지는 모르지만 공력이 얼마나 소중한지는 지난 팔 년여 동안 운공을 해온 그 자신이 누구보다 잘 알고 있었다.

'오면 돌려줘야겠군.'

운공을 끝낸 그는 은신처의 입구를 쳐다보며 내심 중얼거렸다.

그때까지도 구나찰은 오지 않고 있었다. 왔다면 벌써 나오라고 했거나 신호를 보냈을 것이다.

꼭 올 거라던 믿음이 조금씩 흐려졌다.

입구를 물끄러미 응시하던 그는 문득 눈꺼풀이 무겁게 내려앉는 것을 느꼈다.

졸음이 쏟아지고 있었다.

사실 그는 어젯밤에 잠을 설쳤다.

밤새 이상한 꿈에 시달렸기 때문이다.

그는 일곱 살 이후 거의 매일 밤 가문이 멸문하던 날 부모가 처참하게 죽고 누이가 끌려가는 광경을 생생하게 꿈꾸곤 했다. 악몽인 것이다.

그런데 어제는 그 악몽을 꾸지 않았다.

대신 다른 꿈을 꾸었다.

그것은 정말 이상한 일이었다. 십육 세가 되도록 한 번도 그런 일이 없었는데 어젯밤 꿈에는 여자가 등장했다.

그 낯선 여자는 우윳빛의 희고 매끄러우며 풍만한 나신을 꿈틀거리면서 흡사 뱀처럼 화무린의 몸에 친친 감겨들었다.

물론 화무린도 홀딱 벗은 알몸이었다.

그는 꿈속에서 온몸이 뜨거워져 그 알몸의 여자를 부둥켜 안은 채 헐떡거렸다.

그리고는 몽정(夢精)을 해버렸다.

한차례 거센 몸서리를 치고 난 후 자신이 부둥켜안고 있는 여자를 봤는데, 얼굴은 보이지 않고 희고 예쁘며 솜털이 보송 보송한 귀만 보였다.

그것은 구나찰의 귀였다.

'말도 안 돼!'

화무린은 고개를 세차게 가로저었다.

신체 건강한 십육 세 소년이 몽정을 하는 것은 지극히 정상적인 현상이다.

하지만 그로서는 첫 몽정이었다.

또한 여자 꿈을 꾼다든지 생시에서라도 한번도 여자를 여자로 생각해 본 적이 없는 그였다.

더구나 구나찰은 상명이 아닌 것이다.

삼 년 동안 알몸을 부대끼며 살았어도 상명에겐 터럭만큼도 그런 감정을 느끼지 않았던 화무린이다.

드극—

그때 입구를 막아놓은 바위를 치우는 소리가 들렸다.

순간 화무린은 화들짝 놀랐다. 그런 반응은 무언가 지은 죄가 있는 듯한 모습이었다.

귀에 바람을 분 것 때문이 아니라 몽정의 상대가 구나찰이었다는 사실 때문이었다.

한번 들어와서인지 구나찰은 별 망설임 없이 은신처 안으로 들어와 바위로 입구를 가렸다.

화무린은 그녀가 당연히 올 것이라고 믿고 있었으면서도 막상 그녀를 보자 반가운 마음이 들었다.

구나찰은 견폐를 하지 않은 모습이었는데, 입구를 바위로 막느라 뒤돌아서 무릎을 꿇고 잔뜩 허리를 굽히는 자세를 취하자 풍만한 엉덩이가 터질 듯이 확산되었다.

그리고 그녀를 보고 있던 화무린의 눈길은 자연히 그녀의 엉덩이로 향했다.

'정신 차려라, 밥통!'

그는 스스로를 꾸짖고는 벌떡 일어나며 껄껄 웃었다.

"하하! 어서 오시오! 기다리고 있었소!"

'기다리고 있었소' 라니, 바보같이…….

웃지나 말지.

"너는 현재 오십 년을 약간 상회하는 공력을 지니고 있다."

은신처 바닥에 마주 앉은 두 사람. 구나찰이 평소의 싸늘한 눈빛으로 입을 열었다.

지금 이 순간 화무린은 구나찰로 인해서 자신의 내공 수위를 최초로 알게 되었다.

그녀는 화무린의 단전에 축적된 공력과 자신이 빼앗긴 공력을 합산했을 것이다.

화무린은 자신의 체내 십이원혈에 삼 할의 공력이 더 축적되어 있다는 사실을 알고 있으므로 현재 자신의 내공 수위가 칠십 년에 달할 것이라고 계산했다.

그런데 자신이 계산을 해놓고서도 그 결과가 쉽사리 믿어지지가 않았다.

구나찰에게 십 년쯤의 공력을 돌려준다 하더라도 무려 일 갑자의 공력이 남는 것이다.

무림에 대해서 거의 문외한인 그였지만 귀동냥으로 얻어들은 상식으로도 일 갑자의 내공이 어느 정도인지는 짐작할 수 있었다.

그동안은 자신의 공력이 어느 정도인지 알 수가 없었다. 그렇다고 지나가는 무림인 아무나 붙잡고 내 공력이 얼마쯤 되는지 알아봐 달라고 부탁할 수도 없는 일이었다.

그런데 이제는 정확하게 알게 되었다.

그의 가슴속에 가득 자신감이 차올랐다.

이제 무엇이든 할 수 있을 것 같았다.

그때 구나찰이 바닥에 있던 도곤을 집어 화무린에게 주며 냉정한 어조로 말했다.

"나는 오늘부터 한 달간 너에게 귀명비혼을 전수하겠다. 그 후 너 혼자 일 년 동안 피나는 수련을 하면 귀명비혼을 웬만큼 흉내 정도는 낼 수 있을 것이다. 그러니 앞으로 일 년의 유예 기간을 주겠다."

그녀의 말인즉, 일 년 정도 귀명비혼을 수련한 후 팔대지옥으로 올라가라는 뜻이었다.

화무린은 도곤을 어디에 차는지 몰라서 이리저리 대보다가 허리에 차면서 물었다.

"당신처럼 되려면 얼마나 수련해야 하오?"

"나는 열두 살 때부터 육 년 동안 수련했다."

"육 년……"

화무린이 도곤을 제대로 고정시키지 못해서 쩔쩔매는 모습을 지켜보던 구나찰은 그의 뒤에 서서 도곤을 가슴 바로 아래에 둘러주더니 등 뒤에서 힘을 주어 바짝 잡아당겼다.

"흑!"

갑자기 너무 세게 조이는 바람에 화무린은 자신도 모르게 헛바람을 토해냈다.

"어제 그 일 때문에 아직 화가 안 풀린 것이오?"

구나찰은 언제나 그랬듯이 화무린의 쓸데없는 말에는 일체 대꾸하지 않았다.

"끄윽!"

대신 도곤을 조금 더 세게 조이자 화무린은 가슴이 뻐개지는 듯한 통증 때문에 짓밟히는 듯한 신음을 토해냈다.

"으으… 정말 그렇군……!"

구나찰은 묵묵히 그의 등 뒤에 있는 세 개의 고리를 몸 둘레에 맞도록 새로 고쳐서 고정시켜 주었다.

"나중에 삼사 년 정도 더 수련하면 귀명비혼을 구성까지 터득할 수 있을 것이다."

구나찰은 귀명비혼을 육 년 동안 연마했지만 비도술을 처음 배우던 열두 살 무렵에는 내공이 전무한 상태였다.

그래서 오십 년 공력인 화무린이 삼 년이면 완벽하게 터득할 것이라고 계산한 것이다.

하지만 화무린에게 삼사 년은 지나치게 길었다.

귀명비혼이 화무린이 익힐 본격적인 무공도 아닌데 삼 년씩이나 허비하면서까지 수련하고 싶은 생각은 없었다.

그는 잠시 생각했다.

자신의 공력을 십 년 정도 구나찰에게 돌려준다고 해도 일 갑자, 즉 육십 년의 공력이다. 그러므로 피나는 수련을 한다면 이 년 정도면 가능하지 않겠는가.

하지만 이 년도 길다는 생각이 들었다.

일단 귀명비혼의 수련을 시작하고 진척도를 봐가면서 언제 팔대지옥에 올라갈 것인지, 나중에 얼마나 더 수련해야 할 것인지를 결정해야 할 것 같았다.

구나찰은 화무린이 차고 있는 도곤에서 귀명비도 한 자루를 뽑아 들었다.

"이것은 일비도인데 일직선으로 날아간다."

화무린은 일비도를 보다가 문득 의문이 생겼다.

"어제 마흔다섯 자루가 모두 휘어져서 내 뒤의 벽에 꽂혔는데 일비도가 일직선으로 날아간다면 내 정면에 서 있던 당신이 어떻게 일비도를 내 뒤 암벽에 꽂을 수 있었소?"

"칠성 이상 터득하면 일비도라고 해도 약간 휘어진다. 이 것은 어제 너의 눈가를 두 치 간격을 두고 스쳐 지났었다."

구나찰은 일비도에 있는 하나의 흔과 하나의 구멍을 가리켰다.

"이 하나의 흔과 구멍이 휘어지는 것을 가능하게 하지."

그 말에 화무린은 한 가지 사실을 깨달았다.

"그럼 일비도는 적의 미간을 맞추는 것이로군."

순간 구나찰의 눈빛이 가볍게 흔들렸다. 예기치 않았던 화무린의 영특함에 작게 감탄한 것이다.

하지만 그것을 내색해서 화무린을 득의하게 만들어줄 만큼 구나찰은 녹록한 사람이 아니었다.

이놈을 득의하게 만들어놓았다가는 귀에 바람을 부는 정도가 아니라 아예 입을 맞추자고 덤벼들지도 모른다.

"귀명비도는 모두 아홉 종류이며, 각기 다른 방법으로 공력을 주입시키고, 또 던지는 방법도 각각 다르다."

구나찰은 일비도의 도파 끝을 엄지와 검지만으로 가볍게 쥐고 손목을 약간 안쪽으로 굽혔다.

"그리고 던지는 순간 다른 손가락을 하나, 혹은 두 개나 세 개를 도신에 새겨진 흔의 각각 다른 위치에 대어줌으로써 휘어짐의 정도와 어디로 휘어지게 할지를 조절한다."

"손가락을 하나 대면 적게, 세 개 대면 많이 휘어지는 것이오?"

"그렇다."

화무린은 또 구나찰을 감탄시켰다.

구나찰은 화무린을 득의하게 만들지 않으려고 안간힘을 써야만 했다.

슷—

순간 구나찰의 손에서 일비도가 사라졌다.

화무린은 그녀의 손을 뚫어지게 주시하고 있었는데도 언제 발출했는지 보지 못했다.

그녀의 손에서 사라진 일비도는 어느새 전면 이 장 떨어진 암벽에 도파만 남긴 채 깊숙이 꽂혀 있었다.

화무린이 적잖이 감탄하고 있을 때 구나찰이 이번에는 도곤에서 이비도를 뽑았다.

"도신에 새겨진 흔과 구멍은 비도가 날아가는 도중에 더 많이 휘어지게 하는 작용을 한다."

그녀는 다시 이비도를 엄지와 검지로 잡고 손목을 안으로 굽혔다.

화무린이 재빨리 보니 그녀의 중지가 이비도의 도첨 쪽 흔에 살짝 대어져 있었다.

"던지는 방법은 일비도와 같다."

화무린은 눈을 부릅뜬 채 그녀의 손을 쏘아보았다. 이번만큼은 놓치지 않겠다고 생각했다.

그러나 다음 순간 요술처럼 그녀의 손에 쥐어져 있던 이비도가 사라져 버렸다.

화무린은 그녀의 안으로 굽혀졌던 손목이 펴지는 것을 보지 못했다. 그러니 어찌 손을 떠나는 비도를 볼 수 있었겠는가.

"좀 천천히 보여줄 수는 없소?"

화무린으로서는 당연한 요구였다.

"귀명비흔을 내게 가르쳐 준 사람의 말에 의하면, 이것을 완벽하게 터득하면 마흔다섯 자루의 귀명비도를 한순간에 모두 발출하면서 제각기 다른 속도로 던질 수 있다고 했다."

"제각기 다른 속도라고?"

쉽사리 믿어지지 않는 말이었다.

제각기 다른 각도로 휘어지게 던져 내면서, 또 제각기 다른 속도로 쏘아낼 수 있다니…….

화무린은 그 광경을 상상하려다가 그만두었다. 믿어지지가 않는데 상상인들 어찌 가능하겠는가.

"나는 현재 귀명비흔을 구성까지 터득한 상태다. 지금부터 최대한 천천히 던질 테니 잘 봐라."

이어서 구나찰은 나머지 마흔세 자루의 귀명비도를 모두 던졌지만 화무린은 끝까지 단 한 자루도 쏘아내는 것을 보지 못했다.

第十七章

사랑은 목숨을 걸고 충성하는 것

구중천

九重天

"말을 하지 그랬소?"

"……."

구나찰이 세 번째로 마흔다섯 자루의 귀명비도를 모두 던져 내고 난 후 화무린은 암벽에 꽂혀 있는 비도들을 옆에서 함께 뽑고 있는 구나찰에게 뜬금없이 불쑥 말했다.

구나찰이 무슨 소리냐는 듯 그를 쳐다보았다.

"당신이 나의 내공 수위를 알아보려고 했을 때 당신 내공이 나한테 주입된 것은 내 탓이 아니오."

구나찰은 묵묵부답 비도만 뽑았다.

척!

"돌려주겠소."

그때 갑자기 화무린이 구나찰의 왼 손목을 잡았다.

두 사람은 거의 어깨를 맞댄 채 붙어 있다시피 한 상태였기 때문에 구나찰은 미리부터 작심하고 번개같이 뻗은 화무린의 손을 미처 피하지 못했다.

"너……."

그녀가 놀라는 얼굴로 손을 뿌리치려고 하는 순간 손목을 통해서 화무린의 공력이 거세게 쏟아져 들어오기 시작했다.

그것은 그저 공력이 아니라 본신진기, 즉 원공(元功)이었다.

만약 그녀가 뿌리치거나 거부하면 두 사람은 내상을 입게 될 것이다. 심하면 주화입마에 들 수도 있는 상황이었다.

구나찰이 놀라서 화무린을 쳐다보자 그의 표정은 단호했다.

마치 구나찰이 거부하면 둘 다 내상을 입거나 죽어버립시다라고 말하는 표정이고 눈빛이었다.

구나찰로서는 선택의 여지가 없었다.

'고집불통!'

그녀는 화무린을 이상한 놈이라고 생각하던 것에 하나를 더 추가해야만 했다.

두 사람은 그 자리에 마주 보며 가부좌의 자세로 앉아 운공을 시작했다.

각기 다른 심정을 가슴에 품은 채.

"이제 내게 화내지 마시오."

화무린은 구나찰의 손목을 놓으면서 약간 지친 듯한 얼굴로 씨익 웃어 보였다.

"무슨 소리냐?"

그녀는 날 선 어조로 물었다.

"당신 공력이 내게 흘러들어 왔다고 나한테 화가 나 있었잖소. 이제 되돌려 줬으니 화내지 말라는 것이오."

구나찰은 녹면 속에서 가볍게 어이없는 표정을 지으면서 화무린을 쳐다보았다.

그녀가 볼 때 화무린은 정말 많은 생각을 하게 만드는 놈이었다.

게다가 그녀 자신조차도 자신에게 그런 것들이 존재했는지 모르는 생소하면서도 이상한 감정들이 가슴에서 솟구치게 만드는 놈이었다.

또한 지금은 전혀 생각하지도 않았던 순진무구한 소리를 하고 있다.

그녀는 어제 견폐를 벗어두고 이곳을 뛰쳐나간 후 숙소로 돌아가 밤잠을 설치면서까지 많은 생각에 사로잡혔었다. 그녀로서는 태어나서 처음 그렇게 많은 생각을 해보았다.

더없이 까다로우며 난해한 무공 초식의 구결들은 다만 머리로 궁구하기만 하면 되고, 그것들을 터득하려면 피가 마르고 뼈가 부수어지는 육체적인 고통을 감내하면 된다.

하지만 이것은 전혀 달랐다.

이 이상한 놈이 만들어내는 것들은 머리로도 육체로도 절대 풀리지 않는 요상한 것들뿐인 것이다.

결국 그녀는 밤새 뒤척이며 생각에 생각을 거듭했지만 끝내 어떤 해답이나 결론을 내리지 못하고 말았다.

물론 구나찰은 화무린에게 화가 나 있지 않았기 때문에 화무린의 짐작은 틀렸다.

"왜 그러시오? 받은 만큼 되돌려준 것 같은데 아직도 공력이 모자라서 그러는 것이오?"

"됐다."

구나찰은 손을 저으며 일어섰다. 될 수만 있으면 오늘 밤은 편히 잠들고 싶었다.

그러자면 화무린의 그 어떤 말이나 행동에도 엮여들지 말아야만 할 것이다.

그저 자신은 비도술을 가르치기만 하면 되는 것이다.

문득 그녀는 얼마 전에 화무린의 요구를 직속상관에게 보고했을 때의 대화가 생각났다.

"그래서 그놈을 죽여야 할 것 같으냐?"

"그건 아닙니다만……."

"그렇다면 네가 알아서 처리하라."

직속상관은 결정권을 구나찰에게 일임했다.

그때 화무린의 요구를 일언지하에 묵살해야만 했다.

그랬다면 최소한 이런 이상하고도 골치 아픈 상황 때문에 부심하지는 않을 테니까.

"그런데 말이오, 지난번에 보니까 당신은 마흔다섯 자루의 귀명비도를 모조리 던져 낸 후에 귀명비도가 한 자루도 남지 않은 상태에서 또다시 마흔다섯 자루를 던졌는데, 그건 어떻게 한 것이었소?"

"나중에 알려주마."

구나찰은 품속에서 빛나는 무언가를 꺼내며 일어섰다.

이어서 은신처 내부를 한차례 둘러보더니 한복판으로 걸어가 머리 위를 향해 가볍게 팔을 뻗었다.

퍽!

빛나는 물체가 천장의 얼음에 박혔다.

그러자 은신처 안 곳곳이 환하게 밝아졌다.

화무린이 그 아래에서 올려다보니 그것은 어린아이 주먹 정도 크기인 한 알의 야광주(夜光珠)였다.

그 덕분에 은신처 내부가 거의 대낮에 가까울 정도로 밝아졌다.

그런데 화무린은 시큰둥하게 중얼거렸다.

"배려는 고맙소만 이대로 놔뒀다가는 내 목숨은 아마 오늘 밤을 넘기지 못할 것이오."

구나찰은 대답하지 않고 귀명비도 한 자루를 쥐고 천천히 벽으로 걸어갔다.

"정말 모르는 것이오? 저길 보시오! 천장의 틈새로 빛이 새 어나가고 있지 않소! 차라리 내가 이곳에 있다고 나가서 떠들 고 다니는 편이 낫지 않겠소?"

사각사각―

구나찰은 귀명비도로 암벽을 깎아내면서 중얼거리듯이 대 꾸했다.

"내 명령이 떨어지기 전까지 이 일대 십 리 이내로는 야차 들이 들어오지 못한다."

방금까지 악악거리던 화무린은 머쓱해졌다.

"그… 렇소?"

그는 쭐레쭐레 구나찰 뒤로 다가갔다.

"그런데 가르쳐 주다가 말고 지금 뭐 하는 거요?"

"표적을 새기려고 암벽을 반듯하게 깎아내려는 것이다."

표적이 있어야 수련을 할 수 있는 것은 당연했다.

"몇 개나 만들 생각이오?"

바각바각―

"많을수록 좋지만 우선 돌아가면서 세 개 정도."

구나찰은 손을 멈추지 않고 암벽을 편편하게 깎아내면서

대답했다.

"칼날이 무뎌지겠군."

뚝!

그 말에 구나찰의 손이 멈췄다.

슥—

그러더니 콧구멍을 찌르듯이 귀명비도를 화무린의 얼굴 앞으로 들이밀었다. 무뎌졌는지 확인하라는 뜻이었다.

비도의 날카로운 도첨과 화무린의 코의 거리는 불과 한 치.

구나찰은 말이 많은 그가 한번 놀라보라고 다분히 의도적으로 비도를 들이밀었지만 화무린은 눈 하나 깜빡이지 않았기 때문에 정작 놀란 사람은 구나찰이었다.

그녀로서는 예상하지 못했던 화무린의 강한 담력이었다.

사실 구나찰은 무공을 가르쳐 달라는 화무린의 요구를 수락했으므로 그저 묵묵히 무공만 가르쳐 주면 그만이다.

그리고 그녀도 처음에는 그럴 계획이었다.

하지만 처음부터 상황이 그러지 못했고, 조금씩 이상한 쪽으로 흘러가더니 이젠 아예 처음으로는 되돌아갈 수도 없는 지경까지 와버리고 말았다.

지금쯤 두 사람 사이가 처음과 많이 달라졌다는 사실을 두 사람 스스로도 인식하고 있었지만 굳이 내색하려고 하지는 않았다.

또한 처음으로 되돌리려고도 하지 않았으며 이곳에서 멈

추려고도 하지 않았다.

그저 유유히 흐르는 강물에 배를 띄워놓고 대체 어디까지 흘러가나 보자는 심산인 듯했다.

"단단한 암벽에도 잘 꽂히고 암벽을 마구 깎아대도 칼날이 무뎌지지 않다니, 대체 귀명비도는 무엇으로 만들었소?"

화무린은 구나찰이 내민 비도의 날을 손가락으로 가볍게 문지르면서 호기심 어린 표정으로 물었다.

"천산의 만년오금철(萬年烏金鐵)이다."

"호오! 이제 보니 굉장한 것이로군!"

화무린은 천산이 어디에 붙었는지도 알지 못했고, 만년오금철이란 말을 들어본 적도 없으면서 짐짓 아는 체 너스레를 떨면서 필요 이상으로 감탄을 터뜨렸다.

오늘만은 화무린이 무슨 말, 무슨 행동을 해도 말려들지 말자고 다짐에 다짐을 거듭한 구나찰이었다.

그래서 아까부터 일부러 언행을 차갑고 딱딱하게 일관하고 있는 중이었다.

하지만 화무린의 과장된 감탄이 그 다짐을 파도에 씻기는 모래성처럼 단숨에 허물어뜨렸다.

소라 껍질보다 단단한 규칙 속에 감추어져 있던 그녀의 본성은 누구보다도 순수했다. 그리고 경계심이 강했다.

"웬만한 무기로는 귀명비혼을 막아내지 못한다."

화무린은 짐작이 가는 바가 있었지만 일부러 모른 체하고 얼굴 가득 천진난만한 호기심을 가득 떠올린 채 물었다.

"쏘아오는 귀명비도를 적들이 그저 무기를 휘둘러서 막으면 되는 게 아니오?"

예상대로 구나찰의 목소리는 조금 의기양양해졌다.

"귀명비혼은 상대가 막아낼 수 있을 정도로 느리지 않다. 하지만 굳이 막을 수 있다고 해도 평범한 무기로 막으려 들었다가는 귀명비도가 무기를 단숨에 부러뜨리고 곧장 몸까지 꿰뚫어 버린다!"

산전수전 두루 겪은 화무린의 능수능란한 밀고 당기기에 구나찰은 가련할 정도로 무너져 버리는 순진무구한 여자였다.

"이야! 무시무시하군!"

화무린은 과장된 몸짓에 입에서 침을 튀기기까지 했다.

"귀명비혼은 그야말로 무적이로군!"

"호홋! 한때는 그랬었지!"

구나찰은 화무린을 만난 이후 처음으로 웃었다.

영롱한 옥구슬 몇 알을 쟁반에 담아 가볍게 흔들었을 때처럼 몹시 듣기 좋은 웃음소리였다.

그녀는 자신이 방금 열두 살 이후로 처음 웃었다는 사실을 들뜬 분위기 때문에 미처 깨닫지 못했다.

화무린은 계획이 있었다. 그는 구나찰에게 무공을 배우는 것만으로는 성이 차지 않았다.

그의 계획은 간단했다. 그녀에게 무공을 배우는 한편 가능한 한 그녀를 자신의 편으로 만드는 것이었다.

구중천 내에 자신의 편이 한 명쯤 있는 것도 가히 나쁘지 않았다. 아니, 큰 힘이 되어줄 것이다.

처음부터 화무린의 내심에는 그런 교활하기까지 한 계책이 세워져 있었다.

그리고 현재까지는 순조롭게 진행되고 있었다.

"호호홋! 나는 쌍검술을 배우기 전까지 귀명비흔으로 수많은 적을 물리쳤었지!"

정말 듣기 좋은 웃음소리였다. 겨우내 얼었던 시내가 녹으면서 돌 틈 사이로 흘러내리는 차가운 듯 신선한 웃음소리. 듣고 있으면 마음이 상쾌해지는 것 같았다.

그녀의 말에 화무린은 귀가 솔깃했다.

그는 구나찰의 양어깨에 메어져 있는 평범해 보이지 않는 쌍검을 눈을 가늘게 뜨고 감탄하듯 쳐다보았다.

"쌍검술이 귀명비흔보다 강한가?"

그는 어느샌가 은근슬쩍 반말을 시도하고 있었다.

물론 그것도 작전의 일환이었다.

하지만 구나찰은 자꾸만 의기양양해지는 기분 때문에 아직 모르는 것 같았다.

"어느 것이 강하다고 비교하기는 힘들어. 비도술과 쌍검술은 서로 판이하게 다르니까."

"그렇겠군."

"내겐 귀명비혼과 무쌍검류(無雙劍流)가 똑같이 소중해. 마흔다섯 자루 귀명비도와 두 자루 무쌍검(無雙劍)은 지난 육 년 동안 한 번도 내 몸에서 떨어져 본 적이 없어."

그녀의 말투도 어느 사이엔가 많이 부드러워져 있었다. 그러나 그 사실조차도 그녀는 깨닫지 못하고 있는 듯했다.

"쌍검술 초식명이 무쌍검류인가?"

"응."

"이름만 들어도 굉장한 쌍검술 같군."

화무린은 감탄을 금치 못했다. 진심 반 과장 반이었다.

제 딴에는 치밀한 작전을 수행 중이라고 믿고 있던 그도 어느 사이엔가 수렁 속으로 빠져들 듯 구나찰과의 감흥과 대화 속으로 빠져들고 있었다.

문득 구나찰은 물끄러미 화무린을 바라보았다.

"왜?"

"아냐."

구나찰은 고개를 살래살래 저었다.

그녀는 방금 자신도 모르게 '귀명비혼을 다 배우고 나면 무쌍검류를 가르쳐 줄게'라고 말할 뻔했다.

드극드극—

그녀는 자신이 방금 전까지 화무린과 너무 다정하게 얘기를 주고받았다는 사실을 뒤늦게 깨닫곤 입을 꼭 다문 채 다시 암벽을 깎아내기 시작했다.

화무린은 그런 그녀의 뒷모습을 물끄러미 바라보았다.

어색한 침묵이 흘렀다.

드극드극―

비도로 암벽을 깎아내는 소리만 은신처 안을 살금살금 울렸다.

한참 만에야 화무린이 나직이 입을 열었다.

"그만 해."

드극드그극―

대답 대신 암벽 긁는 소리가 더 크게 들렸다.

화무린의 시선이 암벽을 깎는 귀명비도로 향했다.

드극드극―

비도는 암벽을 깎아내지 않고 있었다. 조금 전부터 이미 편편해진 부위를 자꾸만 비벼대고 있는 중이었다.

구나찰은 무언가 깊은 생각에 잠겨 있는 게 분명했다. 아니면 자신의 감정과 치열하게 싸우고 있든지.

이제 화무린에게 구나찰은 더 이상 팔대지옥의 무시무시한 나찰로 보이지 않았다.

그저 하나의 사람.

이곳에서 자신과 가장 가까운 사이가 된 사람.

그리고 여자며 누이로 여겨졌다.

문득 어젯밤에 그를 몽정으로까지 이끌었던 꿈이 머릿속

에서 마른 짚더미에 불을 지핀 듯 화르르 피어올랐다. 그러더니 곧 가슴으로 옮겨 붙었다.

그는 화들짝 놀랐다가 곧 지그시 어금니를 악물고 나서 고개를 세차게 흔들었다.

슥―

이어서 그는 잠시 구나찰의 늘씬한 뒷모습을 응시하다가 가만히 팔을 뻗어 뒤에서 구나찰의 가느다란 허리를 부드럽게 안았다.

"그만 해. 나중에 내가 할게."

후르르.

구나찰의 몸이 세차게 떨리는 것이 팔을 통해서 화무린의 가슴으로 전해져 왔다.

뒤에서 안았기 때문에 그의 손바닥은 구나찰의 도톰한 단전 부위에 덮듯이 얹혀 있었다.

단전은 공력이 응집되어 있는 중요한 부위다. 그러나 굳이 그런 점이 아니더라도 여자에겐 단전, 혹은 아랫배라고 불리는 부위만큼 중요한 곳도 없다.

잉태를 할 수 있는 자궁이 있는 부위며, 그곳에서 한 뼘도 채 안 되는 아래에는 여자의 가장 은밀한 부위가 있기 때문이다.

화무린의 손바닥을 통해서 그녀의 아랫배가 심하게 기복을 일으키는 것이 고스란히 전해졌다.

하지만 화무린도 구나찰도 그대로 가만히 있었다. 손을 거두어들이지도 않고 뿌리치지도 않았다.

"어떻게 하는지 알았으니까 나중에 내가 할게."

화무린의 음성이 그녀의 귀 뒤에서 들려왔다. 어제처럼 뜨거운 숨결과 함께.

"알았지?"

비로소 구나찰이 보일 듯 말 듯 고개를 끄덕인다.

화무린은 그대로 가만히 있었다.

그녀의 허리를 안고 있는 팔을 통해서 전해져 오는 것은 떨림만이 아니었다.

그녀의 아랫배의 체온은 어제 느꼈던 손보다 훨씬 따스했다.

"이름을 물으면 또 때릴 거야?"

화무린은 더 이상 아무 행동도 취하지 않으면서 나직이, 그리고 부드럽게 물었다.

이 정도가 좋다. 더하면 화가 미칠지도 모른다.

구나찰은 침묵을 지켰다.

하지만 말을 하지 않아도 화무린은 그녀의 생각을 절반쯤은 읽을 수 있었다.

말은 입으로만 하는 것이 아니다.

눈빛을 볼 수 없다면 이렇게 닿아 있는 서로의 몸을 통해서도 언어는 전해지는 법이다.

"내 이름은……."

문득 구나찰은 말을 흐렸다.

어이없는 일이 일어났다. 너무나 오랫동안 사용하지 않았던 자신의 이름을 잊은 것이었다.

그 사실을 화무린은 그녀의 몸이 또 다른 전율 때문에 떨리는 것으로 느낄 수 있었다.

사람이 자신의 이름을 잊을 리는 없다. 하지만 너무 오래 그 이름을 불러주는 사람이 없으면 자신의 이름 같지 않은 그 생소한 이름이 아주 잠시 기억나지 않을 때가 있다.

화무린도 그랬었다.

상명이나 현조라는 지인이 없었을 때의 그는 아무도 이름을 불러주지 않는 떠돌이 거지 소년에 불과했다.

그들이 자신의 이름을 불러주었을 때 그는 비로소 화무린이 되었다. 그전까지 그는 이름도 없는 한낱 거지 소년이었다.

자신이 처한 환경 때문에 구나찰이라고 불려야만 했던 소녀의 슬픔은 자신의 허리를 안고 있는 화무린의 팔을 통해서 빠르게 그의 가슴속으로 스며들었다.

화무린은 부드럽게 속삭여 주었다.

"급할 거 없어. 마음을 가라앉히고 편안하게 생각해 봐. 그럼 생각날 거야. 나도 그랬으니까. 후후… 나는 내 이름을 기억해 내는 데 꽤나 애를 먹었다니까."

정말이었다.

그 말에 구나찰은 깜짝 놀라는 듯했다.

그리고 과연 그 말은 그녀에게 까맣게 잊고 있던 자신의 이름을 돌려주는 데 기여하게 되었다.

"소… 군(蘇君), 내 이름은 소군이야."

"거봐, 생각났잖아. 잘했어. 그런데 그렇게 예쁜 이름을 갖고 있으면서 구나찰이 다 뭐람?"

화무린은 어이없다는 듯 툴툴거렸다.

"몇 살이지? 열두 살부터 육 년 동안 귀명비혼을 배웠다고 했으니까 아마 지금쯤은 열여덟 살인가?"

"응."

"나하고 동갑이로군."

새빨간 거짓말.

하지만 작전이니 어쩔 수 없었다.

구나찰 소군이 그 자세 그대로 고개만 돌려 어깨 너머로 화무린을 보았다.

그런데 민망하게도 화무린의 키는 소군에 비해서 손가락 하나 정도 작았다.

그래서 소군이 그를 보려면 눈동자를 약간 아래로 내리깔아야만 했다.

그 눈길이 '동갑인데 왜 키가 나보다 작지?' 라는 무언의 질문 같아서 화무린은 속이 뜨끔했다.

"십팔 세까지 키가 안 크다가 십구 세부터 부쩍부쩍 크는 게 우리 집안 내력이야."

뚜렷하고도 분명한 목적을 지닌 이상 그것을 위한 수단이나 과정은 정당화되기 마련이다.

소군의 눈빛은 더 이상 예전의 그 무심함이나 줄기줄기 뿜어지던 녹광이 아니었다.

애잔한 듯 가벼이 흔들리는 봄바람 같은 눈빛이 되었다. 그 눈빛이 '그래?' 하고 호응해 주었다.

"내 이름은 화무린이야. 앞으로는 무린이라고 불러. 난 널 군아라고 부를게. 괜찮지?"

그는 일곱 살 이후 네 번째로 자신의 이름을 타인에게 가르쳐 주었다.

"응."

조그맣게 대답한 소군의 상체가 뒤로 스르르 허물어지는 것 같더니 화무린의 가슴에 기대었다.

"아!"

그녀는 깜짝 놀라서 몸을 똑바로 세우려고 했다.

"괜찮아."

그러나 화무린이 그녀의 허리를 감은 팔에 약간 힘을 주어 자신 쪽으로 당기며 부드럽게 속삭였다.

암벽 앞에 서서 상체만 뒤로 약간 젖힌 채 화무린의 가슴에 등을 대고 있는 소군.

팔로 그녀의 허리를 안은 채 어정쩡하게 서 있는 화무린.

이런 상황에서 그 다음에는 어떻게 해야 하는지 둘 다 숙맥이긴 마찬가지였다.

한참을 그런 자세로 있었더니 화무린은 팔이 저렸고, 소군은 허리가 뻐근해졌다.

"군아."

"응?"

소군이 콧소리를 내리라고는 화무린은 물론 그녀 자신조차도 눈곱만큼도 예상하지 못했다.

게다가 두 사람은 그게 콧소리인지도 느끼지 못할 정도로 이 상황에 심취해 있었다.

소녀는 무공을 가르쳐야 한다는 본래의 목적을 까맣게 망각했고, 소년은 소녀를 자신의 편으로 만들기 위해서는 교활하거나 냉정해져야 한다는 마음가짐이 구 할 이상 사라져 버린 상태였다.

화무린이 소군의 어깨를 잡고 빙글 그녀의 몸을 돌렸다.

"아!"

그 바람에 천하의 구나찰은 깜짝 놀라 나직한 탄성을 터뜨렸다.

아니, 그녀는 지금 나찰이 아니었다. 그저 순진무구한 십팔 세 소녀 소군일 뿐이었다.

화무린은 두 팔로 그녀의 허리를 꼭 끌어안은 채 조용히 속삭였다.

"얼굴을 보고 싶어."

당연한 일이지만 소군은 이제 더 이상 놀라지도, 그리고 항 거하지도 않았다.

지금 그녀의 살과 뼈는 절반 이상 녹아 있는 상태였다.

그리고 이성은 완벽하게 녹아서 흐느적거렸다.

단단한 초일수록 불을 붙이면 더 잘 녹는 법이다.

화무린은 지금 자신이 이러는 것이 계획적인 것인지 본능 적인 것인지 구별하지 못했다.

그녀의 심장이 콩콩거리는 소리가 두 사람의 귀에까지 생 생하게 들릴 정도였다.

그녀는 최면에 걸린 사람처럼 두 손을 들어 녹면을 잡고 천 천히 위로 들어올렸다.

지금 자신의 처소에 돌아가 혼자가 되었을 때만 녹면을 벗 어야 한다는 규칙이 깨어지고 있었다.

녹면이 벗겨지자 화무린은 갑자기 눈앞이 환하게 밝아지 는 듯한 착각을 느꼈다.

"아!"

소군의 진면목을 보는 순간 눈이 부셨다.

아니, 차라리 눈이 시렸다.

그는 말을 잃고 망연자실한 얼굴로 소군의 얼굴을 바라보 았다.

소군의 얼굴은 핏기 한 점 없이 창백할 정도로 순백색이었다.

핏기만 없는 것이 아니라 잡티 하나 없었다.

갸름한 얼굴에 크고도 서글서글한 한 쌍의 눈이 호기심과 두려움으로 맑게 빛나고 있었다.

서시에 비견되는 아름다움을 지녔다는 세라공주 주자운을 보고도 예쁘다는 생각이 들지 않았던 화무린이다.

그렇다고 소군이 주자운보다 아름답다는 것은 아니었다.

주자운은 천하가 인정하는 천하제일미다. 그것은 아름다움으로는 그녀를 능가할 여자가 없다는 뜻이다.

소군은 아름다웠다.

그것은 주자운과는 또 다른 아름다움이었다.

주자운이 정열적인 모란이며 장미라면, 소군은 한겨울 북풍한설을 이기고 눈 속에서 피어난 한 송이 매화라고 할 수 있었다.

순결함, 청순함, 수줍음 같은 것이 그 아름다움 속에 섞여 녹아 있었다.

더구나 중요한 사실은 화무린의 안목이었다.

그는 주자운을 조금도 여자로 보지 않는 대신 이상하게도 소군은 여자로 보였다.

오죽하면 몽정까지 했겠는가.

그는 계획적으로 이 일을 시작했지만 꿈속에까지 나타나

는 소군을 그로서는 어쩔 도리가 없었다.

그것은 소군의 잘못이 아니었다. 미처 예견하지 못해서 작전에 포함시키지 못했던 본능과 감정 탓이었다.

소군은 조마조마한 심정으로 화무린의 눈치만 살폈다.

그녀도 자신이 구중천 팔대지옥의 나찰이라는 사실을 화무린 앞에서 벗어던진 상태였다.

지금은 그저 화무린이 자신의 진면목을 보고 실망하면 어쩌나 하는 조바심만 가슴에 가득할 뿐이었다.

그런데 자신이 녹면을 벗는 순간 화무린이 크게 놀라더니 정신이 반쯤은 나간 표정을 짓고 있는 것이 영 불안하기 짝이 없었다.

"정말 예쁘다."

한참 만에야 화무린의 입에서 나직한 탄성이 흘러나왔다.

그러자 소군의 밀랍처럼 창백한 두 뺨에 발그레 홍조가 피어났다. 그것은 마치 백지에 봉숭아 꽃물이 빠르게 번지는 것 같은 모습이었다.

"정말?"

소군은 화무린의 말이 쉽사리 믿어지지가 않았다. 누군가에게 예쁘다는 말을 생전 처음 듣는 그녀였다.

"너무 예뻐."

화무린은 그렇게 말하면서 자신도 모르게 두 손을 내밀어 소군의 뺨을 부드럽게 감쌌다.

이제 소군은 화무린이 무슨 말, 무슨 행동을 해도 놀라지 않는 소녀가 되었다.

소군의 뺨은 부드러웠고 매끄러웠다.

화무린은 이끌리듯 자신의 입술을 소군의 입으로 가져갔다.

소군의 두 눈이 약간 커졌다가 사르르 감겼다.

입맞춤이라는 것은 한 번도 해본 적이 없었지만 지금은 눈을 감아야 할 때라고 뒤늦게 싹을 틔운 본능이 속삭여 주었다.

두 개의 입술이 조심스럽게 맞닿았다.

지금 화무린의 행동은 작전도 그 무엇도 아니었다. 그런 것을 염두에 둘 상황이 아닌 것이다.

그는 애초에 계획이나 작전 같은 것을 세우지 말고 차라리 소군의 진심에 호소했어야 했다.

그는 자신이 산전수전 다 겪었다고 생각하지만 누구보다 순진무구하다는 사실을 인정하지 않고 있었다.

그는 자신이 밑바닥 생활을 오래하여 교활함과 잔인함, 목적을 위해서는 수단과 방법을 가리지 않는 성격이 되었다고 생각했다.

하지만 그것은 그의 외피(外皮)일 뿐이었다. 그의 진짜 성격은 단단한 호두 껍질 안에 상처받지 않은 채 고스란히 남아 있다가 지금에야 드러나고 있는 것이었다.

사실 그는 소군과 너무나 닮은 성격이었다. 진심이라는 것을 단단한 소라 껍질 속에 꽁꽁 감춰두고 있는 그였다.

하지만 자신과 너무나 닮은 소군을 만나게 되어 계획이란 것을 세운 뒤 작전 수행 중에 이 지경이 되고 만 것이다.

두 사람의 입이 열리고 혀가 엉겼다. 누가 가르쳐 준 적도 없지만 그저 본능이 시키는 대로 서로를 탐닉했다.

두 사람은 빠르게 무아지경 속으로 빠져들었다.

입맞춤의 신비한 기술도 모르는 두 사람이다. 그저 힘차게 혀를 빨고 침을 삼키며 입술을 비벼댔다.

어느덧 소군은 두 팔로 화무린의 목을 꼭 끌어안은 채 몸을 파들파들 떨고 있었다.

화무린의 손은 그녀의 허리와 등을 억세게 끌어안았다.

입맞춤 다음에는 어떻게 할지 모르는 그는 그녀를 안고 몸부림치며 어쩔 줄을 몰라 했다.

그냥 그녀의 몸속으로 들어가 버렸으면 좋겠다는 생각만 들었다. 하지만 어느 곳으로 어떻게 들어가야 하는지 알지 못했다.

이 순간의 그는 그녀의 몸속이 안식처이고 피난처이며 마지막으로 돌아가서 쉬어야 할 집이라는 생각만 들었다.

두 사람은 어느새 한 덩이가 되어 쓰러져 있었다.

화무린의 손은 소군의 온몸을 더듬다가 옷 속으로 스며들어 젖가슴과 하체를 만졌다.

"아아!"

소군은 생전 처음 느끼는 저릿저릿한 황홀경에 온몸을 늘어뜨린 채 신음을 흘렸다.

화무린은 자신의 옷을 벗기 위해서 도곤을 풀려고 애썼다. 도곤의 고리는 등 뒤에 세 개나 있기 때문에 잘 풀리지 않았다.

그러다가 도곤에서 흘러나온 귀명비도 한 자루의 뾰족한 도첨이 그의 팔뚝을 찌르고 말았다.

"……!"

접시를 높이 쌓아서 들고 있다가 떨어뜨려 한꺼번에 박살 난 것처럼 화무린은 그 순간 정신이 번쩍 들었다.

'이런……!'

그의 정신은 얼음물을 뒤집어쓴 것처럼 차가워졌다. 펄펄 끓어 넘치던 육체도 빠르게 식어갔다.

그는 급히 소군을 쳐다보았다.

그녀는 어느샌가 바닥의 가죽 깔개 위에 거의 알몸이나 다름없는 모습으로 늘어지듯 누워 있는 상태였다.

화무린은 그녀가 왜 누워 있는지 몰랐다. 하지만 자신이 눕혔을 것이라는 추측을 하기란 어렵지 않았다.

그의 기억 속에 마지막으로 남아 있던 잔재는 두 손으로 그녀의 뺨을 감싸면서 입맞춤을 하던 부분에서 정지되어 있었다.

그 다음은 아무것도 생각나지 않았다.

그래서 그는 더 황망했다.

소군의 바지는 무릎에 걸쳐진 채 속곳마저 흘러내려 음부가 드러나 있었으며, 상의도 풀어헤쳐져서 희고 탐스러운 젖가슴 하나가 노출되어 있었다.

그런데도 그녀는 아직 정신을 차리지 못하고 눈을 감은 채 입을 반쯤 벌리고 있었다.

'나라는 놈은 도대체…….'

화무린은 착잡한 심정으로 자신의 두 손을 들어올렸다.

한쪽 손에 투명하고 끈끈한 점액질이 묻어 있는 것이 시야에 들어왔다. 소군의 음부를 만지던 손이다.

'미친놈!'

나찰 한 명쯤 자신의 편으로 만들려는 것이 애초의 목적이었다면 그것은 이미 충족되었다.

그러나 이것은… 이러는 것은 아니다.

평소 자신을 밑바닥 인생이라고 생각했던 화무린이다. 또한 목적을 위해서라면 수단과 방법을 가리지 않는다고도 자신에게 수없이 천명했다.

만약 지금 이 자리에서 그가 소군의 몸을 취한다면 그의 계획은 완벽하게 성공할 것이다.

하지만 그의 단단한 호두 껍질 속에 감추어져 있던 본성은 이게 아니라고 외치며 그를 꾸짖고 있었다.

엄격한 가문에서 일곱 살까지 성장한 그다. 그러므로 무엇이 도리이며 윤리인지 어렴풋이 기억하고 있었다.

그런데 이게 무슨 짓이란 말인가?

이 순간 화무린은 자신이 소군에게 계획적으로 치근거렸던 것마저도 가증스러워졌다.

열두 살 이후 아무도 보거나 만진 적이 없는 순결한 몸을 지니고 있는 소군에게 방금 전에 벌어진 일은 지금껏 그녀가 지니고 있던 모든 가치관을 한꺼번에 뒤흔들어 놓을 만큼 거대한 충격이었다.

"무린……."

그때 소군이 눈을 반쯤 뜨고 화무린을 바라보며 작게 입을 열었다.

그녀는 두 팔을 화무린에게 뻗었다.

안아달라는 것인지 입맞춤을 해달라는 것인지 그녀도 화무린도 알지 못했다.

다만 그녀의 얼굴에는 무언가를 간절하게 바라는 애원이 가득 떠올라 있었다.

그저 그녀는 두 팔을 뻗으며 무언가를 원하고, 그것을 보는 화무린은 괴로워하고 있었다.

"미안해, 군아."

이윽고 화무린은 소군 옆에 앉아 옷을 추스려 주며 진심으로 미안해했다.

"뭐가?"

소군은 화무린에게 안기며 코 먹은 소리로 물었다.

"그냥⋯⋯."

너무나 탐스러운 젖가슴과 뽀얀 허벅지 사이의 검게 우거진 숲이 옷을 입혀주는 화무린의 눈에 띄었다.

"또 해줘."

생애 처음으로 몸이 뜨겁게 달아올랐던 그녀는 아직 열기가 식지 않은 채 자신의 입술을 화무린의 입술에 맞대며 불투명한 말로 중얼거렸다.

화무린은 가볍게 입을 맞춰주고는 그녀를 자신의 앞에 일으켜 앉히며 정색했다.

"군아, 여자는 알몸을 아무에게나 보이는 것이 아냐."

"나도 알아."

소군은 뜻밖에 고개를 끄덕였다. 이어서 무언가를 기억해내려는 듯 아스라한 표정을 지었다.

"어릴 때 어머님께서 해주셨던 말씀이 생각나. 여자는 꼭 한 남자에게만 알몸을 보이고 몸과 마음을 바치라는."

화무린은 고개를 끄덕였다.

"맞아. 그래야 하는 거야."

소군은 방그레 미소 지었다.

"응, 그래서 나는 무린 너에게 몸과 마음을 바칠 거야."

"캑!"

화무린은 사례가 들어서 두 손으로 목을 붙잡고 기침을 하고 나서 충혈된 눈으로 소군을 쏘아보았다.

"너… 그게 무슨 뜻인지 알고 하는 거야?"

소군은 수줍게 고개를 끄덕였다.

"응."

화무린은 그녀가 수줍어하는 걸 보면서 알고 있을 것이라고 짐작했지만 그래도 좀 미심쩍었다.

"뭔데?"

소군은 갑자기 화무린 앞에 무릎을 꿇고 허리를 꼿꼿하게 펴며 낭랑한 어조로 말했다.

"목숨을 걸고 충성하는 것!"

"……."

그녀는 이마를 바닥에 대고 공손히 절을 올리는데 목소리는 방금 전보다 더 공손했다.

"무린에게 나 소군의 목숨을 바치겠어."

第十八章

너무도 순진한

구중천
九重天

"갈게."

"그래."

소군은 은신처의 입구에 서서 '갈게'라는 말을 벌써 열 번도 넘게 되풀이하고 있는 중이었다.

화무린은 그녀가 왜 그러는지 짐작할 수 있었다.

소군의 촉촉한 입술이 화무린의 입술에 살며시 닿았다. 내리깐 두 눈의 속눈썹이 바르르 가늘게 떨렸다.

그래도 화무린은 가만히 있었다.

소군도 입술을 댄 채 무언가를 기다리는 듯 가만히 있었다.

그녀는 아까처럼 혀를 빨고 혀를 내어주는 뜨거운 입맞춤을 원하고 있는 것이었다.

그러나 화무린은 그녀의 요구를 들어줄 수가 없었다.

다시 한 번 그랬다가는 이번에야말로 정말 무슨 일이 벌어질 것만 같았기 때문이다.

아까는 귀명비도가 팔뚝을 찌르는 바람에 가까스로 정신을 차릴 수가 있었다.

하지만 이번에는 그런 요행이 따라주지 않을 것이다.

"군아, 벌써 어두워졌다."

화무린이 입술을 떼고 얼음 천장을 가리켰다. 두꺼운 얼음 천장 밖은 이미 암흑으로 변해 있었다.

"응……."

얼음 천장 밖을 바라보다가 다시 화무린을 바라보는 소군의 얼굴이 쓸쓸함으로 물들었다.

"갈게."

이윽고 그녀는 힘없이 몸을 돌렸다.

"군아."

화무린이 조용히 그녀를 불렀다.

"응? 왜?"

돌아서는 그녀의 얼굴에 더할 수 없는 기대와 기쁨이 넘쳐흘렀다.

화무린은 양손에 쥐고 있는 녹면과 견폐를 내밀었다.

"이거."

"아, 잊었네!"

나찰인 그녀가 녹면과 견폐를 잊고 있을 정도로 넋을 빼놓고 있었던 것이다.

소군은 양손에 녹면과 견폐를 받아 쥐고는 물끄러미 그것을 내려다보았다.

그때 화무린은 그녀의 얼굴이 복잡하게 물드는 것을 발견했다.

그리고는 깨달았다. 그녀가 왜 주저하며 선뜻 돌아서지 못하고 있었는지를.

녹면을 쓰고 견폐를 두른 후 다시 구나찰로 돌아가야 하는 것 때문이었다.

그녀는 오랫동안 쓰고 있던 녹면을 벗어던지고 진면목으로 여태껏 화무린과 웃고 떠들면서 귀명비혼을 가르쳤다.

미상불 녹면은 북해의 만년 빙하였다. 만년 빙하는 모든 것을 얼리고 또한 뒤덮고 있었다.

그리고 소군은 그 빙하 속에 갇혀서 피어 있던 한 송이 청초한 매화였다.

빙하는 매화를 짓누르고 억압하면서 지배하던 모든 것이었다.

매화는 잠시나마 자신을 수년 동안 지배하던 빙하를 깨고 새로운 세상을 만끽했다.

그 새 세상은 환희와 기쁨 그 자체였다.

그런데 이제 그녀는 환희를 접고 다시 두꺼운 빙하 아래로 들어가야만 하는 것이다.

빙하를 깨준 사람은 물론 화무린이었다. 그래서 소군은 자신이 다시 빙하 아래로 들어가야 하는 것을 화무린이 막아주기를 바라고 있는 것이었다.

그런 사실을 잘 알고 있는 화무린은 가슴 한 귀퉁이가 쥐어뜯는 것처럼 아려왔다.

그가 처다보았을 때 소군은 이미 녹면과 견폐를 하고 은신처의 바위를 치우기 위해 몸을 굽히고 있었다.

"군아."

화무린이 다시 불렀다.

하지만 녹면을 쓰고 견폐를 두른 소군의 행동은 조금 전과 달랐다.

매화는 빙하 속에 갇히고 있었다.

푸른 녹면에 덮인 얼굴이 화무린 쪽을 향했다.

녹면 속 한 쌍의 눈에는 아직 새로운 세상에서 맛보았던 환희의 잔재가 노을처럼 남아 있었다.

화무린은 자신을 향해 서 있는 소군의 견폐 안으로 손을 넣어 녹의 경장 위 가느다란 허리에 한 팔을 두르고 다른 손으로는 녹면을 밀어 올렸다.

아직 빙하 아래에 완전히 갇히지 않은 매화처럼 청순한 소군의 얼굴에 놀라움과 기쁨이 동시에 피어올랐다.

화무린은 매화를 보며 미소 지었다.

"우린 내일 또 보게 될 거야. 네가 원하면 나는 언제나 군아 네 곁에 있을게."

"정말이야?"

팔대지옥의 악마적인 존재 나찰에게서 빙하를 걷어낸 모습은 너무도 순진무구했다. 그리고 애처롭기까지 했다.

화무린은 대답 대신 그녀에게 입을 맞추었다.

그녀의 입이 살짝 벌어지자 혀를 힘차게 빨았다. 또다시 걷잡을 수 없는 열정에 휩싸이게 되는 것은 이제 두렵지 않았다.

하지만 그런 일은 일어나지 않았다.

소군은 자신의 혀를 화무린에게 내맡긴 채 뼈가 없는 듯 그의 품에 안겨 있었다.

입술을 떼자 그녀의 두 눈에서는 맑은 눈물이 구슬처럼 굴러 떨어지고 있었다.

구중천의 나찰이 아닌 매화의 눈물이었다.

화무린은 오해를 했다.

소군이 원하는 것은 다시 한차례의 뜨거운 열정이 아닌 굳은 약속이었다.

자신을 다시 빙하에서 꺼내주겠다는.

화무린은 이번 일을 계기로 착한 사람을 이용해서는 안 된다는 중요한 사실을 깨달았다.

그 대신 착한 사람에겐 진심이 통한다는 교훈을 얻었다.

그래서 그의 계획은 실패로 끝났다. 성공할 수도 있었지만 일부러 실패했다.

왜냐하면 실패로 얻은 것이 더 컸기 때문이다.

그는 팔대지옥의 나찰을 자신의 편으로 만들지는 못했지만 평생을 함께할 수도 있는 친구를, 그것도 여자 친구를 얻었다.

그는 밤새 흐뭇한 기분으로 벽월도를 움켜쥐고 암벽을 깎아 표적을 만들었다.

하지만 마음 한구석에 개운치 않은 기분이 앙금처럼 남아 있었다.

소군에게 자신의 나이를 속였다는 사실이다. 곧 이소능장(以少凌長)인 것이다.

그것도 무려 두 살씩이나.

은신처의 바위가 치워지더니 한 명의 나찰이 능숙한 동작으로 안으로 들어왔다.

나찰은 들어서자마자 쓰고 있던 녹면과 견폐를 거추장스럽다는 듯이 활활 벗어서 집어 던져 청순한 모습의 소군으로 변하더니 깔깔대며 외쳤다.

"호호홋! 무린! 나 왔어!"

사람이, 아니, 나찰이 하루 만에 이렇게 변할 수가 있을까 싶을 정도로 그녀는 명랑해져 있었다.

그녀는 두리번거리다가 화무린이 보이지 않자 방금까지의 호들갑은 어디론가 사라지고 금세 얼굴 가득 그늘이 깔렸다.

"어… 딜 간 거지?"

화무린이 있고 없고가 그녀의 희비를 교차시켰다.

"아, 군아 왔어? 기다려. 곧 갈게."

그때 노곤한 듯한 화무린의 음성이 조그맣게 들려왔다. 마치 벽을 사이에 두고 말하는 소리 같았다.

화무린은 기다리라고 했지만 소군은 그새를 참지 못했다. 그녀는 음성이 들려온 곳을 즉시 찾아냈다. 그곳은 은신처 안의 한쪽 구석인데 바닥에 물이 고여 있었다.

음성은 분명히 그 물속에서 들려왔다.

뜨거운 김이 모락모락 피어나는 지름 석 자가량의 조그만 웅덩이를 굽어보던 소군은 곧 그것이 무엇인지를 깨달았다.

은신처 밖 커다란 바위 옆을 스쳐 흐르는 열천의 한 갈래가 이곳까지 연결된 것이다.

웅덩이 옆에는 화무린의 가죽 털옷과 뱀 가죽 신발이 아무렇게나 널려 있었다.

그곳은 원래 화무린이 간단하게 세안을 하거나 필요하면 뛰어들어 목욕을 하는 곳이었다.

"기다려! 내가 갈게!"

"뭐, 뭐야? 안 돼!"

화무린의 다급한 목소리가 물속에서 들려왔지만 소군은 아랑곳하지 않고 쌍검을 풀고 녹의 경장을 벗으며 설레발을 떨더니 급기야 젖가슴과 중요한 곳을 가린 속곳마저도 훌훌 벗어 던지고는 첨벙 물속으로 뛰어들었다.

웅덩이 속은 반 장 정도의 깊이였다. 소군은 온몸을 물속에 담근 상태에서 재빨리 주위를 둘러보았다.

왼쪽은 물이 갈수록 깊어지는데, 그 위쪽으로는 평평하고 너른 바위가 이 장쯤 뻗어 지붕 역할을 해주고 있었으며, 그 것이 끝나는 곳에 열천의 연못, 즉 소가 있었다.

그리고 오른쪽은 바닥의 바위가 위쪽으로 완만한 경사를 이루어 수심이 점점 얕아졌는데, 그 끝쪽 수심이 두 자 정도 이르는 물속에 화무린과 아령이 몸을 담그고 있었다.

소군을 발견한 화무린은 당황해서 두 손으로 중요한 부위 를 가린 채 엉거주춤한 자세로 허둥거렸고, 그 옆에서 아령도 덩달아 첨벙거렸다.

아령도 수컷이었다.

"구, 군아! 오지 마!"

그러나 화무린의 절박한 외침은 한발 늦고 말았다. 소군은 벌써 그의 코앞까지 이르러 물속에서 벌떡 몸을 일으키고 있 었다.

어제 소군의 반쯤 벌거벗은 몸은 봤지만 완전한 알몸을 보는 것은 처음이었다.

게다가 온몸이 물에 젖어 물방울을 떨구면서 서 있는 모습은 가히 눈이 부실 지경이었다.

화무린은 자신의 눈앞에 전신을 드러낸 채 서 있는 소군의 나신을 눈을 커다랗게 뜨고 입을 벌린 채 쳐다보았다.

보지 말아야지, 외면해야지 하면서도 눈길은 어느샌가 그녀의 나신을 훑고 있었다.

몸이 이성을 따라주지 않는 상황이었다.

앉아 있는 화무린의 눈앞 한 자 거리에 소군의 검은 숲이 어른거리고 있었다.

소군의 이런 행동은 전혀 이해하지 못할 일도 아니었다.

무엇이든 처음이 어렵지 한번 길을 내놓으면 그 다음부터는 쉬운 법이다.

인간관계는 더욱 그렇다.

특히 남녀 관계의 기기묘묘함은 웬만한 이성이나 논리로는 불가해한 일들이 너무도 많다.

제아무리 요조숙녀며 수절 과부라고 해도 최초의 시도가 한 개의 성을 무너뜨리는 것처럼 어려울 따름이지 그것이 성공하면 이변이 없는 한 그 다음부터는 아예 성문을 활짝 열어놓거나 심하면 마중까지 나오기 마련이다.

강한 여자일수록 한번 무너지면 오직 자신을 무너뜨린 남자에게만은 도에 지나칠 정도로 약해진다는 것은 만고불변의 진리이다.

소군이 바로 그랬다.

오직 화무린에게만.

"무린!"

그때 소군이 허리를 굽히며 반가운 듯 외치면서 화무린에게 안겨왔다.

늦게 배운 도둑질이 무섭다더니…….

화무린은 급히 그녀를 잡아 옆에 앉혔다.

안겨드는 그녀를 덥석 안고 나면 그 다음에 무슨 일이 벌어질지 명약관화했다. 그에게 남은 최후의 이성이 그것만은 안 된다고 소리쳤다.

"무린에게 안기고 싶은데 안 되는 거야?"

소군은 옆에 앉아서도 그게 불만인 듯 뺨을 부풀리며 의아한 표정으로 물었다.

화무린은 짐짓 정색을 했다.

"군아 네가 몰라서 그러는 거야. 여자는 다른 사람에게 함부로 알몸을 보이는 게 아냐."

소군은 얌전하게 고개를 끄덕였다.

"그 정도는 알고 있어. 그리고 나는 죽을 때까지 다른 사람에겐 알몸을 보이지 않을 거야."

화무린은 흡족한 미소를 지었다.

"그래야지."

소군은 화무린의 어깨에 기대며 소곤거렸다.

"그게 걱정됐던 거였어? 걱정 마. 나는 무린 여자야. 그러니까 무린에게만 몸을 보이고 무린이 시키는 대로만 할 거야."

"⋯⋯."

화무린은 말문이 막혀 버렸다.

문득 그는 어제 소군이 자신의 앞에 단정하게 무릎을 꿇고 절을 하면서 했던 말을 기억해 냈다.

"무린에게 나 소군의 목숨을 바치겠어."

그 말을 들었을 때 소군의 태도가 심상치 않아서 약간 긴장했던 화무린이었다.

하지만 당시에는 그리 심각하게 생각하지 않고 건성으로 들어 넘겼던 것이 사실이다.

그런데 그것은 소군의 필생의 맹세였던 것이다. 장난도 꿈도 아닌 엄연한 현실이었다.

비껴가지도 돌이킬 수도 없는.

누군가가 자신을 위해서 목숨을 바친다는 것은 한번도 상상해 본 적이 없는 엄청난 일이었다. 그래서 지금 상황으로는 그것의 호불호를 따질 수조차 없었다.

화무린은 굳은 얼굴로 소군을 쳐다보았다.

소군은 그의 굳은 표정을 보고는 금세 표정과 몸이 딱딱하게 굳었다. 화무린의 표정 하나, 말 한마디에 희비가 교차하는 소군이었다.

"무린, 내가 뭘 잘못했어?"

겁먹은 듯 조심스럽게 묻는 소군.

"휴우! 아냐."

화무린은 고개를 돌리며 긴 한숨을 토해냈다.

누굴 탓하겠는가. 모두 자신이 저지른 일의 결과인 것을.

그가 일곱 살에 천애고아가 되었을 때 그의 앞에 직면한 가장 어려웠던 일은 현실을 인정해야 한다는 사실이었다.

그때 가문이 멸문하고 부모님과 가솔이 모두 죽어서 자신이 어디 한군데 의지할 곳이라곤 없는 외톨이가 되었다는 현실을 인정하고 받아들이는 데에 꼬박 석 달이 걸렸다.

그것을 극복한 다음부터는 현실에 직면한 여러 상황들을 대처하기가 아주 쉬워졌다.

결론적으로 말하자면, 그가 외톨이로 살아가면서 가장 잘하게 된 것 중 하나가 '현실 인정'이었다.

그런 그였지만 지금의 현실은 인정하기가 당최 쉽지 않았다.

그러나 인정하지 않을 수가 없었다. 결자해지(結者解之). 매듭을 묶은 사람이 풀어야 하지 않겠는가.

"가자. 수련을 시작해야지?"

화무린은 몸을 들썩이면서 일어나는 시늉만 하며 소군을 재촉했다.

소군의 알몸을 보는 순간 신체의 어느 한 부분이 대책없이 커져 버려서 일어날 수가 없는 상태였다.

아무것도 모르는 소군은 일어나서 백옥처럼 희고 탐스런 엉덩이를 살랑살랑 흔들며 앞서 걸어갔다.

'으윽!'

겨우 일어나서 뒤따르던 화무린은 눈을 질끈 감아버렸다.

소군이 걸어가는 뒷모습은 그야말로 요요작작(夭夭灼灼)했으며 뇌쇄적이었다.

엉덩이가 흔들리고 가느다란 허리가 좌우로 휘어질 때마다 매화 향이 뿜어지는 것 같았다.

화무린은 소군을 보지 않으려고 사투를 벌이면서 두 손으로 아령을 잡아 그것으로 자신의 커져 버린 부위를 가린 채 엉금엉금 은신처로 향했다.

"이런 곳이 있는 줄은 정말 몰랐어! 앞으로는 무린과 함께 자주 이곳에서 목욕해야지!"

앞서 가는 소군은 물장구를 치면서 호들갑을 떨었다.

시간이 지체될수록 죄없는 아령만 숨이 차서 물속에서 필사적으로 허우적거려야만 했다.

"이걸 전부 무린이 한 거야?"

소군은 은신처 사방의 암벽을 둘러보며 예쁜 탄성을 터뜨렸다.

사방의 암벽에는 도합 열 개나 되는 표적이 새겨져 있었다. 표적은 하나같이 사람의 형상을 본떴는데 제법 정교했다.

화무린은 지난밤을 꼬박 새우며 벽월도로 은신처의 벽에 표적을 새기느라 한숨도 자지 못했다.

그래서 소군이 오는 시간에 열천 속에 몸을 담근 채 졸고 있었던 것이다.

"쓸 만해?"

화무린은 사방 벽을 둘러보며 머쓱하게 물었다.

"쓸 만한 정도가 아냐. 정말 잘 새겼어. 게다가 이렇게 많이 만들다니 대체 어떻게 한 거지?"

소군은 감탄을 금치 못했다. 더욱이 그녀는 어제 자신이 표적을 새기려고 하는 것을 화무린이 그만두게 하고 자기가 대신 새겼다는 사실에 진한 감동을 받았다.

단 한 번도 누군가에게 감동을 받아본 적이 없는 소군은 이 작은 일 때문에 또 눈물이 솟구치는 것을 어쩌지 못했다.

"무린… 나는……."

소군은 눈물을 흘리며 화무린에게 안겨들었다.

화무린은 그녀를 안고 등을 토닥이면서 씁쓸한 기분이 들었다.

그가 소군 대신 표적을 새긴 것은 사실이지만 그녀를 위해서라는 마음은 약간밖에 작용하지 않았다.

그녀가 귀명비도로 암벽을 깎으면 힘은 몇 배나 더 들고 효율은 떨어질 뿐 아니라 행여 귀명비도의 칼날이 무뎌질까 봐 염려도 됐던 것이다.

그래서 귀명비도와는 비교 자체가 안 되는 벽월도로 표적을 새기려고 그녀를 그만두게 했던 것인데 그것이 그녀를 이처럼 감동시킬 줄은 예상하지 못했다.

그렇게 두 사람은 서로에게 소중한 사람이 되어가고 있었다.

第十九章

쌍천대전(雙天大戰)

구중천
九重天

대륙의 동해와 남해가 경계를 이루는 먼바다.

가장 가까운 육지가 무려 오백여 리에 달하는 그곳 망망대해 한복판에 하나의 섬이 외로이 떠 있었다.

섬은 장방형인데 좁은 폭이 삼십여 리, 긴 쪽이 육십여 리에 달할 정도로 제법 컸다.

섬 둘레는 병풍처럼 깎아지른 절벽으로 이루어졌으며, 수면에서의 평균 높이가 무려 백여 장에 달했다.

섬에는 나무 한 그루 자라고 있지 않았다. 보이는 것은 암벽과 거대한 바위뿐이었다.

최소한 섬을 옆에서 보면 그랬다.

하지만 위에서 아래로 내려다보는 섬에는 또 다른 것들이 존재하고 있었다.

섬의 둘레를 이루고 있는 절벽의 두께는 짧은 쪽이 이백여 장, 긴 쪽은 무려 오 리에 이르렀다.

그 두꺼운 절벽은 한번도 끊어짐이 없이 하나의 길고 굵은 담 역할을 해주고 있었다.

담 안쪽 오십여 장 깊은 곳에 존재하는 또 다른 세계를 완벽하게 외부와 차단한 채.

쿠쿠쿠우우—

거대한 분화구 안에서는 시뻘건 용암(鎔巖)이 들끓고 있었다. 휴화산이었다.

끓어서 넘친 용암은 여러 개의 내를 이루어 아래로 흘러내렸다가 수증기를 뿜으면서 바닷물로 유입되고 있었다.

분화구의 반경은 칠팔 리에 달했는데 분화구 내에는 크고 작은 용암호(鎔巖湖)가 띄엄띄엄 네 개나 모여서 서로 유동하고 또 대류(對流)하고 있었다.

분화구는 물론이고 그 주위 반경 십여 리 일대는 온통 시커먼 화산암으로 뒤덮인 극열 지역이었다. 여기저기에서 뜨거운 물과 수증기가 솟구쳐 오르며 장관을 이루었다.

분화구의 중심에서 가장 먼 곳은 동쪽으로 오십여 리 거리였다.

그런데 그곳은 믿을 수 없게도 보이는 모든 것이 얼음뿐, 말 그대로 빙하 지대였다.

바닥은 물론 암벽도 여기저기 서 있는 작은 언덕이나 바위도 모두 얼음으로 이루어져 있었다.

섬의 안쪽, 두꺼운 암벽으로 사면팔방이 둘러쳐져 외부로부터 완벽하게 차단된 이곳은 섬 안에 위치한 또 하나의 섬, 즉 도중도(島中島)였다.

도중도 둘레에는 평균 수백 장 폭의 바닷물이 마치 전쟁시 성(城) 둘레에 파놓은 해자(垓字)처럼 거대하게 둘러쳐져 있었다.

해자 너머는 암벽이었다.

암벽의 바깥쪽은 도외도(島外島)의 둘레를 형성하고 있는, 평균 높이 백여 장의 바로 그 절벽이었다.

도중도를 위에서 아래로 내려다보면 도외도의 외형과 닮은 장방형이었다.

좌우의 극단에 각각 극열 지역과 극한 지역이 존재하고 있기 때문에 도중도의 중간 지역은 뜨겁지도 차갑지도 않은 봄 같은 온대 기후를 유지하고 있었다.

중간 지역의 크기는 지름 십여 리가량의 원형이 전부였다.

그곳에는 숲도 초지도, 그리고 적지 않은 짐승들도 있었다.

중간 지역의 한복판.

거대하다고밖에는 설명할 수 없는 하나의 건물이 하늘을

찌를 듯이 솟아 있었다.

그것은 원형의 탑(塔)이었다.

그렇게 거대한 탑은 세상 어느 곳에도 없을 것이 분명했다.

원형의 탑, 즉 원탑은 모두 구층으로 이루어졌는데 각 층마다 색이 제각기 달랐다.

가장 규모가 큰 맨 아래층은 먹처럼 검은색이며 폭이 자그마치 삼백여 장에 달했다.

건물의 폭은 위로 올라갈수록 점차 조금씩 좁아졌지만 가장 꼭대기인 금색 층의 지름이 오십여 장에 이른다면 가히 이 원형의 탑이 얼마나 어마어마한지 짐작이 가리라.

모두 구층의 거대한 원탑.

이곳을 아는 극소수의 사람들은 원탑을 이렇게 부른다.

―구중천.

그 아래에는 팔대지옥이 있었다.

*   *   *

눈에 보이는 모든 것이 백 일색(一色)인 아담하지만 품격 높은 대전에는 십여 명이 팽팽한 긴장 속에 있었다.

한쪽 벽의 바닥에서 두 칸 높은 단상에는 하나의 커다란 백색 태사의가 놓여 있었으며, 거기에는 전신을 백의로 감싼 한 명의 중년 여인이 고고한 자세로 앉아 있었다.

백의여인의 한 칸 아래 단에는 역시 백의를 입은 네 명의 남녀노소가 서로 마주 보며 마치 신하가 여왕 면전에 있는 듯한 자세로 시립해 있었다.

그리고 맨 아래 바닥에는 여섯 명의 백의인이 태사의를 향해 나란히 부복한 자세를 취하고 있었다.

"그래서 소선장(素扇莊)은 어찌 되었느냐?"

태사의에 앉은 백의여인이 차분한 음성으로 하문했다.

소선장이라는 곳은 그녀에게는 한여름의 무더위를 식혀주는 여름 별장 이상의 의미를 지니고 있는 특별한 장원이었다.

오래전 그녀는 어린 시절 몇 년간을 그곳에서 보냈으며, 소선장주 부부는 장차 자신들의 주인이 될 어린 소녀에게 각별한 보살핌과 정성을 쏟았었다.

백의여인의 그 추억은 그녀가 갖고 있는 몇 안 되는 좋은 추억 중의 하나로 남아 있었다.

"소선장은……."

그런 사실을 알 리 없는 수하는 가라앉은 목소리로 말문을 열었다.

백의여인은 참을성있게 다음 말을 기다렸다.

그녀는 이곳 현천(玄天)의 천제(天帝)가 된 지 오십 년이 지났지만 단 한 차례도 수하들에게 화를 낸 적이 없었다.

그녀 현천제(玄天帝)는 구중천의 아홉 명의 천제 중에서도 가장 너그러운 사람으로 알려져 있었다.

현천제는 입고 있는 옷만 흰색이 아니었다. 머리카락도 눈썹도, 그리고 붉어야 할 입술마저도 분을 칠한 것처럼 백색이었다.

그녀에게서 백색이 아닌 것은 검은 두 눈동자뿐이었다.

부복한 여섯 명 중 가운데의 수하가 더욱 고개를 조아리며 조심스러운 어조로 보고했다.

"소선장은 멸절(滅絶)… 됐습니다."

순간 현천제의 눈이 약간 커졌고, 초승달 같은 흰 눈썹이 살짝 찌푸려졌다가 곧 원래대로 환원됐다.

과연 그녀가 우려했던 일이 벌어졌다. 하지만 그녀는 최대한 자신의 감정을 자제했다.

지금은 그것보다 소선장을 멸절시킨 인물에 대해서 듣는 것이 몇 배나 더 중요했다.

하지만 '소선장의 멸절'이라는 충격 때문에 현천제는 목이 가라앉아 잠시 동안 말이 흘러나오지 않았다.

멸절은 아무도 살아남지 못했다는 뜻이다.

이미 이 갑자를 훌쩍 넘긴 나이인 소선장주 부부와 삼십여 명의 가솔이 모조리 죽었다.

한번도 화를 낸 적이 없을 뿐만 아니라 자신의 감정을 초인적으로 조절할 수 있는 현천제였지만 이 순간만큼은 감정을 억제하느라 약간의 시간이 필요했다.

그때 현천제 바로 아래 단에서 마주 보고 서 있는 네 인물, 즉 현천사령(玄天四令) 중 오른쪽 백포의 초로인이 잠시 현천제의 안색을 살피더니 조금 전에 보고를 한 수하를 굽어보며 위엄있는 어조로 물었다.

"자세히 보고하라."

소선장이 멸절된 것보다 더 중차대한 일은 과연 누구의 짓이냐는 것이었다.

"보름 전 속하들은 평소의 하북성 동북방(東北方) 경계 순찰 도중 소선장에 닷새 동안 머물면서 반경 오백여 리 일대를 조사하고 있었습니다."

동쪽 끝의 발해만(渤海灣)에서 서쪽 끝 신강(新疆)에 이르기까지 장장 삼만여 리를 경계하면서 만약 낯선 개인이나 방파가 출현하면 즉각 미행, 감시하여 정체를 파악한다.

또한 이미 알려져 있는 개인, 혹은 방파라고 해도 이상한 징후가 포착되었을 경우에는 집중 감시하여 그들의 목적을 조사, 분석하는 것이 현천제가 책임자로 있는 현천궁의 현재 주된 임무였다.

지금 보고하고 있는 여섯 명은 발해만에 인접한 하북성과 변방 일대를 담당하고 있는 현천궁 휘하 네 개 전(殿) 중 북검전(北劍殿) 제육대(隊)에 소속된 수하들이었다.

"이틀째 되는 날 속하들이 그날의 임무를 마치고 소선장에 돌아왔을 때 십칠팔 세가량인 두 명의 소녀가 손님으로 그곳에 도착해 있었습니다. 그녀들은 천하를 유람 중이라고만 말했는데 일견하기에도 명가의 소녀와 하녀인 듯했습니다."

여섯 명의 백의인 중에서 보고하는 인물은 북검전 제육대주의 신분으로 휘하 오십 명의 현천고수(玄天高手)들을 지휘하고 있었다.

육대주의 보고를 듣고 있는 사람들은 하나같이 팽팽하게 긴장된 표정이었다.

소선장은 현천제가 유년 시절의 몇 년을 보낸 추억의 장소였을 뿐만 아니라 현천궁의 하북성 동북 지역 지부(支部)라는 막중한 의미를 지니고 있는 장소였다.

육대주의 보고는 계속됐다.

"소녀는 자신의 이름을 설백(雪白)이라고만 밝혔습니다. 그녀는 학식도 높고 순후하여 그날 밤 소선장주 부부와 담소를 나누며 많은 대화를 나누었습니다. 소선장주께선 소녀에게 크게 감탄하여 후대했습니다."

현천제와 현천사령의 머릿속에는 광대한 중원 대륙 전체에서 어떤 방면으로든 명성이 조금이라도 있는 사람이나 조직에 대한 내용이 총망라되어 있다고 해도 과언이 아니었다.

하지만 그들은 지금 이 순간 '설백'이라는 이름과 연관된 것을 하나도 생각해 내지 못했다.

소선장주는 인근에서 후덕한 사람으로 소문나 있으며, 자

신을 학자라고 봐주기를 원할 만큼 학문을 좋아하는 사람이
었다.

그런 그가 설백이라는 학식 높은 소녀를 만났으니 어찌 후
대하지 않았겠는가.

"속하들이 나흘째 임무를 마치고 자정쯤 돌아왔을 때 소선
장은 이미 멸절된 후였습니다."

백의초로인은 북검(北劍)이라는 이름을 갖고 있다. 그래서
그가 지휘하는 전이 북검전인 것이다.

북검은 여태까지보다 더 가라앉은 표정으로 물었다.

"당시 소선장에는 소선장주 내외와 가솔 외에 설백이라는
소녀와 그녀의 시녀뿐이었느냐?"

"그렇습니다."

"소선장주 내외와 가솔들이 어떤 수법에 죽었으며, 시체들
은 어떤 모습으로 있었는지 당시의 정황을 자세히 설명하
라."

"그것이……."

육대주는 갑자기 무거운 표정을 지었다.

북검은 가볍게 발을 구르며 반백의 눈썹을 꿈틀거렸다.

"설명하라는데 무얼 꾸물거리느냐?"

그는 오십대 중반의 나이로 상투를 튼 반백의 머리에 한 뼘
길이의 역시 반백의 수염을 기른 위맹한 풍모였으며, 오른쪽
어깨에는 한 자루 백검(白劍)을 메고 있었다.

육대주는 보고하기 위해서 당시의 상황을 떠올렸다가 문득 참담한 표정을 지으면서 입을 열었다.

"소선장부 부부를 비롯한 삼십여 명의 가솔이 모두 얼음으로 변해 있었습니다."

"얼음이라고?"

순간 현천사령은 대경실색했고, 현천제마저도 안색이 급변했다.

"궁주, 천외신계(天外神界)의 수법이 분명합니다."

현천사령의 두 명의 여자 중 외모가 불과 이십대 초반으로 보이는 한봉전주 한봉(寒鳳)이 조심스럽게 현천제를 보면서 확신하듯이 입을 열었다.

보고하던 북검전 육대주 이하 수하들은 물러간 뒤였다.

한봉의 말을 또 한 명의 여자인 호호백발의 노파가 이었다.

"소선장주 내외는 구파일방 장로 정도는 삼십여 초 안에 격패시킬 정도의 절정고수외다. 또한 소선장의 가솔 삼십여 명은 하나같이 일류고수인데, 당금 천하에서 그들을 모두 그런 식으로 빙살(氷殺)할 수 있는 것은 천외신계 인물들이 유일하며, 그중에서도 최소한 십이령후(十二令后) 이상의 고수일 것이오."

나이를 추측하기 어려울 정도로 쪼글쪼글한 백의노파, 즉 현천사령 중에서 호명전주 호명(瓦命)은 누구보다 경륜과 식건이 풍부한 사람이었다.

그녀는 쉽사리 입을 열지 않는 성격이지만 일단 입을 열면 분명한 사실만을 말했다.

"그렇다면 그 설백이라는 어린 계집아이가 십이령후 중 한 명이겠군요."

일견하기에도 서생처럼 생긴 삼십대 후반의 중년인 빙염(氷閻)이 주먹을 불끈 쥐며 어금니를 악물었다.

누가 보더라도 그는 사려 깊고 유순한 성격일 것 같은데 실제는 정반대였다.

그의 성격은 거의 분출하는 화산 수준이었다.

"당장 그 계집아이를 찾아내서 요절을 냅시다!"

빙염은 설백이라는 소녀를 당장 찢어 죽이지 못하는 것이 원통하다는 듯 분노로 몸까지 떨었다.

"틀렸다. 그 소녀는 십이령후도 아닐 것이고 자신의 손으로 소선장을 멸절시키지도 않았을 것이다."

호명이 빙염의 분노를 일축시켰다.

"그럼 누구 짓이라는 말이오? 설마 설백이란 계집애는 소선장의 혈겁과 관련이 없다는 뜻이오?"

호명이 눈을 좁히면서 나직하고도 싸늘하게 중얼거렸다.

"관련이 없을 것이라고는 말하지 않았다. 다만 그녀에게는 소선장을 멸절시킬 마음이 없었을 것이라는 얘기다."

다른 사람들은 호명의 말에 몹시 심각한 표정을 짓는 것에 반해서 빙염은 얼굴을 찌푸렸다.

"답답하군! 좀 알기 쉽게 말해보시오, 호파(逅婆)!"

호명은 빙염의 답답함은 신경조차 쓰지 않았다.

그녀는 평소보다 더 진중한 표정으로 현천제를 쳐다보며 무겁게 입을 열었다.

"궁주, 설백이라는 소녀는 아무래도 천녀황(天女皇)인 것 같소이다."

한봉과 북검도 그런 추측을 하고 있었는데, 호명의 말을 듣고 나서는 아예 그렇게 단정을 지어버렸다.

현천제는 놀라지도 표정이 변하지도 않았다. 그저 얼음처럼 싸늘한 표정인 것으로 미루어 그녀도 호명과 같은 생각을 하고 있는 것 같았다.

대경실색한 사람은 언제나 재빠른 행동만큼 생각이 따라주지 않는 빙염뿐이었다.

"아, 아니, 방금 뭐라고 말했소? 그 계집아이가 천외신계의 여왕인 천녀황이라는 말이오?"

그의 말에 아무도 반응을 보이지 않았다.

그때 현천제가 몸을 일으키는가 싶더니 구름이 미끄러지듯이 문 쪽으로 향했다.

"천주(天主)께 보고를 올려야겠다."

북검과 한봉, 호명은 무거운 표정으로 입을 굳게 다문 채 깊은 생각에 잠겼다.

성질 급한 빙염이지만 이 순간만큼은 함부로 발작하지 못하고 세 사람의 표정만 살폈다.

그러다가 결국 답답해서 속이 터지기 직전에 억눌린 듯 신음 같은 물음을 토해냈다.

"천녀황이 무엇 때문에 소선장에 나타난 것이오? 그리고 천녀황이 소선장을 멸절시키지 않았다면 대체 누구 짓이라는 거요?"

북검이 가볍게 한숨을 내쉬었다.

"자넨 천외신계에 잠입해 있는 우리 쪽 첩자가 석 달 전에 보고해 온 내용을 설마 잊은 것은 아니겠지?"

빙염은 고개를 갸웃거렸다.

"석 달 전 보고 내용? 그게 뭐였더라……?"

그는 머리만 나쁜 것이 아니라 기억력도 형편없었다.

이곳에 있는 세 사람은 그의 그런 점을 잘 알고 있기 때문에 짜증을 내지 않았다.

"천녀황이 석 달 전에 사십 년 동안의 폐관을 끝내고 마침내 출관했다는 보고 말일세."

"아! 그것 말인가? 기억하고말고!"

"한 가지 보고가 더 있었지. 천녀황이 인계와 성계를 둘러보기 위해서 천외신계를 떠났다는 것과 그녀가 천외신계에 돌아가면 삼천대계(三天大計)를 개시한다는 것이었지."

"그랬었지."

빙염은 고개를 끄덕였다.

한봉이 북검의 말을 받았다.

"이후 천녀황은 천외신계에서 사라져 버렸어. 인계와 성계를 둘러보러 떠난 것이지. 그때 천외신계 서열 삼위인 사천군(四天君) 중 한 명과 사위인 십이령후 중 두 명이 동시에 사라졌지. 그래서 우린 그 세 명이 암중에서 천녀황을 호위할 것이라고 추측했었지."

"그… 랬든가?"

빙염은 말해줘도 제대로 기억해 내지 못하고 있었다.

한봉은 서늘한 눈으로 빙염을 바라보았다.

"당신은 아직도 누가 소선장을 멸절시켰는지 모르겠어?"

한봉과 빙염, 북검은 서로의 나이를 확실하게 모른다. 다만 모두 비슷한 또래라고만 알고 있을 뿐이다.

빙염은 눈을 끔뻑거렸다.

"그러니까 암중에서 천녀황을 호위하고 있는 사천군과 십이령후가 소선장 사람들을 죽였을 것이라는 얘기로군."

"그렇지."

"그런데 말이야, 그놈들이 왜 소선장을 멸절시켰을까?"

빙염은 아무리 생각해도 모르겠다는 듯 고개를 갸웃거렸다.

그는 그저 단순한 차원에서의 의문이었지만 호명과 한봉, 북검은 같은 의문을 더욱 복잡한 차원에서 생각하고 있었다.

한봉이 호명을 보며 가라앉은 어조로 말했다.

"소선장이 본 천(本天)의 지부라는 사실이 놈들에게 발각 됐다고 봐야 하는 거죠?"

호명은 주안술로도 어떻게 할 수 없을 정도로 나이가 많기 때문에 이들 세 명은 그녀를 함부로 대하지 못했다.

"그렇다고 봐야지."

호명은 무겁게 고개를 끄덕였다.

한봉은 눈을 가늘게 뜨며 차갑게 중얼거렸다.

"음, 천녀황. 지난 석 달 동안 꼭꼭 숨어 있더니 드디어 모 습을 드러냈군."

호명이 정정해 주었다.

"숨어 있었던 것이 아니지. 천녀황은 마음대로 돌아다녔는 데 우리가 발견하지 못했던 것이야. 그러다가 소선장에 묵게 된 것인데, 암중에서 그녀를 따르는 수하들이 천녀황의 흔적 을 없앤답시고 소선장을 멸절시킨 것이겠지."

북검이 고개를 숙이고 깊이 생각하면서 호명의 말을 이었 다.

"문제는 소선장이 본 천의 지부라는 사실을 천녀황이 알고 찾아갔었는가, 아니면 우연이었는가 하는 점이야."

빙염은 눈살을 찌푸리며 투덜거렸다.

"천녀황의 나이는 백 살이 훨씬 넘은 것으로 알고 있는데 겨우 십칠팔 세의 외모라니, 그런 면에서는 우리 궁주보다 더 심한 것 같군."

"천녀황의 나이는 정확하게 알려지지 않았지만 아마 백십 세 정도 됐을 것이다. 궁주보다 이십여 세나 많지. 그녀는 이십 년 전에 등봉조극의 경지였는데, 이제 사십 년의 폐관을 끝내고 나왔으니 지금의 능력은 아마도 조화지경(造化之境)에 도달했다고 봐야 할 것이다."

호명이 일목요연하게 정리하자 좌중은 갑자기 무거운 침묵에 빠져들었다.

아둔패기인 빙염마저도 사태의 심각함을 감지하고 굳게 입을 다물었다.

구중천의 천주 정도나 달성했을 조화지경을 천녀황이 이루었을 것이라는 말은 빙염을 침묵시키기에 부족함이 없었다.

한참 만에 북검이 억눌린 듯한 목소리로 나직이 중얼거렸다.

"전쟁인가?"

한봉이 무겁게 고개를 끄덕였다.

"구중천이 세워진 목적이 오직 천외신계가 발호하는 것을 막기 위함인데 천녀황이 삼천대계의 야망을 실행에 옮기게 되면 전쟁은 불가피한 일이겠지."

호명은 노안을 들어 먼 곳을 바라보며 조용히 말했다.

"할 수만 있다면 전쟁은 일어나지 말아야지."

빙염은 지그시 이를 악물었다.

"천녀황 그 피에 굶주린 광녀(狂女)가 삼천계를 일통하겠다고 날뛰는 한 전쟁은 어쩔 수 없지 않겠소?"

"방법은 있어."

세 사람은 동시에 호명을 쳐다보았다.

호명은 지혜로운 눈으로 허공을 응시했다.

"천녀황이 죽으면 전쟁은 일어나지 않는다."

가장 간단명료하면서도 현실적으로는 결코 불가능한 일이었다.

"궁주와 천주께서도 아마 그쪽으로 가닥을 잡으시겠지."

"음, 그렇게만 된다면야……."

"오십 년 전 제일차 천외신계의 천하 도발은 천상성계(天上聖界)가 개입하여 쌍천대전(雙天大戰)을 벌인 후 천상성계의 만신창이 승리로 겨우 막을 내렸다."

호명은 노안을 좁히며 아스라한 표정으로 오십 년 전의 혈사(血史)를 얘기하기 시작했다.

"그 당시 천상성계와 천외신계 양쪽 다 피해가 막심했지. 무엇보다도 천중인계의 희생이 가장 컸다. 그 당시 천중인계에서만 십만여 명이 변변히 항거조차 못하고 떼죽음을 당했으니까."

그 당시 호명은 아미파 장문인의 신분이었다. 그녀의 눈빛이 조금 더 암울해졌다.

"하지만 이번에 또다시 전쟁이 벌어지면 오십 년 전과는 비교할 수 없을 정도일 것이다. 그때 이후 천상성계는 홀연히 사라져 버렸고, 우린 잿더미 속에서 겨우 구중천만을 만들어 냈을 뿐이야."

제일차 천외신계의 도발 때 한봉과 빙염, 북검은 각기 자신들의 문파에서 사투를 벌이다가 겨우 살아남은 생존자들이었다. 그래서 그들은 천외신계의 무서움을 누구보다 잘 알고 있었다.

호명의 음성에 비장함이 뚝뚝 묻어났다.

"내가 알기로는 본 천이 지난 오십 년 동안 백방으로 천상성계의 행적을 수소문했지만 아무런 소득도 거두지 못했다. 그것은 만약 천외신계가 제이차 도발을 해올 경우 순전히 본천과 천중인계, 즉 중원무림만의 능력으로 막아내야 한다는 뜻이지."

세 사람은 새로운 사실에 아연실색한 표정을 지었다. 그러나 호명의 말은 틀린 적이 없었다.

"오십 년 전에 한번 죽을 고비를 넘긴 천녀황의 각오가 어떨지는 짐작하고도 남음이 있지. 그러니 이번 전쟁은 삼천계를 상상조차 할 수 없을 아비지옥으로 만들어 버릴 것이다."

그때부터는 아무도 입을 열지 않았다.

第二十章

영혼의 입맞춤

구중천
九重天

스스슷―

화무린의 두 손이 어지럽게, 그러나 번개같이 움직이면서 도곤에 꽂혀 있던 마흔다섯 자루의 귀명비도가 한꺼번에 모조리 발출됐다.

소군은 암벽에 새겨진 표적을 등진 채 우뚝 서서 전면의 화무린을 주시하고 있었다.

화무린이 제아무리 전력을 다해서 재빠르게 마흔다섯 자루의 귀명비도를 발출한다고 해도 귀명비혼을 거의 완벽하게 터득한 그녀의 이목에서 벗어날 수는 없는 일이었다.

물론 마흔다섯 자루의 귀명비도가 어떤 궤적을 그리면서

어디로 쏘아오고 있는지도 그녀에겐 훤히 보였다.

비도들이 소군의 몸 좌우를 비 오듯이 스쳐 지났지만 그녀는 태연하게 서서 눈도 깜빡이지 않은 채 비도 하나하나의 궤도를 주시, 확인했다.

타다다닥!

소군의 등 뒤 표적에서 콩 볶는 듯한 소리가 터져 나왔다.

사람의 형상을 새긴 표적의 상체 곳곳에 마흔다섯 자루의 귀명비도가 남김없이 꽂혔다.

그런데 얼굴과 목, 그리고 심장 부위의 중요 급소에만 집중적으로 몰려 있었다.

꽂힌 깊이는 균일하게 두 치 정도.

소군과 등 뒤 표적과의 거리는 석 자.

화무린이 던진 마흔다섯 자루 귀명비도가 모두 제각각의 곡선을 그리며 날아가 그녀의 몸 뒤쪽에 있는 표적에 적중된 것이다.

"칠비도 네 번째와 구비도 여섯 번째가 각각 이 푼(分)과 일 푼 오 리 정도 제 궤도를 벗어났어. 원인은 손가락을 혼에 댔다가 던지면서 비트는 순간 힘이 조금 더 실렸기 때문이야."

소군이 표적을 확인하지도 않은 채 예리하게 지적했다.

이어서 그녀는 화무린과 함께 표적 앞에 나란히 서서 표적의 왼쪽 어깨와 오른쪽 귀에서 각각 한 뼘가량 벗어난 곳에 꽂힌 귀명비도를 가리키며 설명했다.

"궤도를 겨우 이 푼, 일 푼 오 리 벗어났을 뿐인데 이 장 반 거리의 표적에 적중될 때는 최소한 열 배 이상의 간격이 벌어졌잖아. 어째서 이렇게 된 거지?"

하나는 목에, 또 하나는 왼쪽 눈에 꽂혀야 했다.

만약 소군과 화무린의 사이가 지금처럼 좋아지지 않았더라면 소군이 아닌 구나찰의 질책은 결코 지금처럼 부드럽지 않았을 것이다.

소군은 귀명비흔을 가르치기 시작한 날부터 단 한 차례도 언성을 높이거나 화를 낸 적이 없었다.

아니, 오히려 자신의 지적에 화무린이 마음이라도 상할까 봐 노심초사했다고 봐야 옳았다.

그렇다고 느슨하게 수련할 화무린이 아니었다. 그의 가장 엄격한 감시자이며 채찍은 그 자신이었다.

"좀 더 깊이 휘어지게 하려다가 힘이 들어갔나 봐."

"우선은 정확도가 관건이야. 더 휘어지게 하는 것은 나중 일이야."

"알았어."

그러나 사실 소군은 내심으로 화무린에게 크게 감탄하고 있었다.

그녀는 원래 화무린이 귀명비흔을 흉내 정도 내는 수준에 도달하는 데에 최소한 반년은 걸릴 것이라고 예상했다.

그런데 이제 고작 두 달이 지났을 뿐이다. 그런데 화무린은 흉내 정도가 아니라 그 이상이었다.

지금 당장 무림에 나가서 일류고수와 실전을 벌인다고 해도 쉽사리 패하지 않거나 운이 좋으면 상대를 이길 수도 있을 정도로 발군의 성취를 이루게 된 것이다.

소군은 아침과 낮 동안 내내 화무린과 함께 있다가 항상 해가 지기 전에 이곳 은신처를 나섰다.

그런데 그녀가 다음날 아침에 와보면 화무린은 어김없이 귀명비혼을 수련하고 있었다.

그는 수련에 너무 열중한 나머지 그녀가 들어오는 것도 알지 못할 때가 다반사였다.

그럴 때마다 화무린의 두 눈은 시뻘겋게 충혈된 상태였고, 손이나 팔에는 비도를 발출하다가 베이고 찔린 상처가 여러 군데에 새겨져서 피를 철철 흘려대고 있었다.

그래서 소군은 그가 거의 매일 잠도 자지 않은 채 미친 듯이 수련에만 열중하고 있다는 사실을 알게 되었다.

그녀는 그럴 때마다 화무린의 다친 상처를 치료해 주면서 너무 무리하지 말라고 걱정스레 만류했지만 마이동풍이었다.

오히려 날이 지날수록 수련에 더욱 깊숙이 심취하게 된 화무린에게 새로운 기술을 가르쳐 달라는 빗발치는 성화를 받아야만 했다.

가끔씩 화무린의 핏발 곤두선 두 눈이 이글거리며 지독한 안광을 뿜어내는 것을 볼 때마다 소군은 그의 독기 어린 집념에 오싹 전율을 느껴야만 했다.

　그런 집념과 뛰어난 오성이 있었기에 겨우 두 달 만에 이만큼의 성취를 이룰 수 있었던 것이다.

　하지만 야차를 상대하는 데에는 아직 턱없이 부족했다. 야차는 무림의 일류고수 세 명이 한꺼번에 덤벼도 삼십 초 이내에 패퇴시킬 수 있을 정도로 강했다.

　"이제 비도를 회수하는 수법을 배울 준비가 됐어?"

　소군이 마지막 귀명비도를 도곤에 꽂아주며 넌지시 묻자 화무린은 귀가 번쩍 뜨였다.

　"물론이야! 가르쳐 줘!"

　일전에 소군이 귀명비혼을 전개할 때는 한꺼번에 마흔다섯 자루를 발출한 후 도곤에 더 이상 귀명비도가 없는데도 곧이어 다시 마흔다섯 자루를 연이어 발출했었다.

　그것은 모든 귀명비도에 줄이 묶여 있어야만 조금이라도 이해될 수 있는 일이었다.

　화무린은 줄이 연결된 마흔다섯 자루의 비도를 한순간에 모두 발출했다가 추호의 엉킴도 없이 회수하는 행위를 자유자재로 펼치는 것이야말로 귀명비혼의 백미라고 생각했다.

　그는 혼자 있을 때 어떻게 하면 그것이 가능한지 거의 매일 도곤과 마흔다섯 자루의 귀명비도를 세밀하게 살펴봤지만 헛

수고였다.

도곤이나 귀명비도에는 어떠한 줄이나 그 비슷한 것조차 없었다. 그렇다고 그것을 확인하기 위해서 도곤을 죄다 뜯어 버릴 수도 없는 노릇이었다.

단지 조그만 단서가 있다면 마흔다섯 자루 귀명비도의 도파 끝 가운데 부분에 콩알 정도 크기의 구멍이 뚫려 있다는 것, 그리고 도곤의 귀명비도를 꽂는 각 칼집의 양쪽에 역시 콩알 크기의 구멍이 뚫려 있다는 것이 알아낸 전부였다.

아마도 그 고리로 줄을 연결시켰다가 귀명비도를 발출한 후에 다시 회수할 것이라는 추측을 가능하게는 하지만 줄을 찾을 수 없으니 언제나 추측은 거기에서 끝나야만 했다.

없는 줄이 어디에서 갑자기 나타나는지, 그런 다음에는 마흔다섯 자루 비도의 콩알만 한 구멍에 언제 일일이 꿰었다가 발출하고, 또 언제 일일이 빼는 것인지 짐작조차 할 수 없었다.

"여기."

소군은 화무린 앞에 마주 서서 도곤의 상중하 맨 윗줄 양끝인 양쪽 옆구리로 손을 뻗었다.

그녀가 양손에 가볍게 힘을 주자 도곤의 맨 윗줄에서 스륵하는 미약한 소리가 났을 뿐 아무런 변화도 없었다.

"맨 윗줄에서 아무 비도나 한 자루 뽑아서 던져 봐."

화무린은 그녀가 과연 이제부터 어떤 방법으로 비도에 줄을 연결시키는지 보려고 잔뜩 눈에 힘을 주고 있는데 소군은 팔을 거두면서 말했다.

무엇을 어떻게 했는지 모르지만 무조건 됐다는 것이다.

화무린은 반신반의하면서 시키는 대로 윗줄 복판에서 삼비도 한 자루를 뽑아 전면의 표적을 향해 던졌다.

탁!

삼비도는 이 장 반 거리의 표적 미간에 정확하게 꽂혔다.

비도를 휘어져서 날아가게 하지 않고 그냥 곧장 던져서 표적만을 맞추는 것은 눈을 감고도 할 수 있게 된 화무린이었다.

"손가락에 무언가 미세한 느낌이 느껴져?"

화무린은 방금 삼비도를 던져 낸 오른손 손가락을 이리저리 움직여 보기도 하고 손가락끼리 슬슬 문질러 보기도 했지만 아무것도 느껴지지 않았다.

"아무 느낌도… 아!"

말하면서 슬쩍 삼비도를 당기는 시늉을 하던 그는 중지와 검지 사이에 무언가 가느다란 것이 팽팽하게 당겨지는 느낌을 받곤 나직한 탄성을 터뜨렸다.

그는 그것을 가볍게 슬쩍 들어올리면서 안력을 돋우어 자세히 들여다보았다.

무언가 거미줄보다 가느다란 선(線) 하나가 손가락에 걸쳐져 있는 것이 간신히 보일 듯 말 듯했다.

잘못 봤나 싶어서 손으로 장력(張力)을 느끼면서 살짝 들었다 놓았다를 반복하면서 다시 보자 이번에는 조금 더 잘 보였다.

그러나 그것도 잠시 뿐, 곧 시야에서 사라졌다가 방금 전의 노력을 되풀이해야만 다시 보이곤 했다.

"천잠사(天蠶絲)와 만년화리(萬年火鯉)의 부레를 섞어서 녹인 액체에서 뽑아낸 실이야. 부르기 쉽게 그냥 천잠사라고 해."

"천잠사. 이게 줄의 정체였군."

화무린은 신기한 듯 계속 손가락으로 천잠사를 느껴보았다. 마흔다섯 자루의 귀명비도를 발출했다가 회수할 수 있는 비밀이 풀리는 순간이었다.

"천잠사를 약간 팽팽하게 하면서 오 푼의 공력을 주입해 봐."

화무린은 시키는 대로 했다.

"엇?"

순간 팽팽함이 슬쩍 느슨해지는 느낌이 들었을 뿐인데 아무런 음향도 없이 그저 흐릿한 은광 한 조각이 화무린의 얼굴을 향해 빛살처럼 쏘아져 왔다.

화무린은 순간적으로 은광이 귀명비도라고 생각은 했지만 쏘아오는 속도가 너무 빨랐기 때문에 어떻게 대응해야 할지 미처 판단을 내리지 못하고 움찔 당황했다.

척!

소군이 번개같이 손을 내밀어 쏘아오는 귀명비도를 잡았을 때 도첨과 화무린의 코끝 간격은 겨우 한 치였다.

그녀가 잡지 않았다면 귀명비도는 여지없이 화무린의 콧등을 꿰뚫었을 것이다.

"호호홋! 하마터면 우리 낭군님의 잘생긴 코에 구멍이 생길 뻔했잖아!"

소군은 수선스럽게 호들갑을 떨면서 화무린의 코를 만지는 척하다가 그 기회를 빌어 재빨리 입맞춤을 하고 물러나면서 깔깔거리며 좋아했다.

두 달이 지난 지금의 소군은 화무린의 이름을 부르는 대신 아예 대놓고 낭군이라고 불렀다.

또한 꽤나 명랑해졌으며 틈만 나면 화무린에게 기습 뽀뽀를 하는 능동적인 행동도 서슴지 않았다.

하지만 언제나 그 이상의 행동으로 이어지지는 않았다. 이유는 간단했다. 뽀뽀 다음에는 어떻게 해야 하는지 모르기 때문이었다.

화무린이 방금 던졌다가 회수한 삼비도를 도곤의 제 위치에 꽂고 나서 자세히 살펴보니 도파에 뚫려 있는 콩알 크기의 구멍에 천잠사가 가로로 걸려 있었다.

또한 그 천잠사는 좌우의 다른 칸으로 이어지면서 맨 윗줄, 즉 상열(上列)의 모든 비도의 구멍에도 연결되어 있었다.

대관절 천잠사가 어디에서 나타나 어떻게 구멍에 연결되

어 있는 것인지 모를 일이었다.

다른 비도들을 확인해 보니 상열만 그럴 뿐 아래 두 줄은 원래 그대로였다.

"어떻게 한 거지?"

화무린이 궁금해서 묻는데도 소군은 팔짱을 끼고 눈을 반개한 채 짐짓 여유를 부렸다.

"공짜로는 안 되지."

화무린은 속으로 무거운 신음을 흘리고는 내키지 않는 얼굴로 제안했다.

"뽀뽀해 줄게."

"보통으로는 안 돼. 찐하고 길게."

"찐… 하고 길… 게?"

"응. 아~주 찐하고 아~주 길게."

소군은 혀를 날름거리는 시늉을 해 보이면서 두 손을 양쪽으로 활짝 벌렸다. 그만큼 길게 하라는 뜻이었다.

"알았어."

마음이 급한 화무린은 앞뒤 잴 겨를이 없었다.

그는 벌써 머릿속으로 어떻게 해야 천잠사가 묶인 마흔다섯 자루 귀명비도를 발출했다가 회수할지에 대한 방법을 열 가지도 넘게 궁리하고 있었다.

"군아, 먼저 가르쳐 주고 뽀뽀는 나중에… 읍!"

화무린은 말하는 도중에 입술을 강탈당하고 말았다.

입술이 부딪치자마자 소군은 두 팔로 화무린의 목을 끌어 안고 아등바등하면서 눈을 감고 몸을 가늘게 떨며 깊이를 측량할 길 없는 무아지경 속으로 빠져들고 있었다.

다른 때 같았으면 화무린도 같이 뜨거워져서 그녀의 몸을 더듬고 만졌겠지만 지금 그의 눈은 말똥말똥했으며 정신은 얼음처럼 차가웠다.

한참 만에야 소군은 화무린의 혀를 놓아주고 나서 영롱한 눈을 깜빡거리며 그의 얼굴을 바라보았다.

"뭐야, 낭군님?"

"뭐가?"

"시시했어, 방금 뽀뽀는."

"맛있는 요리도 매일 먹으면 가끔은 그런 거야."

화무린은 대충 둘러댔다.

"그게 아닌걸?"

"빨리 가르쳐 줘."

"제대로 해줘."

"안 돼."

"아잉~ 해줘~ 응?"

소군은 무척이나 아름다운 소녀다.

차가움과 청순함이 함께 깃들어 있는 그녀의 뛰어난 미모는 중원에서도 쉽사리 찾아보기 어려울 것이 분명했다.

그런 그녀가 애간장을 녹일 듯이 바르르 잔 경련을 일으키

며 눈을 떴다 감았다 하는가 하면, 허리를 꼬고 어깨에 매달
리면서 나붓나붓 교태를 부리자 화무린은 순간적으로 귀명비
도의 천잠사인지 나발인지는 깡그리 잊어버리고 자신도 모르
게 입 안에 침이 마르고 심장이 쿵쿵 뛰었다.

그는 소군을 여자로 보게 된 두 달 전 어느 날부터 결코 그
녀로부터 자유롭지 못한 신세가 되고 말았다.

남자는 빠르면 십이삼 세 때부터 이성에 눈을 뜨기 마련이
다. 그런데 또래의 다른 소년들보다 성장이 빠른 화무린이었
는데 오히려 소녀나 여자에겐 조금도 관심이 없었다.

그의 머리와 가슴속엔 오직 복수와 가문의 부흥만이 가득
차 있었기 때문에 여자를 포함한 다른 것이 끼어들 여지가 조
금도 없었던 것이다.

그런 그였는데 소군과의 만남은 참으로 이상했다.

주자운처럼 자연스럽게 서로를 좋아할 수 있는 계기가 만
들어진 것도 아니었다.

소군은 나찰의 신분이다.

팔대지옥에 든 자들을 보이는 대로 죽이거나 극소수의 선
택된 자들을 관리하는 것이 그녀의 주된 임무다. 감정이라곤
철저하게 배제된 신분이라는 뜻이다.

그것은 먹잇감과 맹수의 관계라고 해도 결코 지나친 표현
이 아닐 것이다.

그런데 그런 둘 사이에서 불가사의하게도 '이성'과 '감정'

이라는 것이 싹틔워지더니 어느새 마른 솔가지에 불이 붙듯 '애정'으로 발전하려고 하고 있었다.

그것도 여자를 돌처럼 여기는 화무린과 오욕칠정의 감정이라곤 철저하게 배제되어야만 하는 나찰 사이에서 말이다. 과연 그것을 어떻게 이해해야 한다는 말인가.

"아, 알았어. 나중에."

화무린은 당장이라도 덮치고 싶은 것을 간신히 참느라고 땀을 뻘뻘 흘리면서 한 걸음 물러났다.

만약 지금 소군의 청을 들어줬다가는 필경 무슨 일이 벌어지고 말 것만 같았던 것이다.

지난 두 달 동안 이런 위기(?) 상황은 수십 번도 더 있었다. 그때마다 화무린이 초인적인 정신력으로 자제하지 않았더라면 뭔가 일이 터졌어도 벌써 터졌을 것이다.

혈기 왕성한 화무린과 소군이 아닌가.

두 사람이 몸을 맞대면서 지나친 애정 행위를 하는 것은 새빨갛게 약이 오른 숯불과 바싹 마른 지푸라기를 맞붙여 놓은 것이나 다를 바 없을 만큼 위험했다.

"나중에 언제?"

감정, 이성, 애정 따위를 최초로 느껴본 소군에게 자제를 기대하긴 어려운 일이었다.

소군이라는 마른 지푸라기에는 이미 불이 붙어 있는 상태였다.

화무린은 그것이 더 번지지 않도록 애쓰고 있지만 언제까지 견딜 수 있을지는 의문이었다.

그리고 솔직히 자신이 없었다. 화무린 자신도 마른 장작에 불이 붙은 것 같은 상황이었기 때문이다.

"이따가."

"그럼 이따 수련 끝나고 같이 목욕할 때?"

화무린의 얼굴에서 더욱 비지땀이 흘렀다. 소군과 함께 알몸으로 부둥켜안은 채 물속에서 첨벙거리며 뒹구는 상상이 머릿속에 가득했다.

그는 세차게 고개를 가로저어 잡념을 떨쳐 버렸다.

안 된다고 하면 더 심한 것을 요구당할 것 같아 화무린은 급히 고개를 끄덕였다.

"알… 았으니까 어서 가르쳐 주기나 해!"

"픗!"

소군이 화무린을 보면서 입을 가리며 웃었다.

"왜?"

"귀여워."

"……."

그녀의 미소 짓는 얼굴과 눈빛에는 당황 때문에 얼굴을 붉히면서 땀을 뻘뻘 흘리는 화무린의 모습이 귀여워 죽겠다는 기색이 역력하게 떠올라 있었다.

그날 화무린은 태어나서 처음으로 누군가에게 귀엽다는

소리를 들어보았다.

　도곤의 상중하 각 열에는 열다섯 자루씩의 귀명비도가 세워진 상태로 담겨져 있다.

　세워졌다는 것은 비도의 넓은 면이 가슴에 닿은 것이 아니라 칼날이 가슴에 닿은 채 세로로 도곤에 꽂혀 있다는 뜻이다.

　도곤은 천잠사로 짰기 때문에 전설적인 보검이나 보도가 아닌 이상 아무리 기를 쓰고 자르려 해도 흠집조차 나지 않는다. 때문에 귀명비도를 세로로 꽂아도 상관이 없었다.

　"여기 상열의 양끝을 안쪽을 향해서 밀 듯이 약간 힘을 줘봐."

　소군은 화무린의 앞에 마주 서서 가장 윗줄, 즉 상열의 양쪽 끝 도집 바깥쪽에 화무린의 양쪽 엄지손가락의 바닥이 안쪽으로 향하도록 대주었다.

　그는 시키는 대로 손가락에 약간의 힘을 주어 지그시 눌러 보았다. 그러자 작으면서도 동그랗고 단단한 무언가가 양 손가락 바닥 한가운데에 느껴졌다.

　그 상태에서 조금 더 힘을 주었다.

　스륵!

　그러자 들릴 듯 말 듯 미약한 음향이 상열에서 흘렀다.

　확인해 보니 상열의 열다섯 자루 귀명비도에는 한결같이

천잠사가 연결된 상태였다.

"다시 한 번 누르면 천잠사가 사라져."

화무린이 도곤의 상열 양 옆구리 부분을 다시 한차례 누르고 확인해 보니 연결됐던 천잠사는 감쪽같이 사라지고 없었다.

소군은 화무린의 엄지손가락이 누르고 있는 부분을 가리키며 미소 지었다.

"열의 양쪽에는 사낭(絲囊:실 주머니)이라는 것이 있는데, 거길 누르면 두 줄의 천잠사가 튀어나와서 열다섯 자루의 귀명비도를 순식간에 연결시키는 거야."

신통하기 짝이 없는 장치였다.

"이제 보니 한 줄이 아니라 두 줄이었군. 그렇다면 중열과 하열도 같은 원리인가?"

"맞았어! 호호홋! 그런 것도 알다니 똑똑한데?"

소군의 장난기가 또 발동했다. 그녀는 두 손으로 화무린의 뺨을 잡고 입술을 갖다 대며 깔깔거렸다.

"소군, 날 바보로 아는 거야?"

화무린은 슬쩍 그녀의 손에서 벗어나며 어이없는 표정을 지었다.

"응, 조금쯤은."

소군은 재미있다는 듯 혀를 살짝 내밀며 더 약을 올렸다.

"정말 넌……."

두 사람은 확실히 많이 변했다.

과거에 그들을 알던 사람들이 이런 광경을 본다면 크게 놀랄 것이 분명했다.

화무린은 소군과 둘만 있을 때 자신들의 말과 행동이 지나치게 유치하기도 하고, 또 어찌 보면 음란하기도 하다는 사실을 잘 알고 있었다.

하지만 개의치 않았다. 그런 유치함과 망가짐은 자신들 '둘만' 있을 경우에만 행해질 것이기 때문이었다.

두 사람의 그런 언행은 그들만의 비밀이며 유희였다.

"이 도곤은 정말 대단하군. 누가 만들었지?"

화무린은 상중하 삼열(三列)의 천잠사를 여러 차례 튀어나오게도 사라지게도 해본 후 적잖이 감탄하며 물었다.

"사부님이."

"군아의 사부님은 어떤 분이시지?"

그 물음에 소군의 얼굴에 잔잔한 존경이 떠올랐다. 아니, 존경 이상의 표정이었다.

"훌륭한 분이셔. 갈 곳 없는 나를 거두어주시고 친자식처럼 대해주셨지."

"소군을 보면 사부님이 얼마나 훌륭한 분인지 알 수 있을 것 같아. 언젠가 한번 뵐 기회가 있을까?"

그것은 화무린의 진심이었다.

"그래, 훌륭한 분이야. 낭군님은 사부님을 만날 수 있도록 열심히 노력해야 돼."

소군은 화무린을 선택한 사람이 자신의 사부였다는 것과 사부가 그에게 각별한 관심을 갖고 있다는 사실까지는 말해 주지 않았다.

그녀가 '만날 수 있도록 열심히 노력해' 라고 한 말은 팔대 지옥, 그리고 구중천에서 기필코 살아남아야만 자신의 사부를 만날 수 있다는 의미였다.

화무린은 그 다음날부터 본격적인 귀명비혼 수련에 돌입했다. 여태까지의 수련이 껍질이었다면 이것이야말로 알맹이였다.

마흔다섯 자루의 귀명비도는 도곤의 상중하 각 열 열다섯 자루씩 두 줄의 천잠사로 연결되어 있었다.

화무린은 그것들을 원하는 곳으로 제 궤도와 빠르기를 유지시킨 채 발출했다가 엉키지 않게 회수하여 도곤의 제 위치에 꽂는 것을 우선적인 목표로 삼았다.

하지만 그는 겨우 한차례 발출하고 나서는 즉시 목표를 수정할 수밖에 없었다.

왜냐하면 최초의 수련에서 마흔다섯 자루의 비도를 한꺼번에 발출하는 것까지는 좋았는데, 그 직후 그것들을 회수하는 과정에서 마흔다섯 개의 줄이 서로 뒤엉키기 시작하더니 그것을 풀려다가 나중에는 아예 손을 댈 수도 없는 상황이 돼버리고 만 것이다.

다음날 아침에 소군이 은신처에 들어왔을 때 화무린은 핏발이 곤두선 눈을 부릅뜬 채 바닥에 퍼질러 앉아서 무언가와 씨름하느라 여념이 없었다.

그의 앞에는 마흔다섯 자루 귀명비도와 마흔다섯 줄의 천잠사가 어젯밤보다 열 배쯤은 더 뒤엉킨 상태로 놓여 있었다.

그는 천잠사에 연결된 마흔다섯 자루의 귀명비도를 단 한 차례 던지고는 그 직후부터 밤새워 엉킨 천잠사를 풀고 있는 중이었다.

"하하! 괜찮아. 군아는 거기 앉아서 잠시 쉬고 있어. 내 힘으로 곧 풀 수 있을 거야."

화무린은 소군을 보며 웃어 보이면서도 문득 자신이 풀면 올해 안으로는 성공하지 못할 것이라는 불길한 생각이 들었다.

"알았어. 낭군님이 할 수 있다면 믿어야지."

소군은 녹면과 견폐를 벗고 나서 화무린의 고정석인 가죽 깔개에 앉아서 느긋하게 그를 바라보았다.

두 달 동안 소군과도 많이 친해진 아령이 몸을 날려 그녀에게 안겨들었다.

아침도 먹지 않고 달려온 소군은 며칠 전에 자신이 따다 놓은 복선리(茯仙李)라는 호두알만 한 빨간 열매를 깨물어 먹으면서 조용히 화무린을 지켜보았다.

복선리는 화무린이 한 번도 가보지 못한 지궁계 다른 지역의 작은 나무에서 나는 과일의 일종으로 바깥 세상의 도리(桃李:복숭아와 자두)와 비슷한 모양에 맛을 지녔는데, 먹으면 정신이 맑아지고 내장을 달래주는 효능을 지니고 있었다.

그렇게 소군은 묵묵히 앉아서, 아령은 그녀의 무릎에 발라당 누워서 네 활개를 편 채 잠이 들어 있는데 화무린 혼자만 엉킨 천잠사를 푸느라 진땀을 흘리고 있었다.

사실 소군의 속마음은 화무린에 대한 안쓰러움과 당장이라도 그를 돕고 싶다는 간절함으로 가득 차 있었다.

그녀는 아무리 심하게 엉킨 마흔다섯 자루의 귀명비도라고 해도 사 분각(四分刻:일각의 사분의 일)이면 깨끗이 풀 수 있었다.

천잠사에 연결된 마흔다섯 자루의 귀명비도를 회수하는 방법이나 엉킴을 푸는 것에는 별다른 요령이나 방법이 없었다.

다만 끝없는 노력을 통해서 자신만의 요령 아닌 요령을 터득하는 것뿐이었다.

물론 소군도 그런 과정을 거쳐서 자신만의 요령을 터득했다. 하지만 그것을 화무린에게 가르쳐 줄 수는 없었다.

그것은 말이나 행동으로 가르칠 수 없으며 스스로가 체득하는 방법뿐이기 때문이다.

만약 실전에서 화무린이 귀명비혼을 전개한 후 엉킨 천잠

사 때문에 전전긍긍한다면 그것 때문에 죽음으로 직결될 수
도 있을 것이다.

그런 일이 일어나지 않게 하기 위해서는 엉킨 천잠사를 푸
는 데에 며칠을 허비하더라도 화무린 혼자 해결할 수밖에 없
었다.

화무린은 바보가 아니다.

그는 소군이 왜 자신을 도와주지 않는지 즉시 간파했다. 그
리고 그 역시 소군의 뜻에 동의했다.

한 가지 초식을 완벽하게 터득한 여러 사람이 똑같이 그 초
식을 펼친다고 해도 조금씩이나마 다를 수밖에 없는 제각각
의 변화와 위력이 나타나는 법이다.

그것은 원인은 같더라도 결과까지 같을 수는 없다는 평범
한 이치라고 할 수 있었다.

그러므로 귀명비혼을 가르쳐 준 사람은 소군이지만 그것
이 화무린의 손에서 전개되면 그만의 귀명비혼이 되는 것이
다.

화무린은 완벽한 자신만의 귀명비혼을 원했고, 소군도 그
러기를 소망했다.

결국 화무린은 그로부터 반나절이 지난 후에야 엉킨 천잠
사를 모두 풀 수 있었다.

하지만 그냥 풀기만 한 것이 아니었다. 한 올 한 올 풀어가
면서 어떻게 해야 잘 풀리는지 조금쯤은 깨달을 수 있었다.

또한 천잠사를 붙잡고 꼬박 하루 동안 씨름하다 보니까 천 잠사라는 범상치 않은 실이 지니고 있는 특수한 성질에 대해서도 조금쯤은 깨우치기 시작했다.

그러면서 천잠사가 엉킨 형태를 보며 몇 번째 비도를 어떤 식으로 회수하니까 이런 식으로 엉키게 된다는 것을 깨닫는 수확도 덤으로 얻게 되었다.

극구광음(隙駒光陰)이라고 했든가.

다시 한 달이라는 세월이 달리는 말을 문틈 사이로 내다본 것처럼 빠르게 흘렀다.

"……!"

소군은 가죽 깔개에 앉아서 아령이 잡아온 짐승을 손질하고 있다가 느닷없이 자신을 향해 쏘아져 오는 여러 줄기의 예기를 느끼고 가볍게 놀랐다.

그녀는 은신처 한복판에 우뚝 서 있는 화무린을 적잖이 놀란 표정으로 바라보았다.

그는 바지만 입었을 뿐 벌거벗은 상체에 도곤만 윗배 부위에 두르고 있는 모습이었다.

그는 방금 마흔다섯 자루의 귀명비도를 한꺼번에 발출했다.

하지만 그의 전면 표적에는 열다섯 자루만이 꽂혀 있었다.

나머지 삼십 자루는 각기 다른 방향에 있는 두 개의 표적에 열다섯 자루씩 나누어 꽂힌 것이다.

더구나 세 개의 표적에 꽂힌 각 열다섯 자루의 귀명비도는 하나같이 미간과 목 한복판, 심장 부위에 집중되어 있는 상태였다.

세 개의 표적 중에 하나는 소군의 뒤쪽 암벽에 새겨져 있었는데, 방금 전의 예기는 그 표적을 향해 쏘아간 열다섯 자루의 비도가 그녀를 스쳐 지났기 때문에 생긴 것이었다.

화무린이 엉킨 천잠사 때문에 하루 종일 진땀을 뺐던 때가 불과 한 달 전의 일이었다.

그는 그로부터 한 달 만에 마흔다섯 자루의 귀명비도를 한꺼번에 발출하여 각각 다른 위치에 있는 세 개의 표적 급소에 모조리 적중시킬 수 있을 정도로 눈부신 발전을 했다.

그뿐이 아니었다.

휘리릭!

그는 몸을 한 바퀴 빙그르르 회전하면서 두 손을 어지럽게 마구 휘두르며 거두어들이는 동작을 해 보였다.

그와 동시에 그의 두 손은 육안으로 구별할 수 없을 만큼 빠르게 움직이면서 자신을 향해 쏘아오는 귀명비도를 차례로 잡아 도곤의 제 위치에 꽂았다.

한꺼번에 쇄도하는 마흔다섯 자루의 비도를 한 치의 오차도 없이 순서대로 잡아서 도곤의 제 위치에 꽂는 일은 말처럼 쉽지 않았다.

더구나 그것은 거의 한순간에 이루어져야만 한다. 만약 중간에 하나라도 놓치거나 도곤의 제 위치에 꽂지 못하게 되면 그 다음부터는 뒤죽박죽 엉망이 돼버리고 마는 것이다.

잠시 후 우뚝 서 있는 그의 도곤에는 한 치의 오차도 없이 마흔다섯 자루의 귀명비도가 완벽하게 돌아와 있었다.

그 모습을 보면서 소군은 크게 뜬 눈을 조금 더 크게 뜨며 놀라워했다.

그녀는 불과 닷새 전에 화무린이 한군데 표적에 마흔다섯 자루를 발출했다가 모두 제대로 회수하는 것을 보고는 예상했던 것보다 두 배 이상 빠르다며 기뻐했다.

그런데 그로부터 닷새가 지났을 뿐인 오늘 그는 세 군데 표적에 마흔다섯 자루를 나누어 날린 것으로도 모자라서 완벽하게 회수하는 기막힌 광경까지 보여주었다.

그는 이제 자신만의 요령을 완벽하게 터득한 것이었다.

하지만 그런 결과는 그저 어느 날 갑자기 이루어지지 않았다.

수백, 아니, 수천 번 비도를 회수하다가 찔리고 베인 상처가 그의 온몸을 뒤덮고 있었다.

쇠와 돌마저도 간단하게 베고 자르는 만년오금철로 만든 귀명비도는 한낱 살과 뼈로 이루어진 그의 몸뚱이에 송곳을 꽂을 자리를 찾기 어려울 정도로 상처와 흉터들을 빼곡하게 새겨주었다.

그나마 다행인 것은 급소를 찔리거나 베이지 않은 사실이었다.

"낭군님……."

소군은 너무 기뻐서 말을 잇지 못했다.

그녀는 어느새 일어나서 화무린을 향해 한 마리 나비처럼 달려가고 있었다.

그리고는 그를 힘껏 안고 뜨거운 입맞춤을 퍼부었다. 그것은 평소의 장난기가 배어 있거나 뜨거운 흥분이 느껴지는 것이 아닌, 순수한 기쁨과 찬사의 입맞춤이었다.

"아직 어설퍼."

화무린은 겸연쩍게 미소 지었다. 그는 소군의 완벽한 출수와 회수, 그리고 몇 차례에 걸쳐서 그 동작이 거듭되는 것에 비하면 자신은 아직 형편없다고 생각했다.

사실이 그랬다. 소군에 비한다면 그는 이제 겨우 사 할 정도를 이루었을 뿐이다.

"아냐. 이제 겨우 석 달이 지났을 뿐이야. 나는 그동안 낭군님의 무서운 집념과 노력, 그리고 빠른 성취에 감탄을 거듭하면서도 내색하지 않느라 너무 힘이 들었어. 정말 장해, 우리 낭군님!"

소군은 그제야 그동안의 감탄과 놀라움을 와르르 쏟아내면서 화무린을 품에 꼭 안았다.

"과연 내 낭군님이야."

"이거 몸 둘 바를 모르겠군."

화무린은 쑥스러운 표정을 지었지만 싫지 않은 기분이었다.

그 역시도 소군이 자신을 '낭군님' 이라고 부르는 것을 어느샌가 자연스럽게 받아들이고 있었다.

만약 나중에 복수를 마치고 누군가와 혼인을 하게 된다면 그 상대가 소군이 되었으면 좋겠다는 생각을 막연하게나마 하고 있는 화무린이었다.

하지만 아마도 그럴 일은 없을 터이다. 두 사람의 인연이라는 것은 과연 언제까지 이어질지 아무도 예상하거나 계획할 수 없기 때문이었다.

그때 문득 화무린은 자신의 품에 꼭 안겨 있는 소군의 몸이 가늘게 떨리고 있는 것을 느꼈다.

뭔가 이상했다.

화무린 자신이 아무리 마흔다섯 자루의 귀명비도로 세 군데 표적을 맞추고 깔끔하게 회수했다고 해서 그가 알고 있는 소군은 이처럼 몸을 떨면서까지 감격하진 않는다.

"군아."

화무린은 조심스럽게 소군을 떼어내고 얼굴을 바라보다가 움찔 가볍게 놀랐다.

그녀는 눈물을 흘리고 있었다.

화무린으로서는 처음 보는 더없이 슬픈 얼굴을 한 채 크고

서늘한 눈에서 흘러나온 투명한 눈물이 오늘따라 더 창백해 보이는 그녀의 두 뺨을 적시면서 흘러내리고 있었다.

그녀가 우는 이유는 알지 못하지만 눈물을 보는 순간 화무린은 왠지 모를 불길함을 느꼈다.

"낭군님… 나…….."

흐르는 눈물보다 더 젖어 있는 울먹이는 목소리로 말을 꺼내던 소군은 더 이상 말을 잇지 못했다.

뭔지 모를 슬픔이 그녀의 골수와 심장을 익사시켜 버린 것이 분명했다.

"나… 이제… 여기 올 수 없어…….."

울먹임은 흐느낌으로 변했다.

화무린은 그 말이 무슨 뜻인지 금세 알아듣지 못했다.

발음의 불명확함 때문이 아니었다. 그는 여태껏 들어왔던 그녀의 어떤 말보다도 더 정확하게 그 말뜻을 이해했다.

그 말을 알아듣지 못한 것은 그의 가슴이었다. 그리고 그리 길지 않았던 석 달 동안의 추억이었다.

그래서 화무린은 왜냐고 묻지도 못했다. 아니, 물어도 그녀는 대답할 수 없었다.

소군은 눈물이 흐르지 않았으면 좋겠다고 생각했다. 눈물 때문에 낭군님의 모습이 뿌옇게 보였다.

그렇게 보이니까 너무나 불안했다.

그녀가 이곳 은신처를 나가기까지는 아직 두 시진 정도의 시간이 남았는데 그 시간 내내 울기만 하다가 지금처럼 낭군님의 모습조차 제대로 보지 못하고 헤어지게 될까 봐 애간장이 탔다.

그녀는 황급히 눈물을 닦았다.

그러자 기다렸다는 듯이 닦아낸 눈물보다 더 많은 눈물이 쏟아져 내렸다.

"안 돼!"

그녀는 세차게 도리질 쳤다.

눈물이 흘러서도 안 되고 낭군님과 헤어져서도 안 될 일이었다.

"나… 내일 중원으로 떠나……."

그녀는 결사적으로 헐떡이며 신음처럼 중얼거렸다.

"중원……."

사실 그 말은 해서는 안 될 극비 사항이었다.

그녀가 그 말을 화무린에게 했다는 것이 알려지면 중벌을 면치 못할 것이다.

하지만 중벌은 무섭지 않았다.

죽는 것도 두렵지 않았다.

그 무엇도 무섭지 않았다.

대저 그 무엇이 낭군님과 헤어지는 것보다 두려울 것이고 또 무서울 텐가.

소군은 더 말하지 못했다. 만약 더 많은 것을 알고 있었다면 하나도 남기지 않고 말했을 터이다.

그리고 약속을 할 것이다.

나중에 화무린이 여기에서 살아 나오면 어디로, 어떻게 날 찾아와서 우리 꼭 다시 만나자고…….

"으흑흑……."

소군은 온몸을 격렬하게 떨며 오열했다.

언제부터인지는 모르지만 그녀는 화무린을 마음속 깊이 사랑하고 있었다.

그녀 자신이 느끼지 못한다고 해도, 화무린이 받아들이지 못해도 그것은 분명히 소군만의 사랑이었다.

그랬기에 그 사랑이 바탕이 되어 화무린에게 무슨 말을 해도, 무슨 행동을 해도 부끄럽지 않았고 거침이 없었던 것이다.

그런데 이제 사랑하는 사람과 잠시 후면 헤어져야 하고, 그녀가 알고 있는 한 다시는 그를 만나지 못할 것이다.

"나… 나는… 으흐흐흑!"

소군은 태어나서 가장 슬픈 오열을 터뜨렸다. 아마 그런 오열은 이후로도 죽을 때까지 경험하지 못할 것이다.

화무린은 그녀가 오열을 그칠 때까지 그녀의 얼굴을 자신의 가슴에 묻은 채 기다려 주었다.

그러나 그녀는 울음을 그치지 않았다. 그렇다고 언제까지나 기다리고 있을 수만은 없는 노릇이었다.

"군아."

이러면 안 된다고, 사사로운 감정에 얽매여서는 안 된다고 생각하면서도 화무린은 그녀의 두 뺨을 부드럽게 손으로 감싸며 조용히 불렀다.

"어디에 있든 살아 있기만 해라. 반드시 내가 널 찾아가겠다."

그러자 영원히 그칠 것 같지 않던 소군의 오열이 뚝 그쳤다.

그리고 어둠을 밝히는 새벽의 여명 같은 빛이 그녀의 얼굴에 나타나기 시작했다.

그녀는 정말이냐고 묻지 않았고, 꼭 그래야 한다고 다짐을 하지도 않았다.

대신 힘껏 고개를 끄덕였다.

"응. 난 꼭 살아 있을 테니까 낭군님이 날 찾아와."

그리고 두 사람은 누가 먼저랄 것도 없이 뜨겁게 입맞춤을 했다.

그 영혼의 입맞춤으로 두 사람은 자신의 영혼과 순결을 걸고 다시 만나야 한다는 맹세를 주고받았다.

이후 소군은 정신을 수습한 후 화무린에게 팔대지옥 열여섯 개 지옥으로 통하는 통로들을 바닥에 여러 차례나 지도를 그려가면서 세심하게 가르쳐 주었다.

그리고 나서는 그에게 안겨 야차를 죽이지 말고 통로를 따라 팔대지옥 열여섯 개 지옥을 돌면서 신물을 모아 손쉽게 구중천에 오르라고 신신당부를 했다.

또 그녀는 화무린에게 자신의 보법과 경공술을 각각 한 가지씩 가르쳐 주었다.

그녀는 만약 자신이 그처럼 갑작스럽게 화무린과 헤어질 줄을 미리 알았더라면 진작부터 틈틈이 그에게 자신의 모든 것을 전수했을 것이다.

그녀는 화무린이 귀명비흔을 다 터득하고 나면 자신의 절초 검식인 무쌍검류마저도 아낌없이 전수하려고 작정할 정도였다.

그런데 그녀는 바로 그날 아침에 직속상관에게 다음날 중원으로 떠날 것을 명령받았던 것이다.

남은 시간은 이제 두 시진 남짓.

보법과 경공술의 구결을 말해주고 몇 차례 시범을 보이기에도 빠듯한 시간이었다.

이후 화무린이 그것들을 수련하면서 부딪치게 될지도 모르는 난관에 소군은 함께해 주지 못할 것이다.

소군이 은신처를 떠난 후 화무린은 은신처의 가죽 깔개 위에 누운 채 아무것도 하지 않았다.

운공도, 무공 수련도, 소군이 떠나기 직전에 가르쳐 준 보법과 경공술도 까맣게 잊은 채 그렇게 하루 종일 누워 있었다.

아무런 생각도 하지 않았다.

그저 머릿속을 하얗게 텅 비운 채 떠오르는 대로, 감정이 이끄는 대로 내버려 두었다.

그는 그렇게 꼬박 사흘 동안 누워서 꼼짝도 하지 않았다.

그것은 그만의 이별을 극복하는 방법이었다.

사흘 내내 소군의 마지막 말이 그의 머릿속을 맴돌았다.

"낭군님을 선택한 것은 구중천이야. 왜 선택했는지, 장차 무슨 일을 시킬 것인지는 나도 몰라. 낭군님이 야차를 죽이겠다고 팔대 지옥으로 다시 올라간다면 구중천이 낭군님을 보호해 주지는 않을 거야. 처음에 낭군님이 내게 했던 야차를 죽이겠다는 약속 같은 것은 잊어버리고 그냥 신물을 취해서 구중천에 올라가. 꼭, 꼭 살아남아야 돼. 알았지?"

第二十一章

야차 사냥

九重天
구중천

　처음에 소군은 화무린에게 귀명비흔을 흉내만 낼 수 있게
터득하는 데에 반년가량 소요될 것이라고 예상했기 때문에
직속상관에게 반년 동안만 화무린의 은신처 주변을 안전 지
대로 유지시켜 달라고 요구했었다.

　그 당시 그녀와 화무린은 아무것도 아닌 사이였다.

　만약 그녀가 화무린과 그처럼 가까운 사이가 될 줄 알았더
라면 당연히 더 긴 시일을 요구했을 것이다.

　물론 화무린은 원하지 않았겠지만 중원으로 떠나기 전에
소군은 할 수만 있다면 이곳에서라도 영원히 화무린과 함께
있고 싶은 심정이었다.

소군이 석 달 만에 떠났으므로 화무린은 석 달 동안 은신처에 더 머물 수가 있었다.

그녀는 그 얘기를 해주면서 더 길게 있도록 해주지 못한 것을 몹시 미안해했지만 화무린에겐 적당한 기간이었다.

이곳이 안전하다고 해서 구중천에 온 목적을 망각한 채 언제까지나 빈둥거릴 수는 없는 일이었다.

그는 남은 석 달 동안 귀명비흔과 보법, 경공술을 거의 잠도 자지 않으며 미친 듯이 수련했다.

그러는 도중에 그로서도 전혀 예상하지 못했던 일이 일어났다.

이상하게도 날이 갈수록 소군의 빈자리가 점점 더 크게 느껴졌으며, 어떨 때는 숨이 막힐 정도로 그녀가 그리워서 미칠 지경에까지 이르렀다.

일곱 살 이후 천애고아가 되어 천하를 떠돌면서 그 누구에게도 정을 주지 않던 화무린이다. 그랬기에 그가 누군가를 그리워한다는 것은 상상조차 하지 못할 일이었다.

상명이나 현조에게도 본심을 드러내지 않았으며 깊은 정을 주지 않은 채 늘 일정한 거리를 유지했던 그다.

그런데 처음에는 계획으로 시작했던 소군과의 관계가 이 정도까지 진전될 줄은 꿈에서조차 예상하지 못했다.

소군이 떠난 후 그녀가 너무 깊게 자신의 가슴에 뿌리내리고 있다는 사실을 깨달았다.

그래서 그는 더욱 자신을 혹독하게 다루었다. 미친 듯이 수련하는 동안만큼은 소군에 대한 그리움을 조금이나마 잊을 수 있었다. 그러나 그것은 차라리 자학에 가까웠다.

남은 석 달을 열흘쯤 남긴 날부터 그는 아령과 함께 최대한 조심하면서 지궁계 곳곳을 누비며 내단을 얻을 수 있는 영물들을 눈에 띄는 대로 잡기 시작했다.

예전에는 간혹 눈에 뜨이던 영물들이 막상 잡으려고 하자 자취를 감추기로 약속이나 한 듯이 보이지 않았다.

사실 지궁계에는 원래 영물들이 그리 많지 않았다. 또한 야차나 나찰들은 그것들을 잡지 못하도록 엄격한 통제를 받고 있었다.

그 몇 마리 되지 않는 영물들이 운 좋게도 화무린의 눈에는 자주 뜨였던 것이고, 그때마다 그는 놓치지 않고 그것들을 잡았었다.

육십 년 공력에다가 소군이 가르쳐 준 보법과 경공술을 전개하여 지궁계 곳곳을 누비며 남아 있는 영물들을 깡그리 잡는 화무린을 야차들은 발견하지 못했다.

영물들을 발견하는 데에는 무엇보다 아령의 공이 컸다. 아무리 깊은 곳에 숨어 있는 영물이라고 해도 아령의 후각과 청각을 벗어날 수는 없었다.

지궁계를 발견한 것은 화무린에겐 축복이었다.

이제 여길 떠나면 영물 따윈 구경조차 못할 것이다. 여태

그랬던 것처럼 오직 운공만으로 공력을 증진시켜야만 한다.

그래서 그는 석 달을 꽉 채우고 지궁계를 떠나는 날, 일곱 마리 영물에게서 얻은 내단을 복용하여 삼십 년의 내공이 더 증진돼서 도합 구십 년의 내공을 보유하게 되었다.

그리고 귀명비혼을 칠성 정도까지 터득했다.

떠날 때나 다시 돌아왔을 때나 눈으로 보는 알부타는 별로 변한 것이 없었다.

그러나 화무린은 변해 있었다.

그는 더 이상 알부타의 지독한 한기와 하찮은 독물들에게 뜯기고 도망 다니면서 전전긍긍하던 예전의 힘없는 화무린이 아니었다.

그렇다고 여보란 듯이 모습을 드러내 놓고 다닐 정도로 알부타는 만만한 곳이 아니었다.

이곳에는 한기와 독물들과는 비교도 할 수 없을 만큼 무서운 존재, 즉 야차와 나찰이 눈을 번뜩이면서 돌아다니고 있었다. 그들은 피에 굶주린 악마처럼 먹잇감을 찾아다니고 있다.

화무린은 아직 자신의 실력이 어느 정도인지 제대로 파악하지 못한 상태였다.

소군이 그렇게 갑자기 떠나지 않았더라면 그는 그녀에게 더 많은 것들을 배울 수 있었을 것이고, 그 후에는 그녀와의 많은 비무(比武)를 거치면서 자신이 과연 어느 정도의 실력인지 측정할 수 있었을 것이다.

그런데 지금은 야차와 일 대 일로 맞붙어 싸워서 이길 수 있을 것인지, 아니면 몇 초식 싸워보지도 못하고 어이없는 죽음을 당하게 될는지 전혀 예측할 수가 없는 상황이었다.

화무린은 생각이 거기에 미치자 가슴이 답답해졌다.

하지만 그는 야차를 두 명 죽여서 정정당당하게 팔대지옥을 통과하는 것으로 자신의 목표를 확고하게 결정했다.

반년 전, 그는 자신을 감시하는 임무를 맡고 있던 나찰 소군에게 한 가지 무공을 가르쳐 주면 두 명의 야차를 죽여서 구중천에 오르겠다고 약속했었다.

소군은 석 달 동안 화무린과 거의 함께 살다시피 지내면서 그의 성격 중에 우매할 정도로 강직한 일면이 있다는 사실을 자연스럽게 알게 되었다.

그래서 그가 자신과 했던 약속을 지킬 것이라고 염려하여 떠나던 날에도 그 약속을 지킬 필요가 없으니 꼭 팔대지옥의 신물을 취해서 쉬운 방법으로 구중천에 오르라고 신신당부를 했던 것이다.

불행하게도 그녀의 기우는 맞아떨어졌다. 화무린은 자신과 소군이 연인처럼 가까운 사이가 됐지만 약속은 약속일 뿐이라고 단정했다.

게다가 그는 지금 원인을 알 수 없는 묘한 투지에 불타고 있었다.

자신의 실력이 어느 정도인지 한번 야차라는 놈과 맞부딪쳐 싸워보고 싶었다.

그래서 그는 지금 알부타에서 눈에 불을 켜고 이틀째 야차를 찾아 헤매고 있는 중이었다.

예전에 야차를 피해서 도망 다닐 때에는 그렇게 자주 눈에 띄던 야차가 일부러 찾으러 다닐 때에는 옷자락조차 보이지 않았다.

"잘 자라, 아령아."

화무린은 알부타에서의 이틀째 밤을 맞아 은밀한 장소에 몸을 숨긴 채 잠을 자려고 바위에 등을 기댔다.

그는 아령을 위해서 자신의 상의 안쪽 가슴 부분에 가죽을 대어 꿰맨 제법 넉넉한 공간의 주머니를 만들었다.

지난 이틀 동안 아령은 줄곧 그 주머니 속에 얌전히 안겨 있었다.

화무린은 눈을 감고 잠을 청했다.

지금 그가 있는 곳은 커다란 바위 두 개가 기이하게 겹쳐져서 안쪽에 아담한 공간을 만들어주고 있었다.

바위틈은 겨우 한두 치 정도로 구불구불하게 나 있었고, 눈을 갖다 대면 바깥쪽의 탁 트인 암석 지역이 한눈에 보였다.

대신 누군가 밖에서 안을 들여다본다면 칙칙한 바위 벽과

희끄무레한 어둠밖에는 발견하지 못할 것이다.

화무린이 틈 바로 옆 움푹하게 들어간 곳에 비스듬히 기대어 있었기 때문이다.

이 공간으로 진입할 수 있는 방법은 한쪽 구석의 아래로 뻗은 좁은 바위 틈새로 기어오르는 것뿐이었다.

그 틈새로 계속 비스듬히 내려가면 비로소 제대로 된 두 갈래의 통로가 나오는데, 왼쪽으로는 알부타, 오른쪽으로는 지궁계로 갈 수 있었다.

즉, 알부타에서 지궁계로 향하는 통로의 양쪽으로는 무수한 갈래와 바위틈이 있는데, 지금 화무린이 있는 곳은 그중한 갈래의 끝에 위치해 있었다.

저 아래쪽의 통로는 소군이 화무린에게 세세하게 가르쳐주었던 지궁계에서 팔대지옥으로 통하는 열여섯 곳 중 하나였다.

물론 반년 전에 화무린이 우연히 발견하여 지궁계로 들어갔던 통로와는 다른 곳이었다.

눈을 감고 마음을 가라앉히자 기다리고 있었다는 듯 소군에 대한 생각들이 꼬리를 물고 피어올랐다.

자려고 할 때나, 혹은 쉴 때, 운공을 하려고 할 때면 어김없이 가장 먼저 엄습하는 것이 소군의 모습이고 목소리며 그것들에 대한 그리움이었다.

소군이 떠나간 후 날이 갈수록 그런 현상은 더 심해졌다.

그래서 화무린은 잠시도 가만히 있지를 못했다.

그녀에 대한 그리움을 떨쳐 내려고 더욱 악착같이 수련에 수련을 거듭했다.

하지만 그것은 궁여지책일 뿐이었다. 그리움을 이기려고 하루 종일 수련만 할 수는 없는 일이었다.

그래서 그는 결국 방법을 달리하기 시작했다. 그리움을 이기려고 애쓰기보다는 그냥 받아들이기로.

바람을 피해 숨는 것이 아니라 허허벌판으로 걸어나가서 바람을 정면으로 맞겠다는 것이다.

따뜻한 곳에 숨어 있다가 나중에 바람을 맞게 되면 당연히 춥다. 그러나 벌판에서 계속 바람을 맞고 있으면 어느덧 적응이 되어 추위를 느끼지 못하게 되는 법이다.

그리고 지나간 바람은 더 이상 춥지 않게 되고, 닥쳐올 바람에 대해서도 겁나지 않게 된다.

그래서 이제 화무린은 소군에 대한 그리움을 일상의 한 부분으로 여기게 되었다.

그가 돌아가신 부모와 헤어진 누나를 그리워하듯이 소군도 그런 존재가 돼버린 것이다.

"……!"

설핏 잠이 들었던 것 같은데 품속에 있던 아령이 아주 작게 꿈틀거리는 바람에 깼다.

아령이 무언가 감지한 것 같았다. 원래 동물들은 후각이나 청각이 사람보다 수십 배에서 수백 배 이상 뛰어난데 백령예는 그보다 몇십 배 이상 탁월했다.

화무린은 즉시 공력을 끌어올려 청력을 돋우었다.

그러자 멀지 않은 곳에서 어떤 물체가 바람을 가르는 음향이 흐릿하게 감지됐다.

음향은 하나가 아니라 두 개였다. 하나가 앞서고 또 다른 하나가 뒤따르는데, 앞선 음향이 더 컸으며 뒤의 것이 미약했다.

그것은 앞선 자의 공력이 뒤따르는 자보다 훨씬 떨어진다는 사실을 의미했다.

구십 년 공력을 보유한 화무린이다. 그러므로 공력을 극한으로 끌어올리면 최소한 반경 오 리 이내에서 사람이 나누는 속삭임이나 수백 장 이내의 숨소리 정도를 감지하는 일은 그리 어렵지 않았다.

지금 감지된 두 개의 음향은 먼 곳에서부터 화무린이 있는 곳을 향해 점차 가까워지고 있는 중이었다.

누군가 쫓기는 모양이었다. 그렇다면 추격하는 자는 당연히 야차일 것이다.

그는 즉시 바위 틈새를 통해 자신이 있던 공간에서 빠져나왔다.

야차 사냥의 시작이었다.

"죽어랏!"

휘익! 휙! 휙!

칠흑 같은 어둠 속에서 한 명의 사내가 거의 이성을 잃은 듯한 모습으로 수중의 두 자루 단창(短槍)을 맹렬하게 휘두르고 있었다.

이성을 잃었다고는 하지만 네 자 길이에 끝에는 뾰족하면서도 납작한 칼날이 달린 한 쌍의 단창에서 쏟아져 나오는 창술은 대단히 위력적인 것이었다.

찌르고 후리고 베면서 만들어지는 수십 개의 번뜩이는 창영(槍影)은 반경 삼 장 이내를 뒤덮은 채 그 안에 있는 것이라면 살아 있는 것이든 죽었든 간에 모조리 박살 내버릴 기세였다.

단창의 사내는 바깥 세상에서는 거지조차도 거들떠보지 않을 남루하기 짝이 없는 행색을 하고 있었다.

그로 미루어 그는 구중천에 무공을 배우러 왔다가 팔대지옥에 내던져진 자가 분명했다.

사내의 전면 일 장이 채 못 되는 거리에는 한 덩이의 붉은 구름이 지면에 내려앉은 듯한 착각을 불러일으키게 하는 한 명의 야차가 예의 창인지 륜인지 모를 기형무기를 품에 안은 채 팔짱을 낀 자세로 우뚝 서 있었다.

야차는 자신을 향해 소나기처럼 쏟아지고 있는 공격 속에서도 묵묵히 서 있기만 했다.

아예 사내의 공격에는 추호의 관심조차 없는 듯한 모습이었다.

그러나 사내의 공격은 야차의 옷자락조차 건드리지 못했다.

그 광경을 보고 있노라면 마치 사내가 일부러 야차를 맞추지 않으려고 무진 애를 쓰는 것 같은 착각이 들 정도였다.

사내는 자신이 순식간에 십여 초를 소나기처럼 쏟아냈는데도 불구하고 아무런 실효를 거두지 못하자 온몸에서 진땀이 배어 나오며 공포와 분노가 한층 더 높아졌다.

"이야압!"

슈슈슈슉!

사내는 야차의 주위를 빙글빙글 맴돌면서 여태까지보다 더욱 거센 공격을 퍼부었다. 그는 무공을 배운 이후 가장 위력적인 초식을 쏟아내고 있었다.

하지만 그는 야차에게 더 가깝게 접근하지는 않았다. 그의 단견으로는 조금만 더 접근해서 공격을 퍼부으면 야차를 죽일 수 있을 것 같기도 했다.

하지만 그는 결국 평소 자신의 소심한 성격대로 모험보다는 안전한 쪽을 택한 채 점점 더 거센 공격을 퍼부었다.

그렇지만 그는 지금 자신이 택할 수 있는 어떠한 방법도 절대 안전하지 못하다는 사실을 잠시 잊고 있는 것 같았다.

그는 그렇게 공격하면서 기회를 엿보다가 야차가 자세라

도 약간 흐트러뜨릴라 치면 그 즉시 줄행랑을 칠 염두를 굴리고 있었다.

화무린은 야차의 왼쪽으로 삼 장쯤 떨어져 있는 하나의 커다란 바위 뒤에 몸을 감춘 채 한쪽 눈만 살짝 밖을 향해 내밀어 그 광경을 지켜보고 있었다.

만약 지금과 같은 상황이 아니었다면 야차 근처 삼 장까지 접근하는 것은 불가능한 일이었을 것이다.

조금 전, 화무린은 통로를 통해서 알부타로 나오자마자 멀지 않은 곳에서 야차가 사내를 추격하고 있는 것을 발견하고는 즉시 그 뒤를 멀찍이에서 기척없이 따랐었다.

잠시 후 야차는 사내의 머리 위에서 한 바퀴 공중제비를 돈 후에 앞을 가로막아 섰고, 잠시 사색이 되어 머뭇거리던 사내는 곧 눈을 부라리며 공격을 개시했다.

바로 그때 화무린은 소군이 가르쳐 준 경공술을 전개하여 귀신처럼 야차에게 접근한 것이었다.

그는 공력을 끌어올려 최소한의 호흡만 하면서 맥박마저도 더 느리고 약하게 뛰도록 했다.

그는 구중천에 오기 전까지 무림인들이 싸우는 광경을 먼발치에서 두세 번 본 것이 고작이었다. 그러므로 무림인들의 싸움에 대해서는 전혀 모른다고 하는 편이 옳았다.

그렇지만 지금 그가 보고 있는 싸움의 양상은 깊게 생각해 볼 필요도 없을 정도로 너무나 극명했다.

야차의 주위를 계속 맴돌면서 이미 수십 초를 퍼부었음에
도 불구하고 그의 옷자락조차 건드리지 못하고 있는 사내는
겁에 질린 채 똥오줌을 싸대면서 목청이 찢어져라 짖어대는
잡종 개의 그것이나 다름이 없었다.

물론 야차는 한 마리 이리였다.

어느 한순간 이리가 슬쩍 앞발을 들어 가볍게 내려치기만
하면 잡종 개는 피를 뿌리며 거꾸러질 것이다.

화무린이 노리고 있는 것은 이리가 잡종 개를 죽이는 바로
그 순간이었다.

기회는 단 한 번뿐일 것이다.

이리는 잡종 개 따위를 죽이려고 두 번씩이나 힘을 허비하
지는 않을 것이기 때문이다.

그것을 놓치면 야차를 죽이는 것은 고사하고 화무린 자신
의 목숨마저 위태로워질 것이다.

일단 모습을 드러내면 오로지 두 가지 길밖에 없다.

야차를 죽이거나 아니면 내가 죽거나.

화무린은 입고 있는 가죽옷의 앞섶을 여민 끈을 풀고 품속
을 들여다보며 아령에게 슬쩍 눈짓을 해 보였다.

영특한 아령은 그의 뜻을 알아차리고 일말의 기척도 없이
품속에서 솟구쳐 나와 허공을 가로질러 멀리 사라졌다.

그는 상의 앞섶 양쪽을 벌려서 뒤쪽으로 묶어 도곤이 드러

나게 한 상태에서 공력을 극한으로 끌어올린 후 야차를 쏘아
보았다.

문득 그의 시선이 야차의 발로 향했다.

야차는 얼핏 보면 움직이지 않고 서 있는 것처럼 보였지만
조금만 주의를 기울이면 그의 두 발이 반경 반 장 이내에서
육안으로는 잘 보이지 않을 정도로 빠르게 교차되고 있다는
사실을 발견할 수 있었다.

'잠영보(潛影步)!'

화무린은 야차의 두 발이 밟고 있는 복잡한 방위들이 하나
의 보법을 전개하고 있는 것이며, 그것이 소군이 자신에게 가
르쳐 준 보법과 동일하다는 사실을 깨달았다.

순간 화무린의 머리가 빠르게 회전하더니 야차가 사내를
죽이는 순간을 노려 번개같이 암습을 가하려고 했던 본래의
계획에 한 가지를 더 추가했다.

그때 화무린의 눈이 약간 커졌다.

그의 확장된 동공 속으로 야차의 두 손이 기형무기를 움켜
잡는 모습이 파고들었다.

그즈음 사내는 자신이 삼십여 초를 퍼붓는 동안에 야차의
옷자락조차도 건드리지 못한 것은 물론 도망칠 기회조차 만
들지 못하게 되자 거의 이성을 잃은 상태였기 때문에 야차의
행동이 눈에 들어오지도 않았다.

휘익!

그 순간 야차가 쏜살같이 사내에게 덮쳐 가며 수중의 기형무기를 들어올렸다.

그와 동시에 화무린도 귀신처럼 신형을 날렸다.

"사, 살려줘! 으아아!"

뒤늦게 야차의 공격을 발견한 사내가 반격할 생각조차 하지 않은 채 공포에 질려서 내지르는 처절한 절규가 어쩌면 화무린의 움직임에서 발생될지도 모르는 파공음을 삼켜 버렸다.

화무린은 바위를 힘껏 박차고 일직선으로 야차에게 쏘아 가면서 한 번도 바닥을 딛지 않은 채 이 장 거리를 순식간에 가로질렀다.

그때 야차의 기형무기가 사내의 몸뚱이를 세로로 일도양단하며 피가 확 뿌려졌다.

슈르르르―

그와 동시에 야차의 왼쪽 후방 일 장까지 쇄도한 화무린에게서 흐릿한 은영이 번뜩이면서 기음과 함께 마흔다섯 자루의 귀명비도가 눈 깜짝할 사이에 모조리 발출됐다.

그 광경은 마치 폭포를 거슬러 오르려고 힘차게 도약하는 은어들 같았다.

화무린의 바람대로 야차는 그의 접근을 전혀 눈치 채지 못하고 있다가 마흔다섯 자루의 귀명비도에서 흘러나오는 비류음(飛流音)을 듣고는 암습을 감지했다.

그가 다급히 화무린 쪽을 돌아보는 순간 귀명비도는 이미 그의 석 자 전면까지 쇄도하고 있는 중이었다.

야차의 두 눈에 순간적으로 당황함이 떠올랐다.

그의 상체를 노리고 쏘아오는 귀명비도는 모두 열다섯 자루.

나머지 삼십 자루는 크게, 혹은 작게 곡선을 그리면서 사방으로 확산되며 야차가 피할 수 있는 모든 방위를 차단하고 있었다.

화무린은 표적의 급소에 명중시키는 것만을 반복해서 수련했지만 이것은 실전이었다.

실전은 바로 수련의 결과인 동시에 응용인 것이다.

고정되어 있는 표적을 맞추는 것과 빠르게 움직이는 실전 상대를 맞추는 것은 당연히 다른 공격이어야 한다는 사실을 그는 첫 실전에서 이미 터득하고 있었다.

그러나 야차는 놀라는 표정을 짓는 것과는 달리 두 발을 이미 번개같이 교차하면서 잠영보를 밟고 있었다.

생각과 마음과 행동을 제각기 따로 움직일 수 있다는 것은 그만큼 고수이며 지독한 수련 과정을 거쳤다는 사실을 증명하는 것이다.

삼십 자루의 귀명비도가 피할 수 있는 방위를 모조리 차단했으므로 야차는 자신에게 한정된 공간 내에서 보법을 전개함으로써 열다섯 자루를 피해야만 하는 상황이었다.

하지만 그는 미처 한 가지 사실을 깨닫지 못했다.

쏘아오고 있는 열다섯 자루의 비도 중에서 열 자루는 그가 보법을 전개할 것이라는 것을 미리 예측한 상태에서 발출됐다는 사실을.

야차는 잠영보의 위력을 확신하고 있었다. 그가 아는 한 여태껏 잠영보를 전개하여 피하지 못한 공격은 없었다.

퍼퍼퍽!

"크억!"

그러나 그의 확신은 다음 순간 급소를 파고드는 세 자루의 귀명비도에 의해서 무참하게 깨어졌다.

한 자루는 혈면을 꿰뚫고 코 바로 왼쪽에 꽂혔고, 또 한 자루는 정확하게 목 한복판에, 나머지 한 자루는 심장에서 아래로 두 치가량 벗어난 부위였다.

목 한복판에 꽂힌 한 자루만으로도 그를 절명시키기에 충분했다.

귀명비혼은 적을 완벽하게 죽이기 위한 살초(殺招)다.

일단 전개되면 적을 부상시키는 일은 있을 수 없다. 그래서 마흔다섯 자루를 한꺼번에 발출하는 것이다. 그리고 그것은 다수의 적을 상대할 때 더욱 효과적이었다.

"너……."

야차는 일 장 전면에 우뚝 서 있는 화무린을 손을 들어 가리키면서 뭐라고 말하려다가 뒤로 묵직하게 쓰러졌다.

화무린은 잠시 묵묵히 서서 쓰러져 있는 야차를 지켜보았다.

야차가 확실하게 죽었는지 지켜보려는 의도이기도 했지만 이 순간 그의 심중에서는 많은 감정이 교차하고 있었다.

예전에 그는 전귀라는 별명을 갖고 있던 시절에 돈을 지키기 위해서 살인을 저지른 적이 몇 차례 있었다.

그때의 살인과 지금은 달랐다.

이것은 정식으로 무공을 익히고 난 후의 첫 살인이었다.

그러나 예전과 마찬가지로 이 살인 때문에 양심의 가책을 느낀다거나 복잡한 감정에 휩싸이지는 않았다.

정확히 설명하자면 작은 승리감 같은 것이었다. 그리고 기이한 희열 같은 것도 느껴졌다. 하지만 언제까지 그런 감정에 빠져 있을 수만은 없었다.

그는 잠시가 지나도록 야차가 아무런 움직임도 없자 즉시 그에게 다가갔다.

세 자루의 귀명비도는 도파만 남긴 채 각 부위에 깊숙이 꽂혀 있었다. 생존 확률은 전무했다.

야차의 혈면 미간에는 '십육야(十六夜)'라고 새겨져 있었다.

그는 방금 전 숨을 쉬고 있을 때까지만 해도 십육야차라는 이름을 갖고 있었다.

화무린은 빠르게 마흔다섯 자루의 귀명비도를 회수한 후

야차에게서 혈면을 벗겨냈다.

그러자 삼십오륙 세가량의 강파른 인상을 풍기는 중년인의 얼굴이 나타났다.

그에게서 혈면과 혈포를 벗겨내고 기형무기를 뺏는다면 그는 팔대지옥에 떨어진 여느 사람이나 다를 바가 없는 모습이었다.

무엇을 입었으며 무엇을 갖고 있느냐가 중요한 것이라면 화무린은 이제 야차 한 명의 생명을 취한 존재가 되었다.

한 방울의 물이 우물 속에 있으면 우물물이고, 강에 있으면 강물이며, 바다로 흘러들면 바닷물이 되는 것처럼 그는 승천하려는 이무기로서 한쪽 날개를 달게 된 것이다.

화무린은 야차에게서 벗겨낸 혈면만을 품속에 갈무리한 후 재빨리 그곳을 떠났다.

혈면을 간직한 이유는 무언가 야차를 죽였다는 증표를 지니고 있어야 할 것 같다는 막연한 생각에서였다.

바위와 바위 사이로 소군이 가르쳐 준 경공술 쾌풍운(快風雲)을 전개하여 쏘아가는 화무린의 입가에 비로소 한줄기 흐릿한 미소가 피어올랐다.

'이제 한 명만 더 죽이면 된다!'

한 명의 야차를 죽인 이후 하루 종일 알부타를 돌아다녔지만 두 번째 야차를 발견하는 데에는 실패했다.

화무린은 내일은 팔열지옥에 가보기로 작정하고 지친 몸을 이끌고 아까 은신했던 바위 아래 공간으로 되돌아와 있었다.

그때쯤에는 최초의 살인으로 야차를 죽인 흥분 같은 것은 말끔히 사라진 상태였다.

그 대신 감정을 배제한 상태에서 냉철하게 분석할 수 있는 여유가 주어졌다.

분명히 야차를 암습한 것은 주효했다.

화무린은 야차가 사내를 죽이기 위해서 초식을 발휘하는 순간을 완벽하게 훔쳐서 암습을 성공시켰다.

'만약 일 대 일 대결이었다면?

그의 관심사는 자연스럽게 그쪽으로 옮겨갔다.

만약 일 대 일로도 승산이 있다는 계산이 나온다고 해서 두 번째 야차는 정면 대결로 죽여야겠다는 어리석은 생각을 하고 있는 것은 아니었다.

일 대 일 대결에서 화무린 자신에게 몇 할의 승산이 더 있다고 해도 모험을 하고 싶은 생각은 터럭만큼도 없었다.

모험이란 선택의 여지가 없거나 여유가 있을 때 하는 것이다.

그는 설혹 자신에게 절반 이상의 승산이 있다고 해도 결코 정면 대결은 하지 않을 생각이었다.

그런 것은 지금보다 몇 배 더 강한 힘을 지니게 됐을 때 시도해도 늦지 않을 터이다.

단 한 차례의 암습만으로는 정면으로 일 대 일 대결을 펼쳤을 때 누가 우세할 것인지를 예측하기가 쉽지 않았다.

화무린은 기회를 틈타 암습을 가했었다. 그럼에도 불구하고 세 자루의 귀명비도만이 야차를 적중시킬 수 있었다.

그 세 자루 중에서도 목표로 삼았던 급소에 적중된 것은 목 한복판 하나뿐이었다.

그래서 화무린은 자신이 아직 야차와 정면 대결을 할 실력이 아니라는 결론을 내렸다.

'귀명비흔을 더 완벽하게 구사할 수 있어야 한다. 그리고 더 많은 실전 경험을 쌓아야 할 테고.'

그러나 그는 모르고 있는 것이 있었다. 대부분 야차들의 내공 수위가 칠팔십 년을 넘나드는 수준으로 화무린 자신에 비해서 일이십 년가량 아래라는 사실을.

"후우!"

화무린은 통로를 오십여 장쯤 남겨둔 곳의 어느 시커먼 화산암 뒤에 잠시 멈추고는 긴 한숨을 토해냈다.

지금 그가 머물고 있는 곳은 팔대지옥의 팔열지옥 중 하나로서 그가 흑승지옥(黑繩地獄)이라고 이름 붙인 곳이었다.

겨우 두어 시진 남짓 야차를 찾아다녔을 뿐인데도 불구하고 진이 다 빠져 버린 것 같았다.

그가 팔열지옥 중 한군데에 들어와 본 것은 이번이 처음이었다.

팔열지옥의 다른 곳들은 어떤지 몰라도 흑승지옥은 지독하게 덥다는 사실 하나만으로도 과연 지옥다웠다.

아니, 덥다는 말로는 흑승지옥을 설명하기에 턱없이 부족했다. 펄펄 끓는 가마솥 안에 들어가 있는 느낌이 바로 이럴 것이다.

곳곳에서 용암천이 부글부글 끓으면서 산지사방으로 흘렀으며, 슬쩍 닿기만 해도 살이 익어버릴 듯한 물기둥이 몇 걸음마다 높게는 십여 장 이상이나 땅속에서부터 솟구쳐 올랐다.

그뿐이 아니라, 매캐한 유황무(硫黃霧)가 흑승지옥 전역을 자욱하게 뒤덮고 있어서 구십 년 공력의 화무린이 안력을 돋우어도 시계(視界)가 고작 삼십여 장에 불과했다.

물론 공력을 운기하면 추위를 극복하는 것처럼 더위를 물리칠 수는 있을 것이다.

하지만 가시거리(可視距離)가 너무 좁다는 것과 숨을 쉴 때마다 유황무가 체내로 흡입되어 시간이 지날수록 속이 메스껍고 인후가 따끔거리는 것만은 어쩔 도리가 없었다.

견디려고 작정한다면 못 견딜 것도 없겠지만 그렇게까지 해야 할 필요성을 느끼지 못했다. 야차를 꼭 흑승지옥에서 찾아야 하는 것은 아니기 때문이었다.

다른 사람은 어떨지 모르지만 그는 흑승지옥, 아니, 팔열지옥의 열기보다는 차라리 팔한지옥의 한기가 더 친숙하고 편했다.

그는 내공을 운기하여 체내의 유황 기운을 모공을 통해서 깡그리 배출시킨 후 얼마 남지 않은 통로를 향해 신형을 날렸다.

그 순간 가까운 곳에서 다급한 외침이 터졌다.

"어서 피하십시오!"

화무린은 가볍게 놀라 즉시 조금 전에 숨었던 바위 뒤로 되돌아가서 은신한 후 최대한 안력을 돋우어 방금 외침이 들려온 곳을 주시했다.

그러나 짙은 운무 때문에 아무것도 보이지 않았다.

외침으로 미루어 백 장가량의 거리인 듯했다.

또한 누군가에게 쫓기고 있는 듯했으며, 쫓기는 사람은 둘 이상이 분명했다.

그리고 쫓는 자는 분명히 야차일 것이다.

누가 위험 지경에 처했는지, 아니면 곧 죽게 됐는지에 대해서는 눈곱만큼도 궁금하지도 신경 쓰고 싶지도 않았다.

그의 관심사는 오직 야차뿐이었다. 이제 한 명만 더 죽이면 구중천으로 오를 수 있는 것이다.

"마빈, 나… 나는 상관하지 말고 어서 가……!"

그때 몹시 힘겨워하는 여린 여자의 음성이 유황무를 뚫고 희미하게 들려와 '누가 죽든 상관없다' 던 화무린의 방금 전 생각에 일침을 꽂아버렸다.

순간 화무린의 머릿속에 한동안 잊고 있던 한 소녀의 모습이 뇌전처럼 꽂혀들었다.

'주자운!'

第二十二章

재회(再會)

구중천
九重天

　화무린이 주자운을 알아보기 위해서는 약간의 시간과 인
내심이 필요했다.

　그는 예전에 몇 년 동안 거지 생활을 하면서 온갖 더러운 행
색의 거지들을 숱하게 봐왔지만 지금 자신이 보고 있는 사람
의 행색만큼 더럽고 추악한 몰골은 한 번도 본 적이 없었다.

　처음에 봤을 때 그것이 사람이라는 사실을 식별하는 데에
만 주자운을 알아보는 데 걸린 전체 시간의 절반이나 할애했
을 정도이다.

　아니, 만약 그나마 제 모습을 조금이라도 갖추고 있는 마빈
이 그녀를 살리기 위해서 고군분투하고 있는 광경을 보지 못

했더라면 화무린은 그녀가 자신의 눈앞에서 죽음을 당한다고 해도 결코 알아보지 못했을 것이다.

그는 처음에 마빈을 알아보았고, 그래서 마빈이 처절하게 보호하려는 사람이 주자운일 것이라고 어렴풋이나마 추측할 수 있었으며, 그 결과 그녀의 전체적인 체구에서 마침내 주자운을 기억해 낼 수 있었다.

그녀는 그 정도로 더러웠으며, 예전의 아름답고 우아하던 모습은 터럭만큼도 지니고 있지 않았다.

그녀는 반년 전에 최고급의 비단 녹의를 입은 상태로 구중천에 들어왔다. 하지만 지금 비단 녹의는 그녀의 몸 어디에서도 찾아볼 수 없었다.

그러나 아주 자세히 보면 그녀가 입었던 바지가 완전히 찢겨나가 걸레 같은 반바지로 변했다는 것과 소매는 아예 없는 누더기 같은 상의가 겨우 걸쳐 있다는 사실을 어렵게 알 수 있었다.

그것도 그녀가 예전에 녹의를 입었었다는 사실을 기억하고 있는 사람만이 가능한 일이었다.

그녀의 몸 전체는 믿을 수 없을 정도로 새카맸다. 마치 먹물 통 속에 빠졌다가 나온 듯한 모습이었다.

반년 동안 한 번도 씻지 않은 때와 역시 반년 동안 팔열지옥의 시커먼 화산재가 켜켜이 쌓였으니 당연한 결과였다.

몇 겹의 때와 화산재가 그녀의 옷 역할을 대신해 주고 있었기 때문에 여자가 치부라고 여길 만한 부위들이 자연스럽게 가려져 있는 상태였다.

설혹 그렇지 않다고 하더라도 그녀의 지난 반년은 수치심 따위를 느낄 만큼 여유롭지 않았다.

대륙을 지배하고 있는 대명제국 황제의 외동딸인 세라공주 주자운이 이런 참혹한 몰골로 전락했을 줄은 아마 그 누구도 상상하지 못할 터이다.

만약 그녀가 구중천에 오지 않았다면 실질적인 황권을 찬탈당했다는 사실 때문에 마음고생이야 했겠지만 이런 육신의 고통은 겪지 않았을 것이다.

하지만 이것은 그녀가 선택한 길이었다. 농락당하고 있는 부친을 구하기 위해서, 역도들이 마음대로 유린하게 될 대륙의 백성들을 위해서 이곳에 온 그녀였다.

차차차창!

"어, 어서 가십시오!"

마빈은 다시 한차례 전력으로 공격을 퍼붓고 나서 다급히 뒤돌아보며 부르짖었다.

그는 자신의 뒤쪽 바닥 화산재 위에 아무렇게나 널브러져 있는 주자운을 안타까운 눈빛으로 쳐다보았다.

"부디 힘을 내십시오!"

주자운은 자신이 이곳을 벗어나야만 마빈이 마음 놓고 싸우든 어디로 도망치든 할 수 있다는 사실을 알고 있었다.

하지만 도무지 몸이 말을 들어주지 않았다. 어디 한두 군데

가 아니라 온몸이 부서지듯 고통스러웠으며 아무리 기를 써도 힘이라는 것이 조금도 모아지지 않았다.

지난 반년 동안 이루 헤아릴 수 없이 많은 고난과 위기를 겪었지만 이런 지독한 경우는 처음이었다.

조금 전, 쫓기던 마빈이 뒤쪽 어깨에 일장을 적중당하고 나뒹굴면서 품에 안고 있던 주자운을 놓치는 바람에 그녀는 바위에 온몸을 부딪쳐야만 했다.

어디를 어떻게 다쳤는지, 아니면 어느 곳의 뼈가 부러졌는지 힘을 모아 일어서는 것은커녕 꺼져 가는 의식을 붙잡고 있기에도 힘겨운 상황이었다.

딱히 조금 전에 바위에 부딪쳤기 때문에 그녀가 꼼짝하지 못하는 것이라고 보기는 어려웠다.

제대로 먹지도 쉬지도 못한 채 쉴 새 없이 도망을 다녀야 했던 지난 반년이었다.

속으로 곪고 겉으로 만신창이가 되어 있던 그녀가 바위에 부딪치면서 마침내 한계에 도달하고 만 것이다.

그러나 안타깝기로 치자면 주자운보다 마빈이 더했다.

그는 주자운의 머리카락 한 올을 위해서라도 기꺼이 목숨을 바칠 수 있는 진정한 충복이었다.

현재 그는 허벅지와 옆구리에 각각 찔리고 베인 가볍지 않은 검상을 당했으며, 일장을 적중당한 왼쪽 어깨뼈가 거의 박살난 상태였다.

하지만 고통은 조금도 느껴지지 않았다. 아니, 느낄 여유조차 없다는 말이 옳았다.

그는 제 한 몸 주체하기도 어려운 상태에서도 주자운을 살리기 위해서 악전고투를 벌이고 있었다.

그는 오늘 지독히도 운이 좋지 않았다.

지금 그가 싸우고 있는 상대는 지난 반년 동안 몇 차례 싸우다가 도망친 적이 있는 야차와는 근본적으로 달랐다.

팍!

"흑!"

경미한 음향과 함께 마빈은 도를 쥐고 있는 오른쪽 어깨에 쩌릿한 느낌을 받았다.

뒤이어 팔 전체가 천 근처럼 뻐근해지면서 도를 쥐고 있는 것조차 힘겨워졌다.

강적과 싸우는 중에 주자운이 걱정되어 한눈을 팔다가 당하고 만 것이었다.

그나마도 다급히 상체를 틀지 않았더라면 상대의 검에 찔리는 것은 목줄기가 됐을 것이다.

비틀거리는 마빈을 착잡하게 바라보는 주자운도, 하늘 같은 상전을 제대로 모시지 못하여 애간장을 태우는 마빈도 이 순간 자신들을 향해 성큼 다가드는 죽음의 신을 온몸으로 느끼고 있었다.

'나찰이라니…….'

마빈과 싸우고 있는 상대의 우측 후방 칠팔 장까지 접근하여 하나의 화산암 뒤에 몸을 숨긴 화무린은 전면을 주시하면서 적잖이 놀라고 말았다.

오른손에 한 자루 검을 쥔 채 시종 여유있는 모습으로 마빈과 싸우고 있는 인물은 틀림없는 나찰이었다.

녹면에 긴 녹색 견폐를 걸치고 있는 모습은 구나찰이었던 소군과 똑같은 복장이었다.

다른 게 있다면 소군은 쌍검을 사용하는 데 비해서 이자는 한 자루 검만을 사용한다는 사실과 녹면의 미간 사이에 '육찰(六刹)'이라는 글이 적힌 것뿐이었다.

즉 '육나찰'이라는 뜻이다.

나찰은 야차의 상전이다. 또한 더 강하다. 하지만 얼마나 강한지는 알지 못한다.

화무린은 소군과 정식으로든 장난삼아서든 한 번도 겨뤄본 적이 없었기 때문에 나찰이 어느 정도 수준인지 모르고 있다.

또한 며칠 전에 야차를 죽인 것은 운 좋게 절호의 기회를 포착하여 암습을 한 것이기 때문에 야차마저도 어느 정도 실력인지 알지 못한다.

화무린은 눈을 부릅뜨고 긴장된 표정으로 싸움을 쏘아보았다.

그것은 더 이상 싸움이 아니었다. 마빈은 이미 패색이 완연했다. 문제는 언제 쓰러지느냐는 것이었다.

만약 화무린에게 주자운을 구하려는 마음이 있다면 기회는 지금뿐이었다. 끝내 마빈이 쓰러지고 난 후에는 구해주고 싶어도 불가능할 것이다.

문득 팔대지옥에 떨어지기 직전에 주자운이 했던 말이 화무린의 고막을 가벼이 두드렸다.

"당신은 살아서 구중천을 떠날 거예요."

전에는 불투명했지만 이제 화무린은 구중천에서 살아서 나갈 자신이 생겼다.

하지만 그가 보기에 주자운이나 마빈은 그러지 못할 것 같았다.

'멍청이! 어떻게 된 계집애가 볼 때마다 위험에 빠져 있는 거야?'

마빈은 사력을 다해서 도를 휘두르고 있었다. 그의 도에서 화산파의 절기들이 마구 쏟아져 나왔다.

하지만 부상 때문에 공력이 많이 저하된 상태였으므로 원래 위력의 절반에도 미치지 못했다.

더구나 자신은 전혀 돌보지 않는 공격 일변도 초식이었다.

그래야만 주자운에게 도망칠 수 있는 기회와 시간을 조금이라도 벌어줄 수 있을 것이기 때문이다.

하지만 주자운은 여전히 일어나지 못한 채 안타까운 눈빛으로 마빈을 바라보고 있을 뿐이었다.

마빈의 심정은 착잡하기 그지없었다. 그의 최종 목적은 주자운을 잘 보필하여 구중천에서 살아나가게 하는 것이었다.

이 상황에서 단지 주자운을 무사히 도망치게 하는 것 따위가 아닌 것이다. 앞으로도 이런 상황은 많을 것이고, 그것들은 다 넘어야 할 산이었다.

지금 이 순간은 두 사람이 지나온 지난 반년처럼 한낱 과정일 뿐이었다.

최악의 상황은 지금 이곳에서 주자운과 마빈 두 사람 모두 나찰에게 죽음을 당하고 마는 것이다.

차선책은 마빈이 죽고 주자운이 이곳에서 도망치는 것이다.

최선은 둘 다 살아나는 것이다.

그러나 지금의 상황으로 볼 때 최선은 터럭만큼도 기대할 수 없었다. 아니, 차선조차도 기대하기 어려웠다.

현재 마빈은 피를 너무 많이 흘린 상태였다. 그리고 현재도 계속 흐르고 있었다. 지혈할 틈조차 없었다.

그야말로 절망이었다.

나찰은 전력을 다하지 않고 있었다. 마빈과 몇 차례 손속을 나눠봤기 때문에 그를 강적이라고 판단한 것이다.

궁서설묘(窮鼠囓猫).

궁지에 몰린 쥐는 고양이를 물 수도 있다. 해서 그가 스스로 무너지거나 좀 더 손쉽게 그를 제압할 수 있기를 기다리고 있는 것이었다. 나찰은 서둘러야 할 이유가 없었다.

"헉헉헉!"

마빈은 한차례의 공격을 끝낸 후 거친 숨을 몰아쉬면서 나찰을 쏘아보며 잠시 휴식을 취하려고 했다.

문득, 그의 눈이 찰나간에 흐릿하게 빛났다가 사라졌다. 워낙 창졸간이라서 나찰은 그의 눈빛을 발견하지 못했다.

마빈은 나찰을 보는 척하면서 그의 왼쪽 후방을 보았다.

그의 시야에 한 사람이 화산암 뒤에 숨어서 머리를 약간 내밀고 있는 것이 쏘아져 들어왔다.

마빈은 반년 전에 그 사람을 본 적이 있었다.

자신들과 함께 구중천에 왔으며, 또한 주자운이 그에게 각별한 마음을 품고 있다는 사실을 알고 있었다.

그는 화무린이었다.

화무린은 일부러 자신의 모습을 슬쩍 마빈에게 내보이고 있었다.

그것은 어떤 의미를 마빈에게 전달하려는 것이었다. 그리고 마빈은 그 의미를 충분히 감지했다.

하지만 마빈이 알고 있는 화무린은 일개 평범한 소년에 불과했다. 그가 무언가 대단한 능력이 있어서 이 상황을 타개해 줄 것이라고는 전혀 기대할 수 없었다.

그때 화무린이 상체를 내밀며 마빈에게 어떤 동작을 취해 보였다.

그는 손으로 마빈을 가리키고 난 후 나찰을 가리켰다. 그리고 다시 자신을 가리키고 또다시 주자운을 가리켰다.

'당신이 나찰을 공격하는 순간 내가 주자운을 구하겠다.'

마빈은 그렇게 해석했다.

촌음을 백으로 쪼갠 찰나지간에 마빈의 머릿속에는 수많은 생각들이 명멸했다.

선택의 여지가 없었다. 화무린의 능력을 믿고 못 믿고를 고민할 여유가 없었다.

그러므로 이 계획이 실패하면 어떻게 될 것인가 하는 염려는 사치에 불과했다.

쉬익!

그 순간 나찰이 마치 활시위를 있는 힘껏 당겼다가 갑자기 놓아버린 화살처럼 놀라운 속도로 마빈의 정면을 향해 마주 쏘아왔다.

그가 멈칫거리는 것을 더 이상 공격할 여력이 없는 것으로 판단한 것이었다.

화무린의 계획대로 공격을 하려던 마빈에게는 그것이 오히려 잘된 일이었다.

나찰이 가만히 서 있다가 마빈의 공격을 방어하는 것보다는 서로 공격해서 부딪치는 것이 화무린에게 조금이나마 더 좋은 기회를 제공할 것이기 때문이다.

마빈은 모든 공력을 끌어올려 도를 잡은 두 팔에 모으고 나찰을 향해 전력으로 마주쳐 나갔다.

그는 공격해 가는 도중에 화무린이 나찰의 배후 왼쪽에서 바람처럼 빠르게 쏘아져 나오고 있는 것을 발견했다.

다행히도 나찰은 아직도 화무린의 존재를 모르고 있었다.

화무린의 속도는 부상을 당하지 않았을 때의 마빈이 전력으로 경공술을 펼쳤을 때와 별반 다르지 않을 정도로 빨랐다.

만약 화무린에게 경공술을 더 연마할 시간이 있었다면 지금보다 더 빨랐을 것이다.

비록 찰나였지만 그런 화무린을 보고 마빈은 조금쯤은 안도하는 마음이 생겼다.

쐐애액!

그는 아주 편안한 마음으로 전력을 다해 화산파의 절기인 풍운비폭도(風雲飛瀑刀)를 전개했다.

생사는 이미 도외시했다.

어쩌면 화무린이 주자운을 구할 수 있을 것 같다는 생각마저 들었고, 한 걸음 더 나아가서 만약 자신에게 무슨 일이 생기더라도 화무린이 주자운을 돌봐줄지도 모른다는 기대마저 생겨났다.

육나찰은 자신이 공격을 개시하자마자 마빈이 기다렸다는 듯이 반격해 오자 가볍게 놀랐다.

원래 그도 소군처럼 여자였지만 소군과 닮은 점은 거의 없었다.

육나찰은 무언가 이상하다고 느꼈다. 금방이라도 쓰러질 것 같던 마빈이 갑자기 사력을 다해서 죽기 살기로 반격하고 있다는 사실을 간파했기 때문이다.

그러나 그 정도로는 자신의 상대가 되지 못한다고 육나찰은 판단했다. 이변이 없는 한 화산파의 절기를 사용하는 이 준수한 청년은 곧 피를 뿌리면서 죽음을 맞이할 것이다.

그러나 순간 그녀는 자신의 오른쪽에서 아주 흐릿한 파공성이 들려오는 것을 감지했다.

이변은 그 파공성으로부터 시작되고 있었다.

쐐아아—

그것은 미풍이 여리게 풀잎을 스치는 듯한 음향이었다.

화무린은 자신이 마빈의 싸움에 직접 가담하지 않으면서도 그를 도울 수 있는 방법을 선택했다.

약간의 도움으로 자신이 주자운을 구할 수 있는 기회를 조금 더 완벽하게 얻을 수 있고, 잘하면 마빈마저도 도망치게 할 수 있지 않을까 판단한 것이었다.

그렇다고 귀명비혼을 전개할 수는 없었다. 마흔다섯 자루의 귀명비도를 한꺼번에 발출했다가 다시 회수하는 데에는 약간의 시간이 걸리기 때문이었다.

그는 전력을 다해서 주자운을 향해 쏘아가다가 육나찰의 오른쪽 측면 삼 장의 거리를 두고 스쳐 지나면서 오른손에 공력을 모아 힘껏 뿌려냈다.

순간 오십여 개의 자예—족제비 뼈에 독을 바른 것—가 육나찰을 향해 소나기처럼 쏘아져 갔다.

그 광경은 겉으로는 그저 수십 개 암기가 허공을 가득 뒤덮은 것처럼 보였다.

육나찰도 그렇게 판단했다. 그리고 그 순간 한꺼번에 여러 가지 사실을 깨닫게 되었다.

전혀 예기치 않았던 사람이 주위에 있었다는 사실, 그가 자신이 죽이려던 두 명 중 쓰러져 있는 한 명을 구하려 한다는 것, 그러면서 자신을 향해 암기를 발출했다는 사실이다.

그래서 육나찰은 마빈을 공격하던 것을 거두어들일 수밖에 없었다. 아니면 고슴도치가 되고 말 판국이었다.

그녀가 장풍으로 암기들을 날려 버리려 한다면 이미 절반까지 쇄도하고 있는 마빈의 풍운비폭도에 여지없이 당하고 말 것이다.

반격은 안 된다.

지금은 피할 수밖에 없는 상황이었다. 하지만 멀리 피한다면 다 잡은 두 명, 아니, 방금 나타난 자까지 세 명에게 도망칠 수 있는 기회를 줄지도 모르는 일이다.

그래서 육나찰은 그저 가볍게 피했다가 재차 마빈을 공격하여 일 초식에 죽여 버리고 나머지 둘을 처리해야겠다고 순간적으로 염두를 굴렸다.

그러나 그것이 그녀의 치명적인 계산 착오였다.

육나찰은 수평으로 쏘아가던 몸을 멈칫하는 순간 벼락같이 위로 둥실 떠올랐다. 실로 깨끗하고도 절묘한 신법이었다.

찰나, 허공을 진탕질 치며 무섭게 쇄도해 가던 마빈의 도가 표적을 잃어버렸다.

그는 재빨리 뒤돌아보았다.

화무린이 막 주자운에게 당도하고 있는 것이 보였다.

다시 육나찰을 보았다.

순간 그의 얼굴에 크게 놀라는 표정이 떠올랐다.

허공중에 떠 있는 육나찰이 한순간 균형을 잃은 채 기우뚱거리는 것을 발견했다.

육나찰은 순간적으로 적잖이 당황했다. 그녀는 자신이 위로 가볍게 솟구치기만 하면 아무렇게나 쏟아져 오는 암기들을 한꺼번에 피할 수 있을 것이라고 판단했다.

그러나 그녀의 판단은 보기 좋게 빗나갔다. 암기들은 결코 아무렇게나 쏟아져 오는 것이 아니었다.

오십여 개의 자예 중에서 마흔다섯 개는 귀명비혼의 수법에 의해 발출되었고, 나머지 다섯 개는 덤으로 육나찰의 얼굴을 목표로 발출된 것이다.

귀명비흔은 결코 만만한 비도술이 아니다. 더구나 자예는 귀명비도보다 백배 이상 작다.

작다는 것은 그만큼 공기의 저항을 덜 받게 되므로 속도가 훨씬 빠를 수밖에 없다는 뜻이기도 하다.

화무린의 귀명비흔은 완벽한 수준이 아니었지만 자예의 쾌속함이 미비한 부분을 충분히 보완하고 있었다.

육나찰은 한순간 자신의 얼굴과 상체를 향해 한꺼번에 십여 개의 암기가 쏟아져 오는 것을 발견하곤 크게 놀랐다.

피하거나 장풍을 발출할 여유가 없었다.

파라락!

육나찰은 다급히 얼굴을 돌리면서 견폐를 휘둘러 암기를 막아내는 궁여지책을 발휘했다.

그 방법은 과연 효과를 거두었다. 십여 개의 자예는 견폐에 꽂히거나 튕겨졌다.

하나를 제외하고는.

따끔!

육나찰은 왼쪽 목덜미에 바늘에 찔린 듯한 아주 미약한 느낌을 받았다.

그러나 살펴볼 겨를이 없었다.

만약 지금 이 순간에 마빈이 공격해 온다면 위험해질 수도 있기 때문이었다.

휘리릭!

그녀는 재빨리 견폐를 걷는 것과 동시에 주변을 날카롭게 경계하며 하강했다.

"……."

아무도 없었다.

마빈도, 주자운도, 그리고 자신에게 암기를 발출했던 자도 연기처럼 사라져 버렸다.

결코 있을 수 없는 일이 눈앞에서 벌어졌다. 거의 다 잡은 먹잇감을 눈앞에서 놓쳐 버리다니.

휘익!

그녀는 번개같이 신형을 날려 근처에서 가장 높은 바위 위로 쏘아가 우뚝 올라서서 날카롭게 주위를 살펴보았다.

하지만 한번 사라져 버린 세 명의 종적은 그 어디에서도 찾을 수가 없었다.

그러나 그게 문제가 아니었다.

"이런……."

육나찰은 녹면 사이로 이가 시린 듯한 중얼거림을 흘렸다.

온몸이 저릿저릿해지면서 어지러워지고 있었다.

그녀는 아직도 자신의 목덜미에 꽂혀 있는 암기를 뽑아서 자세히 살펴보았다.

암기 전체가 검으면서도 푸르스름한 것으로 미루어 독침이 분명했다.

그녀는 중독된 것이다.

구중천에는 온갖 독상을 해독하는 해약들이 갖추어져 있으므로 이 정도 독침 때문에 죽지는 않을 것이다. 하지만 서둘러 해독하지 않는다면 좋지 못한 꼴을 당하게 될 터이다.

육나찰은 한 사람의 모습을 떠올렸다.

팔대지옥에 떨어진 다른 자들과는 달리 이상한 가죽옷을 입고 있는 한 소년의 모습이었다.

비록 찰나지간이었지만 그녀는 그 소년의 얼굴을 똑똑히 보았고, 또 기억하고 있었다.

나찰이 당했다는 사실이 알려지면 당연히 문책을 당하게 된다. 그러나 육나찰은 문책보다 자존심에 큰 상처를 입었다.

대개의 십육 세 앳된 소녀들은 자신에게 상처를 준 사람을 오랫동안 잊지 못한다.

더구나 독상을 입히고 자존심까지 짓밟은 자는 죽을 때까지 잊지 못할 것이다.

육나찰 은한(殷翰)의 두 눈에서 은은한 홍광이 뿜어졌고, 녹면 사이로 한 서린 중얼거림이 새어 나왔다.

"뽀드득! 두고 보자, 이놈!"

주자운은 느닷없이 나타나서 자신을 어깨에 들쳐 메고 달리고 있는 이 사람의 얼굴을 미처 보지 못했다.

그 사람이 그녀의 얼굴이 뒤로 가게 들쳐 멨기 때문에 그녀가 볼 수 있는 것이라곤 그 사람의 엉덩이와 달리느라 번갈아 교차되고 있는 두 발, 그리고 삽시간에 뒤로 물러나고 있는 울퉁불퉁한 땅뿐이었다.

화무린은 주자운을 들쳐 메고 세 번 호흡을 할 짧은 시간에 흑승지옥에서 벗어날 수 있는 통로의 입구에 도달했다.

마빈이 어떻게 됐는지 돌아볼 여유도 없었다. 그저 자신의 종적을 감추느라 통로까지 똑바로 오지 않고 이리저리 돌아오는 데에만 사력을 다했다.

그래서 자신이 발출한 오십여 개의 자예를 나찰이 어떻게 처리했는지도 확인할 겨를이 없었다.

"마빈은……."

화무린이 좁고 험한 통로 속을 능숙하게 달리고 있을 때 주자운은 그렇게 중얼거리던 중에 정신을 잃었다.

화무린은 통로의 양쪽으로 무수하게 뻗은 작은 갈래 중 하나의 막다른 곳에 잠시 멈추어 있었다.

그곳은 빛 한 점 새어 들어오지 않는 칠흑 같은 어둠이었다.

하지만 그의 구십 년 공력은 그저 장식품이 아니었다. 환한 대낮처럼은 아니더라도 웬만한 사물은 구별할 수 있을 정도의 안력을 발휘할 수 있었다.

그는 주자운의 가슴에 귀를 대보고 또 맥을 짚어본 후에 다소 안도했다.

의술은 모르지만 심장과 맥이 규칙적으로 뛰고 있어서 죽지는 않을 것이라는 생각이 들었다.

그런데 마땅히 갈 곳이 없었다. 지궁계를 떠나 지중계—팔대지옥이 있는 곳—로 올라온 후 그는 일정한 거처를 정해두지 않고 동가식서가숙하면서 지내고 있는 중이었다.

야차를 죽여야 한다는 뚜렷한 목적이 있었기 때문이다. 야차 둘을 죽이기만 하면 언제든 팔대지옥을 벗어날 수 있으니 한군데 붙박여 있는 은신처 같은 것은 필요하지 않았던 것이다.

하지만 지금은 주자운 때문에 잠시 동안의 은신처가 필요했다. 혼절한 그녀를 들쳐 업은 채 야차를 찾아다닐 수는 없는 노릇이었다.

그는 물끄러미 주자운을 응시했다. 캄캄한 곳에서 그보다 더 새카만 그녀의 얼굴은 제대로 보이지 않았다.

지난 반년 동안 화무린은 무의식중에서라도 한 번도 주자운을 떠올린 적이 없었다.

그것은 결코 이상한 일이 아니었다. 그녀를 떠올려야 할 하등의 이유가 없었기 때문이다.

그녀가 화무린을 어떻게 생각하고 있는지의 여부와는 상관없이 그는 그녀에게 아무런 느낌도 감정도 갖고 있지 않았다.

하지만 지금에 와서 가만히 생각을 더듬어보니 자신과 주자운의 인연이 우연치고는 뭔가 끈질긴 부분이 있다는 느낌이 드는 것을 부정할 수 없었다.

처음에 북경성 대로에서 무뢰한들에게 봉변을 당하고 있는 주자운을 구한 것은 그저 '우연'이었다고 치자.

그러나 얼마 후 구중천으로 오는 비행교 안에서 그녀를 만났던 것까지 우연으로 보는 데에는 다소 무리가 따랐다.

수많은 사람들 중에서 굳이 화무린이 대로상에서 봉변을 당하고 있는 주자운을 구할 확률은 희박하다고 할 수 있다.

그런데 자신이 구했던 소녀를 구중천으로 가는 비행교 안에서 또다시 만났다.

그럴 확률은 전무하다고 봐야 옳지 않겠는가.

그렇게 주자운을 다시 만났어도 화무린은 그것을 여전히 '우연'이라고 치부해 버렸다.

아니, 우연이니 무어니 생각조차 하지 않았다.

하지만 주자운은 화무린을 처음 만났을 때 그의 관상을 유심히 살펴보고는 그가 장차 대성할 인재라는 사실을 깨달았으며, 그를 다시 비행교에서 만나게 되자 비로소 자신들의 인연이 '운명적인 필연'이라고 단정했었다.

그리고 이번이 세 번째 만남이다. 그것도 한 걸음만 잘못 내디디면 생과 사가 교차하는 팔대지옥 한복판에서 말이다.

일각이 흘렀지만 주자운은 깨어날 기미를 보이지 않았다.

화무린은 초조한 표정으로 통로 쪽을 쳐다보았다.

만약 야차나 나찰이 통로를 지나가다가 무슨 기척이라도

감지하여 이 근처로 온다면 자신들은 독 안에 든 두 마리 생쥐나 다름없는 신세가 돼버린다.

화무린 자신은 호흡을 갈무리할 수 있지만 주자운은 그렇지가 못했다. 그렇다고 그녀의 코와 입을 틀어막을 수는 없는 노릇이었다.

그녀는 쉬이 깨어날 것 같지 않았다. 이곳에서 그녀가 깨어나길 기다리는 것은 위험천만한 일이었다. 어디로든 옮겨야만 했다. 그녀도 화무린 자신도 안전한 곳으로.

그는 잠시 생각에 잠겼다가 주자운을 들쳐 업고 다시 통로를 향해 민첩하게 달렸다.

주자운을 업고 지궁계의 은신처로 돌아온 것은 사실 큰 위험을 감수한 일이었다.

하지만 아무리 생각해 봐도 그녀를 데리고는 마땅히 갈 만한 곳이 없었다.

화무린은 은신처에 들어가기 전에 주변을 샅샅이 살피고 나서도 곧장 들어가지 않고 아령을 은신처로 보내 자신이 발견해 내지 못한 이상 유무를 확인해 보았다.

그가 은신처를 떠난 지 닷새가 지났다. 만약 그사이에 누군가 이곳을 다녀갔다면 무슨 흔적이나 냄새가 배어 있을 텐데 아령은 아무런 냄새도 맡지 못했다.

나찰이나 야차가 은신처에 다녀갔다면 아령의 후각이 감

지하지 못할 리가 없다.

그는 주자운을 은신처 안에 누인 후 다시 밖으로 나와 예전보다 더 꼼꼼하게 주변을 자연스럽게 보이도록 정리했다.

예전에는 소군이 이곳 주변에 야차들이 얼씬도 못하도록 직속상관에게 요구한 덕분에 화무린은 거리낌없이 돌아다닐 수 있었다.

귀명비혼의 수련이 끝나면 즉시 은신처를 떠날 생각이었으니 은신처가 노출된다고 해도 별로 개의치 않았으며, 야차에게 발견된다고 해도 약속된 반년 동안만큼은 자신을 건드리지 못할 것이라고 안심했던 것이다.

그런데 다시 이곳으로 돌아오게 될 줄은 조금도 예상하지 못했다.

그가 주자운을 구한 지 한 시진이 지나고 있었지만 그녀는 여전히 깨어날 생각을 하지 않았다.

어느덧 밤이 돼서 은신처 안은 코끝도 보이지 않을 정도로 캄캄해졌다.

원래는 소군이 천장 복판에 야명주를 한 알 박아서 실내를 밝혔지만 화무린이 이곳을 떠나면서 그것을 빼내 빛이 새어 나오지 않도록 가죽으로 잘 싸서 지니고 다녔다.

그는 주자운의 옆에 앉아서 물끄러미 그녀를 굽어보다가 어느 순간에 그대로 쓰러져서 잠이 들어버렸다.

第二十三章

천황무록(天皇武錄)

九重天
구중천

　지궁계에 아침이 되자 천장의 틈새로 희미한 빛이 새어들었다.

　또한 한쪽 구석에 있는 열천의 소와 연결된 물 웅덩이에서도 여린 빛이 스며들어 와 실내를 은은하게 밝혀주었다.

　화무린은 잠에서 깨는 순간 주자운이 생각나 급히 몸을 일으키면서 그녀를 보았다.

　그녀는 여전히 혼절 중이었다.

　어제 그녀의 심장 박동과 맥을 짚어봤을 때는 정상이었다.

　'내가 모르는 무슨 문제가 있는 것인가?'

　그는 주자운이 혹시 부상이라도 입지 않았는지 안력을 돋우어 자세히 살펴보았다.

하지만 그녀의 온몸이 반년 동안의 때와 화산재로 몇 겹이나 더께가 져 있어서 도저히 몸을 볼 수가 없었다.

'안 되겠군. 좀 닦아야겠어.'

그는 잠시 망설이다가 그렇게 결정했다.

씻기려면 옷을 벗겨야만 했다.

그는 주자운을 눈곱만큼도 여자로 생각하지 않기 때문에 망설임없이 옷을 벗기기 시작했다.

현재까지 그가 여자로 여기는 사람은 소군이 유일한 존재였다.

때에 찌들어 너무 새카매서 맨살과 구별이 안 가는 옷은 살과 들러붙어서 잘 벗겨지지, 아니, 떼어지지가 않았다.

찌이이—

옷은 벗겨지지 않고 찢어지고 조각조각 떼어졌다.

'음?'

다시 한 조각의 옷을 떼어내던 그는 손에 약간의 중량감을 느끼면서 의아한 표정으로 살펴보았다.

다른 옷 조각들은 바싹 구운 오리 껍질 같았는데 그녀의 옆구리를 덮고 있던 부위의 이것은 껍질 안에 두툼한 살점이 들어 있는 것 같은 느낌이었다.

'안에 뭔가 있다.'

그렇게 간파하고 조심스레 옷 조각을 한 점씩 떼어냈다.

그러자 곧 누런색의 어피(魚皮) 같은 것으로 꽁꽁 싸맨 것이 나타났으며 그것을 풀어보니 한 권의 얄팍한 책자가 모습을 드러냈다.

'책?'

그는 전혀 예상하지 않았던 물건에 의아한 표정을 지었다.

표지를 금박으로 입혀서 매우 귀해 보이는 책자였는데, 책장은 삼십여 장에 불과했으며 앞면에는 세로로 천의무봉한 필체의 네 글자가 적혀 있었다.

천황무록(天皇武錄).

'무록? 그럼 무공비급인가?'

화무린은 호기심이 발동하여 주자운의 옷을 벗기던 것을 잠시 미루고 책자의 첫 장을 넘겼다.

무공비급이라고 생각했는데 그림 같은 것은 없었고 글만 빼곡하게 깨알처럼 적혀 있었다.

그런데 도무지 무슨 내용인지 이해할 수가 없었다. 첫 장에는 태극(太極)이 어떻고 음양오행(陰陽五行)이며 삼라만상에 대한 것들을 기술해 놓은 것 같은데 난해하기 짝이 없었다.

하지만 그 안에 무언가 오묘한 이치가 담겨 있는 것 같아서 오랜 시간 동안 한 자 한 자 곱씹어 해석하면서 연결해 보니 간신히 뜻이 이어지는 것 같기도 했다.

그렇게 해서 첫 장의 제일 첫 번째 한 줄을 읽고 이해하는 데 무려 한 시진이나 소요됐다.

그런데도 그 한 줄이 담고 있는 내용을 완전하게는 이해하지 못한 것 같았다.

그저 무언가 알 듯 모를 듯한 느낌을 품은 채 다음 줄로 시선을 옮겼다.

혹시 다음 줄을 읽으면 앞줄을 이해하는 데 도움이 되지 않을까 해서였다.

하지만 그의 기대는 곧 깨어졌다. 다음 줄은 앞줄을 완전히 이해해야만 읽을 수 있는 글이었다.

어렸을 때에는 걸어다니는 서재, 즉 유각서주(有脚書廚)라는 소리를 듣던 그다.

일곱 살 즈음에는 오죽 읽을 만한 책이 없었으면 부모가 사람을 시켜 천하의 고서들을 비싼 값으로 사들여야만 했다.

일곱 살 이후 책을 읽을 기회가 전혀 없었다고 해도 신동의 바탕이 어디 가겠는가.

그런 그가 보기에도 '천황무록'이라는 이 책은 여태껏 읽었던 책 중에서도 가장 난해하고 또 오묘했다.

그는 예전에 태극이나 음양오행에 대한 고서들에 심취했던 적이 있었다.

그러나 이 책자의 내용은 그가 익히 알고 있는 태극, 음양오행의 이치와는 완전히 궤(軌)를 달리하고 있었다.

그래서 누구든 이 책을 보면 도저히 이해하지 못할 뿐만 아니라 '뭐 이따위 엉터리가 다 있어?' 하고 집어 던질 것 같았다.

그런데 화무린은 그 엉터리 같은 내용 속에서 눈곱만 한 실마리 같은 것을 발견해 냈다.

일찍이 화무린이 탐독하고 나서 크게 공감했던 태극도설(太極圖說)이라는 책에서는 끝이 없는 것, 즉 무극(無極)이 시작이고, 그 다음이 우주만물의 근원인 태극이며, 거기에서 음양과 오행이 파생되어 나와 만물이 생성하고 발전하는 것이라고 정의했다.

그런데 천황무록이라는 이 책은 전혀 딴판이었다. 제일 첫 줄부터 오행에서 태극이 나오고, 음양이 성(盛)하여 무극으로 돌아간다는 얼토당토않은 글로 시작하고 있었던 것이다.

그것은 어린아이가 부모를 낳고 후손이 번창하여 조상으로 돌아간다는 뜻과 다를 바 없는 내용이었다.

그런데도 그는 그 엉터리 글을 읽으면서 이리저리 골몰하다가 모순(矛盾), 혹은 역설(逆說)의 방법을 대입하면 어떨까 해서 시도해 봤는데 그제야 조금이나마 실마리가 풀리는 것 같았다.

그는 모든 것을 잊은 채 몰아지경에 빠져들었다.

"무린… 당신인가요?"

그가 책자의 두 번째 줄에 시선을 못 박은 채 삼매경에 빠져 있을 때 옆에서 조심스러운 목소리가 들려왔다.

그런데도 그는 책 읽기에 빠져 있느라 그 말을 듣지 못했다.

주자운은 힘겹게 일어나 앉은 채 눈도 깜빡이지 않고 말끄러미 화무린을 바라보았다.

열 번, 스무 번을 다시 봐도, 이리저리 세세하게 뜯어봐도 틀림없는 화무린이었다.

그녀가 혼절하기 전에 마지막으로 기억하고 있는 모습은 부상당한 마빈이 나찰과 사력을 다해서 싸우던 모습, 그리고 자신을 향해 저돌적으로 달려오던 사람인지 짐승인지 모를 이상한 물체였다.

그녀는 그 물체에 떠메어 가던 중에 정신을 잃었다. 그런데 지금 보니 그 이상한 물체는 화무린인 것 같았다.

그가 입고 있는 이상한 가죽옷은 아직도 주자운의 기억에 오롯이 남아 있었다.

'이 사람이 또 나를 구해주었어.'

그녀의 눈에 뿌연 습막이 차올랐다. 자신을 구한 사람이 화무린이었다는 사실을 확인하게 되자 가슴속에서 더할 수 없는 격동이 요동쳤다.

최초에는 그녀의 우연이었던 것이 필연으로 바뀌었다가 이제 '운명'으로 자리매김하고 있는 순간이었다.

그녀가 아무리 관상과 복술(卜術)에 능하다고 해도 신이 아닌 이상은 장차 자신과 화무린이 어떤 관계로 어떻게 발전될는지는 상세하게 알지 못한다.

그저 화무린이 훗날 대성할 것이며, 주자운 자신과는 뗄래야 뗄 수 없는 질긴 인연이라는 정도만 점칠 수 있을 뿐이었다.

사람으로 태어나 한평생을 살아가면서 많은 인연을 맺게되는데, 그중에서 어떤 한 사람과 특별하고도 질긴 인연을 맺는다는 사실은 결코 범상한 일이 아니었다.

주자운에겐 화무린이 바로 그 특별하고도 질긴 인연이었고, 이제 운명이 되고 있었다.

주자운은 그윽한 표정으로 자신의 운명 화무린을 응시했다.

그녀는 화무린이 읽고 있는 책자가 자신이 교어피(鮫魚皮: 상어 가죽)에 꽁꽁 싸서 상의 안쪽에 꿰매어 간직하고 있던 천황무록이라는 것을 한눈에 알 수 있었다.

교어피에 싸서 보관했기 때문에 그녀가 지난 반년 동안 온갖 험난지경에 처했어도 책자는 원형을 그대로 보존할 수 있었다.

원래 아무리 삼류무공이라고 해도 사부 없이 혼자 수련한다는 것은 지난한 일이다.

설혹 혼자서 터득했다고 해도 제대로 수련한 사람보다 훨씬 오랜 세월이 소요될 것이며, 위력이나 초식 면에서 무언가 중대한 결함이 생기기 마련이다.

삼류무공이 그럴진대 일류나 상승무공은 오죽하겠는가.

더구나 천황무록에는 오백 년 전에 무림에서 가장 고강했던 백 명의 절정고수들이 황궁에 불려 들어와서 장장 이십 년에 걸쳐서 창조해 낸 공전절후의 절학이 담겨 있었다.

그래서 주자운은 천황무록을 자신에게 가르쳐 줄 스승을 구중천으로 결정했던 것이다.

그녀는 화무린이 천황무록을 읽고 있는 것을 개의치 않았다. 아니, 오히려 기쁜 마음마저 들었다.

물론 그녀는 화무린이 천황무록의 난해한 구결들을 이해할 수 있다고는 기대하지 않았다.

황궁의 수많은 대학사들이 짝을 찾기 어려운 재녀라고 입을 모았던 주자운조차도 삼 년 동안의 열독으로 겨우 절반조차도 이해하지 못한 천황무록이었다.

문득 주자운은 화무린 곁에 앉아서 졸고 있는 아령을 발견하곤 가볍게 눈을 빛냈다.

"이리 온."

너무나 예쁘고 귀여워서 그녀가 손짓을 했으나 아령은 꼼짝도 하지 않을 뿐 아니라 거들떠보지도 않았다.

깔끔스러운 아령으로서는 더럽기 짝이 없는 그녀에게 당연한 반응이었다.

그녀는 그런 아령에게 방그레 미소 지어주었다.

순간 아령은 갑자기 털을 곤두세우고 눈을 동그랗게 뜨며 마치 귀신을 본 듯한 시늉을 하더니 화무린의 뒤에 숨어버렸다.

새카만 것이 눈을 반짝이면서 흰 이를 드러내 놓고 웃으면 설사 귀신이 봤다고 해도 기겁할 것이 분명했다.

그녀는 마음의 여유가 생기자 천천히 실내를 둘러보았다.

온도나 습도가 적당해서 아늑하고 포근한 데다 이곳이 화무린의 보금자리일 것이라는 생각이 들자 마치 자신이 오랫동안 이곳에서 생활한 것처럼 친숙한 느낌이 들었다.

문득 그녀는 한쪽 구석의 물 웅덩이를 발견하고는 지저분한 자신의 몸을 반사적으로 굽어보았다.

"아……!"

순간 그녀의 입술 사이로 놀람의 탄성이 흘러나왔다. 하체는 그대로였지만 상체는 거의 알몸이 된 상태인 자신의 모습을 그제야 발견한 것이다.

화무린이 천황무록을 발견하려면 그녀의 옷을 벗겨야만 가능한 일이었다.

깨어났을 때 그가 천황무록을 읽고 있는 것을 보았으면서도 그를 다시 만난 반가움이 앞서서 미처 거기까지는 생각이 미치지 않았던 것이다.

상체가 나신이 된 그녀의 몸은 이상했다. 옷으로 가려져 있던 부위는 그래도 뽀얀 편이어서 마치 아불리가 인(阿弗利加人:아프리카 인)처럼 새카만 부위와 기이한 대조를 이루고 있었다.

화무린이 자신의 젖가슴을 봤을 것이라고 생각하자 그녀는 얼굴이 화끈거리며 가슴이 마구 뛰었다.

'아! 그런데 마빈은……'

문득 그녀는 잊고 있던 마빈을 떠올리며 적잖이 놀랐다.

그녀가 혼절하기 직전의 마빈은 가볍지 않은 부상을 당한 상태였다. 그런데도 그는 그녀에게 도망칠 기회를 주기 위해서 죽을힘을 다해 나찰과 싸웠다.

'그래, 변을 당하지는 않았을 거야.'

화무린이 주자운을 구해갔기 때문에 마빈은 큰 짐을 덜었을 테고, 그래서 자신의 한 몸 정도는 어렵사리 도피하지 않았을까 하는 것이 그녀의 바람이었다.

그녀는 조심스럽게 일어나 물 웅덩이로 다가갔지만 손을 대지 못하고 머뭇거렸다.

팔열지옥은 어느 곳의 물이든 몸에 닿기만 해도 허물이 벗겨질 정도로 뜨겁다는 사실을 잘 알고 있기 때문이었다.

하지만 물에서 거센 열기가 느껴지지 않자 그녀는 조심스럽게 손을 대보았다.

황궁에서 시녀가 데워준 목욕물처럼 따스했다. 이끌리듯 스르르 물 웅덩이 속으로 들어갔다.

아! 도대체 얼마 만의 목욕인가!

온몸이 한 움큼의 물로 녹아버리는 것처럼 기분이 좋았다.

'악!'

순간 그녀는 무언가를 발견하고는 소스라치게 놀라서 하마터면 비명을 지를 뻔했다.

그녀의 몸에서 씻겨 나온 때와 화산재 때문에 물 웅덩이가 먹물처럼 시커멓게 변해 버린 것이다.

주자운은 화무린을 바라보면서 얼굴 가득 믿을 수 없다는 표정을 짓고 있었다.

그녀가 이곳 지궁계의 은신처에 온 지 오늘로서 사흘이 지났다.

그런데 그 사흘 동안 화무린은 첫날 주자운의 옷을 벗기다가 천황무록을 발견하여 읽기 시작한 자세 그대로 한 올의 흐트러짐도 없이 줄기차게 책만 읽고 있는 중이었다.

잠을 자기는커녕 잠시 눈조차 붙이지 않았으며, 물 한 모금 마시지 않았다.

그는 거의 눈도 깜빡이지 않고 책자에만 시선을 고정시킨 상태였으며 숨소리조차 들리지 않았다.

그러다가 이미 읽었던 부분을 다시 되짚어서 읽기도 했으며, 그럴 때면 아예 그곳부터 새로 읽기 시작했다.

첫날 주자운은 은신처 안의 웅덩이에서 목욕을 하다가 그

것이 밖으로 연결됐다는 사실을 알게 되었다.

그래서 예전에 화무린이 아령과 함께 즐겨 목욕하던 안쪽의 아늑한 장소에서 느긋하게 한 시진이나 목욕을 즐겼다.

그것으로 반년 동안 묵은 때와 화산재가 말끔하게 씻겨 나가 원래의 우윳빛 뽀얀 살결을 되찾게 된 것은 불문가지.

그녀가 목욕을 끝내고 은신처로 돌아왔을 때까지도 화무린은 책 읽기에 몰두하고 있었다. 물론 천황무록 최초의 첫 장을 펼친 채 씨름하는 중이었다.

난해하기 짝이 없는 천황무록이었기 때문에 처음에는 그가 그저 잠시 흥미를 느끼고 읽는 것이겠거니 대수롭지 않게 여기던 주자운이었다.

그래도 화무린의 그런 모습은 주자운으로서는 전혀 예상하지 못한 것이라서 새삼스러운 눈으로 그를 보게 되었다.

그때 그녀는 화무린이 비단 글을 알고 있을 뿐만 아니라 천황무록처럼 난해한 고서에 흥미를 느낄 만큼 총명한 두뇌의 소유자라는 사실을 비로소 깨달을 수 있었다.

이후 그녀는 화무린이 책 읽기를 그만둘 때까지 옆에 다소곳이 앉아서 기다리다가 지쳐서 그만 잠이 들고 말았다.

입을 옷이 없는 그녀는 바닥에 깔려 있는 가죽을 잇대어 만든 깔개를 대충 알몸 위에 덮고 잤다.

그녀가 다시 깨어났을 때에는 주위가 온통 칠흑 같은 어둠이었기 때문에 자신이 화무린의 은신처에 있다는 사실을 깜빡 잊고 아직도 팔대지옥의 어느 혹독한 곳에서 허우적거리는 것이라고 착각하여 한동안 절망에 빠져 있었다.

그러다가 문득 자신이 잠들기 전의 상황이 떠올랐다. 천황무록을 읽고 있던 화무린과 그의 은신처, 희고 귀여운 짐승, 그리고 따뜻한 물 웅덩이에서 목욕을 하던 일 등이 너무도 생생하게 기억났다.

하지만 지독한 어둠은 그런 기억들이 한낱 꿈일 뿐이었다고 소곤거리는 것 같았다.

그래서 그녀는 자신이 정말 꿈을 꾼 것일지도, 꿈속에서 화무린을 본 것인지도 모른다고 생각하게 되었다.

겁에 질린 그녀는 숨도 크게 못 쉬며 주위를 살피다가 가까운 곳의 바닥에서 흐릿한 몇 줄기의 빛이 새어 나오는 것을 발견하고는 잠시 망설이다가 이윽고 조심스럽게 다가가서 확인해 보았다.

원래 화무린은 밤이 되어 은신처가 어두워지자 주자운이 덮고 자던 가죽 깔개를 뒤집어쓴 채 야명주 불빛 아래에서 천황무록을 읽고 있었는데, 그 빛이 가죽 깔개와 바닥의 틈새로 새어 나왔던 것이다.

가죽 깔개를 들추고 화무린을 확인한 주자운은 눈을 동그랗게 떴다가 이내 가슴을 쓸어내리며 안도했다.

화무린을 만난 일이 꿈이 아니었던 것이다.

하지만 안도는 잠시뿐 그녀는 화무린을 보면서 다시금 놀라움을 금할 길이 없었다.

그는 주자운이 가죽 이불을 들추고 들여다보는 것조차 모를 정도로 책 읽기에 심취해 있었다.

잠들기 전의 그녀는 화무린을 잘못 평가했었다. 그는 단지 총명한 정도가 아니었던 것이다.

황궁 최고의 무공비급인 천황무록은 총명하다는 정도로는 그 내용을 단 한 줄도 이해하지 못한다.

오죽하면 천황무록이 만들어진 후 장장 오백여 년 동안 그것을 오성(五成) 이상 완성했던 황궁 고수가 한 명도 없었겠는가. 그 난해함과 오묘함을 이해하지 못했기 때문에 그 누구도 끝까지 연마하지 못했던 것이다.

게다가 화무린은 책자의 한 장을 넘겨 두 번째 장을 읽고 있는 중이었다. 그것은 이미 첫 장을 어느 정도는 이해했다는 뜻이 아니겠는가.

두 눈을 동그랗게 뜨고 커다란 놀라움으로 화무린을 보고 있는 주자운은 처음의 생각을 수정해야만 했다.

그는 총명을 뛰어넘은 귀재(鬼才)였다.

그때부터 그녀도 잠을 자지 않고 물론 먹지도 않은 채―먹을 것도 없었다―화무린 맞은편에 앉아서 그를 지켜보았다.

그리고 화무린의 책 읽기가 하루를 꼬박 지새우더니 이틀이 지나고 사흘째 밤이 되고 있는 지금 주자운은 그를 '귀재'

라고 고쳐 생각했던 두 번째 판단을 또다시 번복할 수밖에 없었다.

'이 사람은 그저 귀재 정도가 아니라 인간의 영역을 벗어난 절세의 천재였어.'

처음에 그녀는 화무린이 천황무록과 씨름하는 것을 보면서 사실 반신반의하는 마음이 어느 정도는 있었다.

하지만 그는 건성으로 책을 읽는 것이 아니었다. 건성으로 사흘 밤낮 동안 꼬박 책 읽기에 몰두하는 사람은 없다. 또한 읽었던 부분으로 되돌아가서 다시 읽는 경우는 더욱 없을 것이다.

사흘째가 된 지금의 주자운은 그에게 그저 극도의 감탄과 경악만을 거듭하고 있을 뿐이었다.

게다가 지난 사흘 동안 화무린은 천황무록을 무려 열 장이나 읽었다. 그것은 주자운이 일 년여에 걸쳐서 읽은 분량과 맞먹었다.

아니, 그녀는 삼 년 동안 천황무록을 파고들어 절반 정도 이해했을 뿐인데 만약 화무린이 불과 사흘 만에 열 장을 읽고 모두 이해했다면 그는 주자운과는 비교 자체가 되지 않는 불세출의 천재인 것이다.

사흘이 지났는데도 화무린의 책 읽기는 멈추지 않았다. 주자운은 경이로운 시선으로 화무린을 계속 지켜보다가 반나절 만에 힘없이 옆으로 스르르 쓰러져 버렸다.

원래 기력이 약한 데다 이곳에 온 사흘 내내 아무것도 먹지 않았으며, 또 이틀 반나절 동안 자지 않고 화무린을 지켜봤기 때문에 체력이 한계에 도달한 것이었다.

第二十四章

악연(惡緣) 같은 선연(善緣)

구중천
九重天

'안 되겠어. 저러다 탈이라도 나면…….'

주자운이 깨어났을 때에는 은신처 안이 어슴푸레하게 밝아져서 어느 정도 사물을 식별할 수 있는 낮이 되어 있었다.

그녀는 힘겹게 상체를 일으키다가 그때까지도 책을 읽고 있는 화무린을 발견하곤 놀라움과 감탄을 떠나서 이제는 걱정이 앞섰다.

화무린은 은신처가 밝아지자 다시 가죽 깔개를 벗어내고 책을 읽는 중이었다.

정확하게는 알 수 없었지만 아마도 그녀가 이곳에 온 지 나흘쯤 지났을 것이다.

그 말은 곧 화무린이 나흘 동안 꼼짝 않고 책에만 몰두해 있었다는 얘기이다.

사람에겐 한계라는 것이 있는 법이다. 화무린도 사람인 이상 한계에 구속을 받아야 하는 것은 당연했다. 최소한 그 당시 주자운의 생각은 그랬다.

나흘 동안 아무것도 먹지 못하고 잠도 제대로 못 잔 주자운은 일어날 기운조차 없었다.

그런데 같은 기간 동안 먹지도 못했을뿐더러 잠시 눈조차 붙이지 않은 화무린은 오죽하겠는가.

화무린이 일곱 살 이후 혼자가 되어 거지처럼 동가식서가숙하면서 열흘이나 보름 이상 아무것도 먹지 못했던 적이 비일비재했는가 하면, 지금보다 몇 배나 더 혹독한 상황에서도 끄떡없이 견딘 인간의 한계 이상의 능력을 지니고 있다는 사실을 주자운으로서는 알 리가 없었다.

힘이 없는 데다 정신마저 혼미한 주자운은 있는 힘을 다해서 화무린을 향해 엉금엉금 기어갔다.

화무린은 책상다리를 하고 앉아서 시선을 책에 고정시킨 채 석고상이라도 된 듯 미동도 하지 않았다.

물론 주자운이 바로 앞에 다가온 것도 모르고 있었다. 정말 소름이 끼칠 정도로 지독한 집중력이었다.

게다가 그는 천황무록을 절반 이상 읽은 상태였기 때문에 주자운은 그를 걱정하는 중에도 은연중에 감탄을 금치 못했다.

탁!

순간 주자운은 화무린의 손에서 갑자기 천황무록을 뺏어 들었다.

"너……."

화무린은 잠시 멍한 얼굴이더니 이윽고 눈으로 책을 쫓다 가 주자운을 발견하곤 표정이 딱딱하게 굳어졌다.

"미안해요."

주자운은 무릎을 꿇은 자세로 책을 가슴에 꼭 안고 몹시 미 안한 표정을 지었다.

그런 표정 한 켠에는 화무린이 책을 달라고 호통을 치더라 도 그가 무언가를 먹거나 쉬기 전에는 절대로 주지 않겠다는 단호함이 떠올라 있었다.

"아, 그렇군! 그건 원래 네 것이었지? 함부로 읽어서 미안 하다."

화무린은 그녀와 책을 번갈아 쳐다보면서 표정이 여러 차 례 변하더니 이윽고 씁쓸하게 중얼거렸다.

"그게 아니에요. 당신, 계속 책만 보다가는 쓰러지고 말 거 예요."

주자운은 진심 어린 표정으로 말을 이었다.

"무언가 좀 먹도록 하세요. 그 후 한숨 푹 자고 나면 이 책 을 읽게 해주겠어요."

화무린은 물끄러미 그녀를 쳐다보았다.

하지만 주자운은 그의 눈빛이 곧 깊숙이 가라앉는 것을 발견했다.

그는 시선을 그녀 얼굴에 고정시킨 채 머릿속으로는 조금 전에 읽은 천황무록의 내용을 풀이하는 중이었다.

주자운은 나직이 한숨을 토해냈다. 이대로 내버려 두면 화무린은 지금껏 읽은 내용들을 반추하느라 또 몇 날 며칠을 지금 이 모습으로 보내게 될 것이다.

'정말 이 사람은······.'

어이없음도 감탄도 한계를 넘어선 상태였다. 평범한 사람의 상식으로 화무린을 이해한다는 것은 어려운 일이었다.

주자운은 한 손을 뻗어 손바닥으로 화무린의 뺨을 감싸듯이 대고 얼굴을 가깝게 들이밀었다.

슥!

"어서 제가 시킨 대로 하세요."

"응? 으… 응."

"먹을 것은 있나요?"

그녀는 자신보다는 화무린을 더 걱정했다.

그는 주자운이 한 손으로 쥐고 무릎에 얹어놓고 있는 천황무록을 잠시 응시하다가 가볍게 고개를 끄덕였다.

"곧 구해올게."

주자운은 화무린이 예상외로 고분고분한 것을 보고는 그

에 대한 또 다른 사실 하나를 알게 되었다.

　그는 지금 그 무엇보다도 천황무록을 읽고 싶어할 것이다. 그리고 그저 손만 뻗으면 주자운에게서 천황무록을 뺏을 수 있었다.

　하지만 그는 그렇게 하지 않았다. 그 이유는 그의 본성이 정직하기 때문이었다.

　더구나 이곳이 인간들의 예절이나 상식 같은 것들은 완전히 상실됐고, 살기 위해서나 목적을 위해서라면 무슨 짓이라도 용납되는 구중천의 팔대지옥이라는 점을 감안한다면 그의 정직은 더 빛나는 것이었다.

　"아령, 먹을 것을 구하러 가자."

　화무린은 아령을 어깨에 얹고 은신처를 나가려다 말고 서 있는 주자운을 돌아보았다.

　"금방 돌아올 테니 밖에는 나가지 마라."

　"네."

　쿵!

　화무린이 나간 후 입구가 커다란 돌로 막혔다.

　주자운은 나가고 싶은 마음도 없지만 설혹 있다고 해도 돌을 치워낼 힘이 없었다.

　'정말 놀라운 사람이야.'

　그녀는 내심으로 중얼거리면서 쥐고 있는 천황무록을 굽어보다가 소스라치게 놀랐다.

"아!"

자신이 벌거벗은 알몸이라는 사실을 그제야 발견한 것이다.

달을 새기고 구름을 마른다는 누월재운(鏤月裁雲)의 아름다움이라고나 할까.

천하제일의 장인(匠人)이 오랜 세월 동안 심혈을 기울여서 만들어낸 조각상보다 더 완벽한 여체의 나신이 거기에 서 있었다.

그녀는 급히 가죽 깔개를 피풍의처럼 걸쳐서 몸을 가렸다.

화무린이 자신의 알몸을 봤을 것이라는 생각이 들자 파도처럼 부끄러움이 엄습했다.

그녀는 지난 반년 동안 자신의 모습에 대해서는 거의 신경을 쓰지 않는 것이 몸에 배인 상태였다.

더구나 이곳에서는 천황무록에만 심취하고 있는 화무린에게 정신을 팔다 보니까 자신이 어떤 모습인지 돌아볼 겨를조차 없었다.

팔대지옥에서는 거의 벌거벗다시피 한 채로 이리 뛰고 저리 뛰면서도 조금도 부끄러움을 느끼지 않았던 그녀이다.

부끄러움보다는 생존, 그리고 어떻게든 팔대지옥을 통과해야 한다는 명제가 언제나 우선이었다.

그런데 이상하게도 화무린에게는 부끄러움을 느꼈다.

문득 그녀는 화무린을 처음 만났을 때 그가 자신의 엉덩이

상처를 치료하느라 엉덩이는 물론 허벅지 안쪽의 속살까지 봤던 것을 기억해 냈다.

"너 같은 계집애 몸뚱이 따위에는 관심없다."

그때 무엄하다고 소리치는 그녀에게 화무린이 냉정하게 내뱉었던 말이다.

당시에 그가 지었던 표정은 말투보다 훨씬 더 냉정했다. 그래서 그 얼굴에서는 추호의 음심도 찾아낼 수가 없었다.

그러고 보니 조금 전에도 화무린은 알몸인 주자운에게는 제대로 눈길 한번 주지 않았다.

아예 신경조차 쓰지 않는다는 뜻이었다. 그가 천황무록에 심취했던 것과는 판이한 반응이었다.

여자로서의 자태를 갖추기 시작한 열두 살 이후 미모에 대해서 표현될 수 있는 모든 극찬을 받아온 주자운이었다. 오죽하면 서시에 비견되었겠는가.

그런 그녀가, 아니, 그녀의 옥으로 빚은 듯한 나신조차도 화무린에게는 단 한 번 진지한 눈길을 던져 줄 만한 가치도 없었던 것이다.

하지만 그것 때문에 그녀는 마음이 상했다거나 화무린을 달리 생각하지는 않았다.

지금 그녀의 마음, 혹은 기분은 여태껏 살아오면서 한 번도 느껴보지 못했던 야릇하고도 묘함으로 인해서 봄날 새싹이 움트는 언덕배기에 솟아오르는 아지랑이처럼 살랑살랑 흔들리고 있었다.

황궁 깊은 곳에서만 살아온 그녀가 세상이나 사물, 사람에 대해서 알 수 있는 방법은 오직 책을 통해서뿐이었다.

특히 사람을 만나는 것은 공주라는 신분 때문에 더욱 제한적일 수밖에 없어서 이날까지 그녀가 만나 어떠한 형태로든 관계를 맺은 사람은 겨우 열 손가락으로도 다 꼽지 못할 정도이다.

그나마 그들은 같은 황족이기 때문에 어쩔 수 없이 관계를 맺어야만 한다든지, 학문을 가르친 스승, 혹은 호위무사인 마빈 같은 부류가 전부였다.

그중 그녀가 괴로운 심중의 한 부분이나마 털어놓을 수 있었던 사람은 오직 마빈 한 사람뿐이었다.

하지만 그에게도 심중을 전부 털어놓을 수는 없었다. 그를 믿지 못해서가 아니라 그래 봤자 아무 소용이 없었기 때문이다.

어차피 곪아버린 황궁의 우환을 제거할 사람은 자신뿐이라고 생각하는 주자운이었다.

마빈은 호위무사로서, 혹은 친구로서 어느 정도 의지를 하고 있는 정도인 것이다.

그런 그녀에게 화무린이라는 존재는 여러 복합적인 의미

를 지니고 있었다.

그 의미들은 그녀 자신도 아직 제대로 정립이 되지 않았기 때문에 무엇이라고 설명할 수 없는 상태였다.

하지만 분명하게 느끼고 또 확신할 수 있는 것이 하나 있었다.

그것은 그녀의 일생에 있어서 장차 화무린이 매우 중요한 존재가 될 것이라는 사실이었다.

그녀는 화무린이 겪을수록 대단한 능력을 지닌 사람이라는 사실을 알게 되었다.

그래서 그녀는 지금도 자신이 그에 대해서 너무 많은 것을 모르고 있다고 생각했다.

마치 솔개가 얼마나 높이 날고 있는지 병아리가 모르는 것처럼.

드극!

그때 입구를 막았던 돌이 치워지고 무언가를 한 손에 쥔 화무린과 아령이 들어섰다. 나간 지 일각도 채 되지 않았다.

"이리 와라."

그는 예전에 식탁으로 쓰던 꽤 크고 넓적한 돌에 쥐고 있던 것을 내려놓고 그 앞에 앉으면서 중얼거렸다.

그것은 토끼보다 절반쯤 더 큰 짐승의 껍질을 벗기고 내장을 훑어낸 후 잘 씻은 고깃덩이였다.

"그동안 무얼 먹었지?"

화무린은 벽월도로 맛있는 부위의 살코기를 베어내면서 반쯤은 건성으로 물었다.

"풀뿌리나 벌레 따윌 먹었어요."

주자운은 망설임없이 대답했다.

반년 전 마빈이 팔대지옥을 헤맨 끝에 팔 일 만에 가까스로 주자운을 찾아냈을 때 그녀는 팔 일 동안 아무것도 먹지 못한 상태에서 거의 아사(餓死) 직전에 놓여 있었다.

바깥 세상에 내놓아도 무얼 어떻게 먹어야 하는지 모를 그녀가 팔대지옥의 지독한 환경 속에서는 더 무엇을 말하겠는가.

그녀가 그런 지경에 처해 있을 것이라고 예상하여 그녀를 찾아 헤매는 동안 무언가 먹을 만한 것들을 발견하면 닥치는 대로 챙겨서 지니고 있던 마빈은 우선 마른 벌레를 가루로 만들어 물에 섞어서 그녀에게 먹였다.

이후 마빈과 함께 행동하게 된 주자운은 그가 무엇을 내놓든 망설임없이 먹게 되었다.

자신이 선택한 길이다.

이곳에서 살아나가야만 구중천에서 천황무록을 연마할 수 있을 것이고, 그래야만 백척간두에 놓인 대명의 황제인 부친과 황궁을 구할 수가 있었다.

벌레든 풀뿌리든 군말없이 먹는 주자운을 보면서 놀라고 또 안쓰러워한 사람은 오히려 마빈이었다.

그는 그 광경을 보면서 그녀의 결심이 얼마나 단호한 것인 지를 새삼 절감해야만 했다.

화무린은 깨끗하고 납작한 작은 돌에 발라낸 살코기를 얹 어 묵묵히 주자운에게 내밀었다.

그녀는 천황무록을 옆에 내려놓은 후 약간 고개를 숙이면 서 두 손으로 받았다. 고기는 한 번에 한 점씩 먹기 좋게 적당 한 크기로 잘라져 있었다.

한 점을 집어 입에 넣고 오물오물 씹어보았다. 무척 신선했 으며 오래 씹을수록 고소한 맛이 우러났다. 황궁에서 먹었던 그 어떤 산해진미보다 맛있는 요리였다.

무슨 고기인지는 묻지 않았다. 무언가를 먹을 수 있고, 그 것으로 생명을 이어갈 수 있으며, 맛까지 있으면 됐지 굳이 그게 무엇인지 알아야 할 필요는 없었다.

화무린은 한 덩이의 고기를 잘라내 역시 돌 접시에 담아 얌 전하게 자신의 차례를 기다리고 있는 아령에게 주고 나서야 자신도 먹기 시작했다.

그는 주자운의 옆에 놓여 있는 천황무록에는 눈길 한번 주 지 않은 채 먹는 것에만 열중했다.

주자운이 보기에 그는 맺고 끊음이 분명한 성격인 것 같았 다.

현재로선 그에게 아무 쓸모도 영향력도 미치지 못하는 그 녀였지만 일단 그녀의 말에 따르기로 한 이상 묵묵히 지키고 있는 것을 보면 알 수 있었다.

"그는 무사할 거야. 걱정하지 마라."

문득 화무린이 우물우물 고기를 씹으면서 불분명하게 중얼거렸다.

하지만 주자운은 그 말을 똑똑히 알아들었고, 그가 말하는 '그'가 마빈을 가리킨다는 것을 깨달았다.

주자운이라는 존재는 마빈에게 마치 절대 끊어지지 않는 질긴 줄과도 같았다.

얼마 전 나찰에게 핍박을 당하는 상황에서도 그 줄이 마빈의 손발을 꽁꽁 결박하고 있었기 때문에 그가 원래 지니고 있는 능력을 십분 발휘하지 못한 채 주자운을 구하지도, 그렇다고 자신 혼자 도망치지도 못하고 진퇴양난에 놓여 있었던 것이다.

그 줄을 화무린이 끊어주었다. 그랬으니 손발이 자유로워진 마빈이 제 한 몸쯤 능히 돌보지 않겠느냐 하는 것이 화무린의 말 중에 포함되어 있다는 것을 주자운은 알아차렸다.

그녀는 화무린이 따뜻한 사람이라는 사실을 그가 처음에 자신을 구해주고 또 다친 엉덩이를 치료해 주었을 때 깨달았다.

이후 비행교에서, 그리고 팔대지옥에서 다시 만나 지금에 이르러 있지만 그가 아무리 자신에게 냉정한 말과 행동을 하고 무관심하게 대해도 그것이 진심이 아니라는 것을 알고 있기에 아무렇지 않을 수 있었다.

스륵—

한 손으로는 살코기가 담긴 돌 접시를 쥐고 다른 손으로 고기를 집어먹는 행동을 반복하는 사이 주자운이 걸치고 있던 가죽 깔개가 어깨에서 미끄러져 내려 뒤로 떨어졌다.

때와 화산재를 깨끗이 씻어낸 그녀의 백옥 같은 알몸이 고스란히 드러났다.

또한 쪼그리고 앉은 자세였기 때문에 앞에 앉은 화무린이 슬쩍 눈길만 던지면 그녀의 허벅지 깊은 곳의 은밀한 부위를 정면에서 고스란히 구경(?)할 수 있었다.

주자운의 몸이 한순간 얼어버린 것처럼 굳어졌다.

화무린 앞에서 알몸을 보이는 것은 그리 부끄러운 일이 아니라고 자위 반 체념 반 자신을 타일렀던 그녀였지만 막상 이런 이상한 자세에서 알몸을 보이게 되자 자신도 모르게 온몸이 경직됐다.

그렇다고 화들짝 놀라면서 가죽 깔개로 몸을 가리며 소란을 피우는 것은 더 이상할 것 같아서 숨을 멈춘 채 가만히 있었다.

하지만 그녀는 곧 들릴 듯 말 듯 나직한 한숨을 불어내며 가죽 깔개를 집어 다시 몸을 가렸다.

화무린은 약간 고개를 숙인 자세로 깊은 생각에 잠긴 채 먹는 것에 열중하느라 주자운이 알몸이 됐다는 사실조차 모르고 있었다.

주자운은 생각에 잠긴 그의 표정이 가볍게 수시로 변하는 것을 보고 천황무록의 내용을 반추하는 것은 아니라고 생각했다.

나흘 동안이나 굶주렸던 두 사람은 일각에 걸쳐서 커다란 살덩어리 하나를 깨끗이 먹어치웠다.

"너희는 어떻게 됐느냐?"

그때 화무린이 불쑥 물었다. 듣기에 따라서는 무엇을 묻는 것인지 헷갈릴 수도 있는 질문이었다.

하지만 총명한 주자운은 이런 상황에서 그가 물을 것은 한 가지뿐이라는 사실을 알고 있었다.

"우린 다섯 개의 지옥을 거치면서 신물을 획득했는데 마빈이 갖고 있어요."

화무린은 주자운을 상전처럼 받드는 청년의 이름이 마빈이라는 것을 처음 알게 되었다.

"저와 마빈이 처음에 들어선 곳은 팔열지옥이었는데 그가 저를 찾아냈어요. 그 후 우리는 함께 다섯 개 지옥을 통과했어요. 하지만 지난 한 달 동안은 다른 지옥으로의 연결점을 찾지 못한 채 당신이 저를 처음 구했던 지옥에서만 계속 맴돌고 있었어요."

화무린은 감정을 섞지 않은 채 중얼거렸다.

"그는 너를 보호하는 것만으로도 힘들었겠군."

그런데도 신물을 다섯 개나 찾은 것이 대단하다는 뜻으로 주자운에게 들렸다.

"이제 어떻게 할 것이냐?"

화무린이 마치 주루에서 무엇을 주문할 것이냐는 것처럼 아무렇지도 않게 물었다. 하지만 주자운은 그 말을 듣는 순간 자신도 모르게 바짝 긴장했다.

이것은 아주 중요한 문제였으며 반드시 짚고 넘어가야 할 일이었다.

또한 이 문제가 어떤 형태로 결정되느냐에 따라서 주자운과 화무린 두 사람의 관계도 크게 달라질 것이 분명했다.

지금보다 발전하여 훨씬 긴밀한 사이가 되느냐, 아니면 이 정도에서 멈추느냐는.

만약 후자가 된다고 해도 장차 두 사람이 서로의 운명에 큰 영향을 끼치게 될 것이라는 주자운의 확신에는 변화가 없을 것이다.

다만 먼 길을 돌아서, 그리고 힘들게 가야만 할 터이다. 그러므로 지름길로 가자면 지금의 결정이 매우 중요했다.

화무린이 그 사실을 인식하고 있든 그렇지 않든 상관없이.

문득 주자운은 화무린의 옆에 앉아서 포만감에 졸고 있는 아령을 바라보았다.

"쟤는 어떻게 만났나요?"

"독지네에게 물려서 죽어가고 있는 것을 구해주었지."

아령은 자기 얘기를 하는지 어떻게 알고는 눈을 뜨고 주자운과 화무린을 번갈아 뚜릿뚜릿 쳐다보았다.

화무린은 아령을 안아 무릎에 올리고는 머리를 쓰다듬었다.

"당신에게는 어떤 존재인가요?"

"이놈 이름은 아령이야. 조금 전에 우리가 먹은 짐승도 아령이 잡은 거지. 내가 하지 못하는 것들도 아령은 간단하게 해치워. 맹호라고 해도 단숨에 숨통을 끊어놓을 만큼 무서운 놈이야. 이 녀석하고는 정이 많이 들었어."

아령 얘기가 나오자 화무린은 갑자기 수다스러울 정도로 말수가 많아졌다.

주자운은 그가 아령에게 정을 듬뿍 주고 있으며, 사람이든 짐승이든 그가 한번 마음을 주면 그렇게 된다는 새로운 사실을 깨달았다.

하지만 그가 쉽사리 마음을 주는 사람이 아니라는 것도 아울러서 느낄 수 있었다.

"아령이 당신에게 도움을 주는군요?"

"도움 정도가 아냐. 이제는 이 녀석 없이는 아무것도 할 수 없을 것 같거든."

그가 쓰다듬자 아령은 빨간 혀로 손을 핥았다.

주자운이 화무린의 물음에는 대답하지 않고 아령에 대해서 물은 데에는 무언가 짐작하는 바가 있기 때문이었고, 과연 그녀는 소기의 성과를 거두었다.

"지금 저도 아령과 비슷한 처지예요."

그녀의 조용한 말에 화무린은 아령을 쓰다듬던 동작을 멈추고 가볍게 굳은 얼굴로 그녀를 쳐다보았다.

그녀는 담담한 표정으로 화무린을 마주 바라보았다.

"당신이 아령에게 했던 것처럼 저에게도 은혜를 베풀어준다면 저도 당신에게 도움이 되는 존재가 되고 싶어요."

그녀는 '아령하고는 비교할 수도 없을 정도로 당신에게 중요한 사람이 되고 싶다'라고 말하고 싶은 것을 참았다.

화무린은 그녀가 누군지, 무엇 때문에 구중천에 왔는지, 마빈과는 어떤 관계인지 등에 대해서 일체 묻지 않았다.

그것은 그가 사람을 대할 때 신분 같은 것으로 저울질하지 않으며 있는 그대로 보고 판단한다는 것을 의미했다.

주자운도 그의 그런 점이 좋았다.

만약 그녀에게 자신의 신분을 이용할 생각이 있었다면 처음 개방주 철심협개에게 구중천으로 보내달라고 부탁할 때 그러라고 했을 것이고, 만약 그랬었다면 지금쯤 상황이 변했을 수도 있었다.

명(明)의 공주라는 신분이 구중천에도 먹힐지 어떨지는 미지수였지만 말이다.

그녀는 자신과 화무린이 그저 처음에는 대로상에서, 그리고 비행교와 구중천의 팔대지옥에서 만남을 거듭하면서 인연과 운명을 차곡차곡 만들어 나가는 그런 관계로 지속되기를 원했다.

이것은 기회였다. 이 기회를 놓치고 싶지 않았다.

화무린이 그녀에게 아무것도 묻지 않는다고 해서 그녀도 그에 대해서 궁금하지 않은 것은 아니었다.

아니, 오히려 그에 대한 모든 것이 궁금했다. 그에 대해서라면 몇 년 전 어느 지방을 지나는 길에 어떤 일을 겪었는지 같은 시시콜콜한 것까지도 모두 알고 싶었다.

화무린의 눈빛이 깊숙하게 가라앉았다.

주자운은 그와의 그리 길지 않은 생활에서 그가 무언가에 심취하거나 생각에 골몰할 때에는 지금 같은 눈빛이 된다는 사실을 알게 되었다.

잠시 후 그는 주자운을 보며 피식 실소를 흘렸다.

"지금 거래를 하자는 것이냐?"

'질긴 인연, 혹은 필연적이라고 해도 정성을 들이지 않으면 좋은 운명이 되지 않아요' 라고 말하고 싶은 것을 주자운은 입술을 꼭 깨물며 참았다. '질긴 인연' 이니 '운명' 이니 하는 것은 그녀 자신만 감지하고 또 예견하는 것뿐이지 화무린은 아니었다. 아니, 아닐 것이다.

그녀는 한차례 호흡을 가다듬고 허리를 꼿꼿하게 펴고 단정한 자세로 대답했다.

"도와주세요."

이 사람과는 끊어지지 않을 인연이고 또 운명이지만 구차하게 애원하기는 싫었다.

지금은 그저 감정이 이끄는 대로 하고 싶었다. 그래서 그녀의 '도와주세요'라는 말은 수만 가지 의미를 함축하고 있었다.

그녀는 자신의 속내가 얼굴에 드러나지 않도록 무던히 애쓰면서 조용히 화무린의 반응을 기다렸다.

화무린은 그녀에게서 시선을 거두고 잠시 무언가를 생각하더니 어쩔 수 없다는 듯 고개를 흔들었다.

"정말 너하고는 악연(惡緣)이로군."

주자운의 가슴이 쿵음을 내며 무너져 내렸다.

그녀는 입술을 꼭 깨물고 잠시 고개를 숙이고 있다가 일어나더니 입구로 걸어갔다.

"뭘 하는 거냐?"

화무린의 목소리가 그녀의 힘없이 내려앉은 어깨에 닿았다.

"제가 가면 악연이 되지 않겠지요."

그녀는 돌아보지 않고 나직이 대답했다. 그녀의 목소리에 울음기가 배어 있었지만 화무린은 알아차리지 못했다.

"진창에서 발을 뺐다고 해서 그 사실이 없어지겠니?"

주자운과의 만남이 악연으로도 모자라서 진창이 되고 있었다.

"더 깊이 빠지지 않으려면 지금 빼야죠."

주자운은 그렇게 말하면서도 자신이 화무린을 이성으로 여기고 있다는 사실을 깨닫지 못하고 있었다.

또한 그녀는 자신이 이처럼 연약해지리라는 사실조차 예상하지 못했다.

그녀는 입구에 무릎을 꿇고 앉아 자신의 힘으로는 끄떡도 하지 않는 돌을 치우느라 끙끙거렸다.

그러는 와중에 몸에 덮고 있던 가죽 깔개가 흘러내렸지만 상심한 상태라 알지 못했다.

알몸인 그녀가 무릎을 꿇은 채 허리를 잔뜩 굽히고 몸을 이리저리 씰룩이고 있는 뒷모습을 보면서도 화무린은 아무런 감정을 느끼지 못했다.

그때 그녀의 맨 어깨에 화무린의 손이 닿았다. 따스한 온기가 그녀의 어깨에서 시작되어 빠르게 온몸으로 퍼졌다.

"바보야, 더러워진 발은 깨끗이 씻으면 되는 거야."

"……."

"그리고 너 스스로 진창이 되지 않도록 노력해서 소기의 성과를 거두게 된다면 앞으로는 네가 누굴 만나든 더 이상 그 사람을 진창에 빠지게 하지는 않을 거야."

마빈과 화무린에게 그녀는 질긴 줄이었으며 진창이었다. 그래서 그녀를 만난 사람들은 힘겨워해야 했고, 결국은 위험에 빠질 수밖에 없었다.

화무린은 그녀의 양어깨를 잡고 부드럽게 일으켰다.

"악연이든 진창이든 지금 이 상황에서 내가 너를 모른 체할 수는 없는 일이다."

주자운은 돌아서지 않은 채 알몸으로 서서 가늘게 몸을 떨었다.

"너, 내가 이곳에서 살아서 나갈 거라고 말했었지?"

주자운은 보일 듯 말 듯 고개를 끄덕였다.

"우리 함께 살아서 구중천을 나가도록 해보자."

커다란 파도 같은 감동이 주자운을 휩쓸었다.

그녀의 양어깨를 가만히 잡고 있는 화무린의 팔이 떨릴 정도로 그녀는 심하게 온몸을 떨었다.

방금 화무린의 말보다 그녀에게 더 큰 위안과 힘을 주는 것은 없을 것이다.

"흑흑흑!"

순간 그녀는 몸을 돌려 화무린 품에 안기며 참았던 울음을 터뜨리고 말았다.

이 순간의 그녀는 질긴 끈이니 악연이니 진창이니 하는 것들을 깡그리 잊었다.

그저 가슴이 벅차도록 기쁠 뿐이었다.

화무린은 그녀를 안고 등을 부드럽게 토닥였다.

"주자운, 앞으로는 널 자운이라고 부르마."

누이동생처럼 여기겠다는 의미였다.

주자운은 눈물이 그렁그렁한 눈을 들어 화무린을 바라보았다.

"저는 대가(大加)라고 부르겠어요."

화무린은 열흘이 지나서야 천황무록의 나머지 절반을 모두 읽을 수 있었다.

전반부 절반을 읽는 데에 닷새가 걸렸던 것에 비하면 두 배나 걸린 셈이었다.

천황무록을 읽는 데에는 무슨 요령 같은 것이 있을 리 없었다. 또한 책장을 넘길수록 점점 더 어렵고 난해해졌다.

그는 후반부를 읽는 열흘 동안 겨우 세 차례 식사를 했고, 두 번 잠을 잤다.

그나마도 주자운의 성화 때문이었다. 그녀가 아니었으면 열흘 내내 먹는 것은 물론이고 잠도 자지 않았을 것이다.

그는 보름에 걸쳐서 천황무록을 모두 읽었지만 내용을 완전히 이해하지는 못했다.

겨우 삼분의 일 정도 이해하는 데 그쳤지만 일단 전체를 이해하기 위한 길은 터놓은 상태였다.

그는 책자를 주자운에게 주면서 아무 말도 하지 않았고, 그녀도 침묵을 지켰다.

第二十五章

빙벽(氷壁) 속의 여인

구중천
九重天

화무린의 경공술은 대단한 경지에 이르게 되었다.

소군이 전수해 준 '쾌풍운'이라는 경공술은 다른 경공술과 다른 점이 있었다.

대다수의 경공술이 순수한 공력에 의해서만 전개되는 것에 반해서 쾌풍운은 절반은 공력을 사용하고 나머지 절반은 바람[風]을 이용한다는 것이었다.

아주 미약한 바람만 있어도 공력으로 몸을 가볍게 하여 그 바람에 몸을 싣고 가고자 하는 방향으로 바람보다 더 빨리 쏘아가는 것이 쾌풍운이 여타 경공술과 다른 점이며 또한 장점이었다.

어떤 경공술이든 공력이 높을수록 더 빠른 경공술을 전개할 수 있는 것은 당연하다.

그런데 쾌풍운은 바람을 이용하는 경공술이기 때문에 같은 공력으로 여타의 경공술보다 두 배 이상 빨리, 그리고 더 멀리 쏘아갈 수 있다.

화무린의 공력은 구십 년에 달한다. 그러므로 그가 쾌풍운을 전개할 경우 구십 년의 두 배인 무려 백팔십 년에 달하는 공력으로 경공술을 전개하는 효과를 발휘할 수 있는 것이다.

아무리 팔대지옥이라고 해도 바람은 있었다. 비록 미풍이었지만 그는 팔한지옥에서는 한풍을, 팔열지옥에서는 열풍을 타고 하루도 쉴 새 없이 돌아다녔다.

그는 시간이 지날수록 쾌풍운의 묘리(妙理)를 하나둘씩 깨우쳐서 지금은 거의 극성에 이른 상태였다.

지금 그가 쾌풍운을 전개하는 것을 소군이 봤다면 다시 한 번 크게 경탄했을 것이 분명하다.

그는 모르고 있지만 소군은 쾌풍운을 완벽하게 터득하는 데에 오 년이나 걸려야 했다.

그런데도 화무린은 아직까지도 자신의 숨겨진 능력을 깨닫지 못하고 있었다.

학문이나 무공구결을 이해하고 익히는 데에는 경천동지할 능력을 발휘하면서도 정작 자신의 능력을 자각(自覺)하는 것에는 무디기 짝이 없었다. 그는 그저 남들도 다 그러려니 여길 뿐이었다.

그는 천황무록을 다 읽은 후 어제 하루 종일 은신처에서 생각에 골몰해 있었다.

주자운을 데리고 있기로 결정했으니 어떻게든 그녀와 함께 구중천에 올라가야만 할 것이다.

야차나 나찰을 죽여서 구중천에 오르겠다는 그의 원래 방법대로 계속 밀고 나간다면 주자운 몫까지 야차를 세 명 더 죽이든지, 나찰 한 명에 야차 한 명을 더 죽여야만 한다.

어떻게, 어떤 방법으로 야차나 나찰을 세 명, 혹은 두 명을 더 죽일 것인지 하루 종일 이 방법 저 방법 다 끌어다 붙여봤지만 끝내 실마리가 보이지 않았다.

그는 며칠 전에 자신이 야차를 한 명 죽일 수 있었던 것은 운이 따라주었기 때문이라고 판단했다.

물론 그가 자신의 실력을 약간 과소평가하는 면도 없지 않았지만 사실 절반 이상은 운이 좋았기 때문이다.

만약 그때 야차가 누군가를 죽이려고 공격하면서 빈틈을 보이지 않았더라면 화무린은 그와 일 대 일로 싸워야만 했을 테고, 결과가 어떻게 됐을지는 예측하기 어려웠다.

화무린이 지니고 있는 실력이라곤 귀명비혼과 하나의 경공술과 보법이 전부였다.

귀명비혼은 어느 정도 일정한 거리를 유지하고 있어야 제 위력을 발휘한다. 즉 정면 대결보다는 암습이 주효한다는 뜻이다.

그런데 야차나 나찰과 일 대 일로 맞붙게 되는 상황이 벌어진다면 귀명비혼을 펼치기도 전에 상대의 공격을 방어해야 하므로 그야말로 속수무책일 수밖에 없을 것이다.

사내란 목숨을 걸고 약속을 지켜야 할 때가 있지만 소군과의 약속은 그런 성질의 것이 아니었다.

하지만 그 약속을 저버려야만 하는 화무린의 속은 숯덩이처럼 새까맣게 변해 버렸다.

그렇게 그는 어제 하루 종일 약속을 지킬 수 있는 방법을 모색하느라 반나절을 보냈고, 약속을 지키지 못하는 것 때문에 속을 태우느라 또 반나절을 보냈다.

결국 그는 소군과의 약속—자신과의 약속이라는 의미가 더 크지만—을 깨기로 결정했다.

그리고 자신이 혼자 팔대지옥 열여섯 개 지옥을 모두 돌면서 두 사람 몫인 서른두 개의 신물을 모으기로 새 계획을 잡았다.

다행히 소군은 떠나기 전에 지궁계에서 팔대지옥 열여섯 군데로 갈 수 있는 통로의 위치를 세세하게 가르쳐 주었다.

그렇지만 그는 야차 두 명을 죽여서 팔대지옥을 벗어날 계획이었기 때문에 그녀가 가르쳐 준 열여섯 개의 통로를 일일이 다녀볼 필요가 없었다.

그는 오늘 거의 하루 종일 열다섯 곳의 지옥을 돌았고, 그래서 현재 삼십 개의 신물을 확보한 상태였다.

신물은 손톱 크기의 각기 색깔과 모양이 다른 작은 보석이었다. 그것들을 가죽 주머니에 담아 품속에 고이 간직해 두었다.

남은 곳은 팔열지옥 중 한곳뿐이었다. 그런데 그 한곳이 속을 썩이고 있었다.

분명히 소군이 가르쳐 준 대로 몇 번이나 확인했지만 그곳은 굳건하게 막혀 있었다. 통로는커녕 그 비슷한 것조차 어디에도 보이지 않았다.

그녀가 가르쳐 준 지도에 의하면 통로들은 팔한지옥의 한곳에서 팔열지옥의 한곳으로 통하는 식이었다. 팔한지옥에서 다시 팔한지옥의 다른 곳으로, 팔열지옥에서 또 다른 팔열지옥으로 통하는 통로는 없었다.

지금 그는 두 눈을 부릅뜨고 마지막 팔열지옥의 통로가 있는 일대를 두 시진째 맴돌면서 바늘구멍 하나라도 놓치지 않으려고 혼신의 노력을 다하고 있는 중이었다.

그는 오늘 열다섯 개의 지옥을 도는 동안 두 명의 야차를 발견했다. 그러나 그들은 화무린을 발견하지 못했다.

그 때문에 그는 자신의 경공술에 자신감이 생겨서 그때부터는 조금 더 과감하게 경공술을 전개하며 돌아다녔다.

계획을 수정하기 전 같았으면 무슨 일이 있어도 그들을 놓치지 않았겠지만 지금은 아니었다.

척!

그는 전체가 얼음으로 이루어진 좁고 긴 골짜기 입구에 가볍게 내려선 후 주위를 둘러보다가 이맛살을 찌푸렸다. 반 시진 전에 한 번 다녀갔던 곳이다.

온몸에서 기운이 쭉 빠졌다.

지궁계 은신처에 혼자 놔두고 온 주자운이 걱정돼서 마음이 급해 서두른 결과였다.

아령이라도 있으면 어디 빙벽에 틈새라도 있는지 찾아보라고 시키겠지만 아령은 혼자 있는 주자운의 친구도 될 겸 그녀를 보호하라고 은신처에 두고 왔다.

떡 본 김에 제사 지낸다고, 실수한 김에 잠시 쉬면서 머리를 식혀야겠다는 생각이 들어 밖에서는 보이지 않을 조금 안쪽으로 들어가 두리번거리면서 몸을 숨길 만한 곳을 찾아보았다.

이곳은 골짜기라기보다는 넓은 곳의 폭이 삼 장여에 불과한 협로가 구불구불하게 안쪽으로 이어진 이른바 벽빙하(壁氷河)였다.

화무린은 입구 바깥에서는 보이지 않을 약간 움푹 들어간 공간의 낮은 얼음 위에 앉았다.

엉덩이에 약간 차가운 느낌이 들었지만 곧 사라졌다. 구십 년 내공을 지닌 그에게 팔한지옥의 한기 정도는 아무것도 아니었다.

그는 아직 이름도 붙일 새가 없었던 이곳 지옥의 전체적인 지형 지세를 가만히 되새겨 보았다.

얼마나 헤매고 다녔는지 어디가 어떤 지세였고 어떤 광경이었는지 머릿속에 일목요연하게 그려졌다.

잠시 후 그는 설레설레 고개를 가로저었다. 아무리 되새겨봐도 놓친 곳이 없었다.

가슴이 더 답답해졌다. 그렇다고 누군가를 붙잡고 물어볼 수도 없는 노릇이었다.

"……."

문득 그는 등 뒤에서 한줄기 미약한 냉기를 느꼈다.

뒤돌아보니 등 뒤 빙벽에 폭이 반 치밖에 안 되는 좁은 틈새가 있었고, 그곳으로 차가운 바람이 솔솔 흘러나오고 있었다.

하지만 틈새 앞에 뒤통수를 바짝 대고 있지 않으면 느끼지 못할 정도로 미약한 바람이었다.

반 치면 손가락 한 마디도 안 된다. 그런 곳이 그가 애타게 찾고 있는 팔한지옥 중 한곳으로 통하는 통로일 리가 없었다.

그래도 행여나 하는 마음으로 한쪽 눈을 틈새에 대고 안쪽을 들여다보았다.

행여나는 과연 역시나였다.

틈 안쪽은 반 치의 폭으로 삼사 장쯤 이어지다가 그나마도 끝에 가서는 아예 붙어버렸다.

기대하지 않았으면서도 정작 통로가 아닌 것으로 드러나자 조금 맥이 풀렸다.

"⋯⋯!"

그런데 틈새에서 시선을 떼고 고개를 돌리던 화무린은 눈 끝으로 무언가 불그스름한 것을 느끼고는 흠칫 표정이 변했다.

회백색 일색인 얼음 틈새에 불그스름한 기운이라니⋯⋯. 그는 착각이려니 하면서도 다시 틈새에 눈을 갖다 댔다.

방금 전에는 틈새의 끝만 확인했지만 이번에는 틈새의 양쪽 벽을 주의 깊게 살펴보았다.

있었다.

왼쪽 빙벽 중간쯤 얼음 속에 무언가 얼음이 아닌 물체가 있는데 붉은 기운을 띠고 있었다.

빙벽 겉면에 얇게 덮여 있는 서리 때문에 뿌옇게 보였지만 빙벽 안에 갇혀 있는 것은 붉은색의 옷감 같았다.

그런데 자세히 살펴보니 작은 조각이 아니라 꽤 컸다. 얼음 안쪽을 거의 다 차지하고 있었다.

그의 눈길이 아래로 향했다. 붉은색은 거의 바닥에 닿아 있었다. 다시 시선이 점차 위로 향했다.

두 자, 석 자, 다섯 자가 넘었다.

그것은 전체적으로 위아래 한 벌의 옷을 누군가 입고 있는 듯한 형상을 하고 있었다.

호기심이 긴장으로 변하는 순간이었다.

'헛!'

그리고 붉은 옷 맨 위에 있는 것을 발견한 화무린은 깜짝 놀라서 황급히 틈새에서 눈을 뗐다. 하마터면 입 밖으로 경악성을 터뜨릴 뻔했다.

눈을 끔뻑이며 잠시 마음을 안정시킨 그는 조심스럽게 틈새에 눈을 대고 방금 자신을 놀라게 한 그것을 다시 쳐다보았다.

'사람이라니……!'

그렇다. 빙벽 안에 있는 것은 붉은 옷을 입은 사람이었다.

그것도 젊은 여자.

마치 당장이라도 빙벽을 깨고 밖으로 걸어나올 것처럼 생생한 모습이었다.

아름다운 여자였다.

이십이삼 세가량 되었을까. 긴 머리를 늘어뜨린 갸름한 얼굴인데, 무엇에 놀랐는지 큰 두 눈은 더 커다랗게 부릅떠졌으며 입도 반쯤 벌린 모습이었다.

그리고 아래위로 붉은 홍의 경장을 입었으며 오른손에는 한 자루 청강검을 쥐고 있었다.

더욱 자세히 보니 그녀의 목에서 피가 흐르다가 얼어붙어 있었다. 그것이 그녀를 죽인 결정적인 원인인 것 같았다.

그녀는 아마 구중천에서 무공을 배우려는 부푼 꿈을 안고 찾아왔다가 야차나 나찰에게 당했을 것이다.

아무도 그녀가 이런 곳에서 빙벽 안에 갇힌 채 죽음을 맞이한 것을 모르리라.

죽는 순간의 그녀는 또 얼마나 절박했을 것이며 겁에 질렸겠는가. 그녀가 짓고 있는 표정이 그것을 대변해 주고 있었다.

드그긍—

그때 빙벽하 전체가 지진이라도 난 것처럼 좌우로 둔중하게 진동하기 시작했다.

화무린은 두 발에 힘을 주어 균형을 잡으면서 빠르게 주위를 둘러보았다.

그때 십오 장에서 이십여 장 높이의 양쪽 빙벽에서 떨어져 나온 수많은 얼음 덩어리가 소나기처럼 아래로 쏟아져 내리는 바람에 그는 깜짝 놀라서 이리저리 피해 다녔다.

진동은 곧 끝났다. 하지만 진동이 몰고 온 결과는 그리 간단하지가 않았다.

방금 전까지 있던 협곡 빙벽하가 감쪽같이 사라져 버린 대신 폭 이 장에 길이 사 장 정도의 타원형의 공간으로 변해 있었다. 그 바람에 그는 졸지에 그 안에 갇혀 버린 신세가 되고 말았다.

'그렇군. 다음 지옥으로의 통로도 이런 현상 때문에 사라져 버린 것이로군.'

빙하는 땅이나 바위가 아닌 크고 작은 무수한 얼음덩이로 이루어져 있다.

그러니까 녹거나 얼면서 원래 있던 자리에서 다른 곳으로 미끄러질 수도 무너질 수도 있는 것이다.

게다가 빙하라는 것은 최초에는 작은 움직임이었다고 하

더라도 그것이 주위의 것들에 영향을 미치면서 점차 더 큰 움직임으로 발전하여 방금 전과 같은 큰 위치 변동을 일으키는 경우가 왕왕 벌어지곤 한다.

이런 현상 때문에 원래 구중천에서는 팔열지옥 쪽에서 팔한지옥 쪽으로 막힌 통로를 뚫는 작업을 한 달에 한 차례씩 정기적으로 행하고 있었다.

소군이 가르쳐 준 통로의 위치는 틀림없었다. 그런데 방금 전과 같은 현상 때문에 팔한지옥 쪽의 통로가 며칠 전에 봉쇄되어 버렸다.

그런데 정기적으로 통로를 뚫는 한 달의 기한이 아직 안 됐기 때문에 화무린이 찾지 못하고 있었던 것이다.

그는 주위를 둘러보았다. 여자가 갇혀 있던 빙벽의 틈새는 사라지고 없었다.

아마도 그녀는 중상을 입은 채 빙벽 틈새나 얼음 구덩이 속에 숨어 있다가 조금 전과 같은 현상이 벌어지는 바람에 졸지에 얼음 속에 갇혀 버렸을 것이다.

화무린은 자신도 재수가 없으면 한순간에 그녀 같은 신세가 됐을지도 모른다는 생각이 들자 이곳에 잠시라도 더 머물고 싶은 생각이 없어졌다.

위를 올려다보자 꼭대기까지는 이십여 장의 까마득한 높이였다. 하지만 그는 자신의 능력으로는 충분히 오를 수 있다고 판단했다.

그는 공력을 극한으로 끌어올린 후 두 발끝으로 힘껏 바닥을 박차면서 솟구쳐 올랐다.

이 좁은 공간에서는 일체의 바람이 없었으므로 순전히 공력만을 실은 쾌풍운을 전개했다.

한 번의 도약으로 오 장가량 솟구친 후 치솟는 속도가 떨어지려고 할 때 재빨리 발끝으로 빙벽을 찍는 것과 동시에 또다시 솟구쳐 올랐다.

그렇게 서너 차례 반복한 후 그는 어렵지 않게 꼭대기에 가볍게 내려설 수 있었다.

화무린이 지궁계에 도착했을 때에는 이미 사위가 칠흑처럼 어두워진 후였다.

돌을 치우고 은신처 안으로 들어서자 벌써 그의 기척을 알아차리고 입구 안쪽에서 기다리고 있던 아령이 몸을 날려 품속으로 안겨들더니 마구 얼굴을 핥았다.

"대가예요?"

먹물 같은 어둠 때문에 아무것도 보이지 않았지만 주자운은 자신의 품에 안고 있던 아령이 무슨 기척을 느꼈는지 쏜살같이 달려나간 것을 보고 화무린이 왔을 것이라고 짐작하여 구석 쪽에 우두커니 선 채 조심스레 물었다.

"응."

무뚝뚝한 화무린은 그저 짧게 대꾸했다.

그녀는 그가 하루 종일 무슨 일을 하는지, 또 어디에 다녀오는 것인지도 모르고 있었다. 그가 아무 말도 하지 않았기 때문이다.

그리고 그가 돌아왔는데도 그녀는 아무것도 묻지 않았다. 그저 어둠 속에서 주춤주춤 다가가서 그의 앞에 어깨를 조그맣게 모으고 가만히 서 있을 뿐이었다.

화무린은 아직 여자에 대해서, 그것도 주자운 같은 어린 소녀에 대해서는 아는 것이 전혀 없었다.

오직 생존과 돈을 모으는 일만이 목적이었던 그였기에 여자에게 한눈을 팔 기회나 여유가 없었다.

그러므로 그녀가 혼자 있는 동안 무슨 생각을 했을 것이며, 외로움이나 무서움에 떨면서 얼마나 화무린이 돌아오기를 애타게 기다렸을 것인지에 대해서는 모를 수밖에 없었다.

주자운은 혼자 있는 동안 자신은 강해야 한다고, 강해져야만 구중천에서 살아나갈 수 있다고 입술을 깨물면서 무수히 다짐했지만 그게 말처럼 쉬운 일이 아니었다.

날이 밝자마자 화무린이 은신처를 나간 후 그녀는 구석에 쪼그리고 앉아 아무 행동도, 아무것도 먹지 않은 채 입구만 바라보며 그가 오기를 기다렸다.

그리고 마침내 그가 돌아왔다.

마음 같아서는 그의 품에 안겨서 무서웠다고, 왜 이렇게 늦었느냐고 투정이라도 부리면서 엉엉 소리 내어 울고 싶었지만 입술을 꼭 깨물면서 참았다.

'무사히 돌아왔으니 됐어.'

사실 그녀는 외로움이나 무서움보다도 험한 팔대지옥에서 화무린이 무슨 일이라도 당하지 않았을까를 더 많이 걱정했다.

"자운아, 왜 그래?"

화무린은 주자운이 자신의 앞에 선 채 아무 말도 하지 않고 입술만 잘근잘근 깨물고 있자 한 걸음 다가서면서 손을 뻗어 그녀의 어깨를 잡았다.

"……!"

손을 통해서 그녀가 가늘게 떨고 있는 것을 느낀 그는 이번에는 그녀의 이마를 짚었다.

"어디 아프니?"

"아니에요. 그보다 식사는 했어요?"

"이제 먹어야지."

그는 손에 쥐고 있던 것을 내밀어 보였다. 그것은 잘 다듬은 열천의 물고기 몇 마리였다.

"됐다. 한번 입어봐라."

식사를 마친 후 화무린은 예전에 잡아서 벗겨두었던 몇 마리 짐승의 가죽을 엮어 제법 그럴듯한 주자운의 옷을 만들어서 내밀어 보였다.

주자운이 걸치고 있던 가죽 깔개를 벗자 칠흑 같은 어둠 속에서도 은은하게 빛나는 백옥 빛 나신이 적나라하게 드러났다.

그녀는 어둠 때문에 용기가 생겨 몸을 웅크리지도 않고 당당한 자세로 서 있었다.

하지만 굳이 밝은 대낮이라고 해도 화무린에게 자신의 나신을 보이는 것이 처음만큼 부끄럽지는 않을 것이라는 생각이 들었다.

그에게 알몸을 보이는 것은 추호의 수치심도 모욕감도 없었다. 다만 부끄러울 뿐이었다.

"자."

그녀는 화무린이 내미는 가죽옷을 허공을 더듬거려 받아 들고는 이리저리 만져 보다가 구멍에 팔 한쪽을 집어넣었다.

"아니, 그건 바지야. 팔이 아니라 다리를 넣어야지."

그때 화무린이 조용히 지적했다.

"제가 보여요?"

주자운은 눈을 동그랗게 뜨고 화무린의 목소리가 들려온 쪽을 바라보았다.

"그럼 내가 장님이냐?"

그의 말대로라면 주자운은 눈이 있어도 보지 못하니까 장님인 셈이었다.

"얼마나 잘 보이죠?"

"세 개의 머리카락이 너의 오른쪽 눈 위로 흘러내린 것까지도 보인다."

"······."

맙소사! 이 칠흑 같은 어둠은 화무린에게 아무런 장애도 되지 못했던 것이다.

주자운은 갑자기 온몸에 뜨거운 물을 확 뒤집어쓴 듯한 느낌을 받았다.

하지만 단지 그것뿐이었다. 조금 부끄러울 따름이지 견딜 수 없을 정도는 아니었다.

"그 정도면 됐다. 구중천에 올라가면 그들이 더 좋은 옷을 주지 않겠니?"

그는 곧 구중천에 올라가게 될 것이기에 그렇게 말했지만 주자운은 그의 막연한 희망 같은 것으로 받아들였다.

"포근하고 좋아요."

주자운은 색동옷을 입은 아이처럼 한 바퀴 빙그르르 돌며 참새처럼 재잘거렸다.

무서움과 화무린에 대한 걱정으로 조바심을 내던 모습은 말끔하게 사라진 상태였다.

순간 그녀는 화무린의 따스한 손이 느닷없이 자신의 입을 틀어막는 것을 느꼈다.

아니, 입이 막히는 것과 굵은 팔이 자신의 허리를 휘감는 것, 그리고 몸이 비스듬히 눕혀지면서 한쪽 방향으로 빠르게 쏘아가는 세 가지 동작이 거의 한꺼번에 일어났다.

그녀는 순간적으로 자신들에게 위험이 닥쳤다는 것을 감

지했다.

"숨 쉬지 마."

화무린은 주자운을 뒤에서 안은 자세로 입구 쪽에서는 잘 보이지 않는 후미진 곳에 등을 밀어 넣으면서 그녀의 귀에 대고 조그맣게 속삭였다.

주자운은 즉시 숨을 멈추었다.

그리고 질식할 듯한 정적이 흘렀다.

심장이 쿵쿵거리고 목의 맥이 꿈틀꿈틀 뛰는 것이 마치 천둥소리처럼 느껴졌다.

그러나 할 수만 있다면 그것마저도 멈추게 하고 싶었다.

방금 전에 화무린은 누군가 경공술을 전개하여 이쪽으로 빠르게 다가오고 있는 파공음을 감지했다.

사람의 모습을 직접 보지 않은 상태에서 누군가를 감지한 것은 지금이 최초였다.

그래서 서툴 수밖에 없었다. 상대가 몇 명이며, 어느 정도 거리에서 얼마의 속도로 쏘아오고 있는지, 무공 수위는 어느 정도인지 전혀 간파할 수가 없었다.

다만 어느 방향이라는 것 정도만을 겨우 헤아릴 수 있을 뿐이었다.

이것이 바로 경험이고 경륜이었다. 그는 낚싯대와 미끼는 준비됐지만 그것을 어떻게 사용하는지는 모르고 있었다.

파공음은 점차 가까워지고 있었다. 만약 미지의 상대가 주자운이 마지막으로 했던 말을 듣고 이곳을 목표로 하여 쏘아 오는 것이라면 최악의 상황이 초래될 것이다.

화무린은 후미진 곳에 숨어들어 주자운의 뒤에서 한 팔로 는 그녀의 허리를 안고 다른 손으로는 입을 가린 채 끌어안고 있는 자신을 한발 늦게 발견하곤 크게 자책했다.

지금 당장 야차나 나찰이 은신처 안으로 들이닥친다면 주 자운을 앞에 세운 자세에서 어떻게 대처할 것인가?

그가 발휘할 수 있는 수법은 귀명비혼이 전부인데 이런 자 세로 어떻게 도곤에서 비도를 꺼내 날릴 수 있다는 말인가?

후회막급이었다.

조금만 더 신중했더라면 더 나은 대처법을 생각해 낼 수도 있었을 텐데, 아니, 순전히 자신의 미숙함 때문이었다.

그렇다고 지금 움직이다가 약간의 기척이라도 낸다면 혹 시 은신처를 찾아내지 못했을지도 모르는 상대에게 '나 여기 에 있다' 하고 아예 가르쳐 주는 꼴이 될지도 모른다.

그는 입구 옆에 납작하게 엎드려 있는 아령을 착잡한 심정 으로 쳐다보았다.

아령 역시 낯선 자의 기척을 감지하고는 만약 그자가 안으 로 침입하면 공격하려고 준비 태세를 갖추고 있었다.

화무린은 자신이 아령보다도 못한 존재라는 생각이 들었다.

第二十六章

원수들

구중천
九重天

그때 이곳을 향해 쏘아오던 기척이 은신처를 스쳐 지나 점차 멀어져 가고 있었다. 천만다행한 일이었다.

하지만 화무린의 마음은 무겁게 가라앉아 있었다.

그는 깨달았다. 한순간의 작은 판단착오가 돌이킬 수 없는 파국을 초래할 수도 있다는 사실을.

화무린과 주자운은 평소에 서로에 대해서 아무것도 묻지 않는 것이 어느덧 불문율처럼 돼버렸다.

그것을 주자운이 최초로 깼다.

"대가는 무공을 할 줄 아나요?"

"응, 조금."

화무린은 간단하게 대답했다. 자신이 배운 조화무극이나 귀명도혼, 그리고 영물들을 잡아 내단을 복용했다는 사실 중 어느 것 하나라도 설명할라 치면 여간 길어지지 않을 것이기 때문이었다. 오랜 방황은 그를 말없는 소년으로 만들어 버렸다.

주자운은 조금 더 용기를 냈다.

"대가는 누군가요?"

듣기에 따라서는 막연할 수도 있는 물음이었다.

주자운은 잠시가 지나도록 대답하지 않는 맞은편의 화무린을 바라보았다.

이 지독한 어둠은 아무리 어둠이 눈에 익고 또 상대가 가깝게 있어도 도무지 적응이 되지 않았다.

"미안해요. 괜한 것을……."

주자운은 진심으로 미안해했다.

그리고 익숙해져 버린 침묵이 흘렀다.

이후 주자운이 마빈은 어떻게 됐을까, 우린 정말 함께 구중천에 오를 수 있을까, 황궁은, 아버님은 어떻게 지내실까 등을 생각하고 있을 때에야 화무린의 고즈넉한 목소리가 들려왔다.

"선친의 존함은 화운락(華雲珞)이라고 하지."

"아!"

순간 주자운은 나직한 탄성을 터뜨렸다. 놀랍게도 그녀는 그 이름을 알고 있었다.

"혹시 북경 천화장(天華莊)의 장주이신 화운락 대성학(大聖學)을 말하는 건가요?"

"응."

짧게 대답한 화무린은 감회에 젖어드는 것 같았다.

"아……!"

주자운은 감탄인지 신음인지 모를 탄식을 토해냈다.

화무린은 부친을 아느냐고 묻지 않았다. 부친은 워낙 유명했던 분이라서 웬만한 사람들은 다 알고 있기 때문에 주자운이 안다고 해도 그리 이상한 일이 아니었다.

황궁, 즉 자금성은 북경에 있고 천화장도 북경에 있었다. 그러므로 학문에 놀라운 재능과 지대한 관심을 갖고 있던 주자운이 화운락을 모를 리 없었다.

'대가가 천하제일의 학자였던 화운락 대성학의 아들이었다니…….'

주자운의 놀라움은 큰 정도가 아니었다. 그것은 꿈에서조차 상상하지 못했던 일이다.

천화장주 대성학 화운락.

그를 예찬하는 말이 있었다. '대성학 화운락이 모르는 것은 하늘도 모른다'.

또 이런 말도 있었다. '화운락을 제외하고 천하제일학자를 뽑은 후 두 사람의 학문을 비교하면 천하제일학자는 반딧불이고 당연히 화운락은 태양이다'.

더 이상 무슨 말이 필요하겠는가. 학문에 있어서만큼은 그는 걸어다니는 하늘이었다.

오죽하면 당금 황제로부터 '대성학'이라는 칭호를 하사받았겠는가. 물론 당금 황제는 주자운의 부친이다.

황제는 어떻게든 화운락을 곁에 두고 싶어서 일인지하 만인지상의 신분인 재상(宰相)으로, 또 그 당시 아직 서너 살에 불과하던 딸 주자운의 스승으로도 여러 차례 초청했으나 화운락은 그때마다 번번이 정중하게 사양했던 일이 있었다.

만약 화운락이 명의 재상이 되었거나 주자운의 스승이 되었더라면 환관 진고나 동창 제독 사마공 따위가 황제와 황궁을 쥐락펴락 농락하는 일 따위는 일어나지 않았을 것이 분명했다.

주자운은 조심스럽게 말문을 열었다.

"천화장은 구 년 전에 강도들에 의해서 멸문지화를 당했다고 들었는데……."

"강도라고?"

화무린은 싸늘한 냉소로 반응을 대신했다.

천화장이 멸문당한 후 누가 퍼뜨렸는지는 몰라도 그런 소문이 파다하게 퍼졌다.

물론 화무린도 소문을 들었다. 아마도 그 소문은 천화장을 멸문시킨 흉수들이 퍼뜨렸을 것이라고 그는 추측하고 있었다.

홍수들은 천화장을 멸문시킨 후 마치 강도의 습격을 당한 것 같은 흔적을 곳곳에 남겨두었고, 다음날 급보를 듣고 달려온 관군은 면밀한 조사 끝에 천화장이 강도 떼에 의해서 멸문당하여 단 한 명의 생존자도 남기지 못했다는 결론을 내렸으며, 그 사건에 지대한 관심을 갖고 있던 황제에게도 그렇게 보고됐다.

"강도가 아니었나요?"

총명한 주자운은 화무린의 냉소에서 천화장의 멸문지화가 강도들의 소행이 아니라는 사실을 직감했다.

이상한 일이었다. 화무린은 부친에게서 자신의 신분에 대해서 그 누구에게도 함구하라는 유언이나 다름없는 말을 들었다. 그리고 그것은 조금 전까지 굳건히 지켜왔다.

만약 누군가 그의 목에 칼을 들이대면서 말하기를 강요했다면 그는 숨이 끊어지는 마지막 순간까지도 말하지 않을 각오가 되어 있었다.

또한 온갖 달콤한 말과 물질로써 회유한다고 해도 눈 하나 까딱하지 않았을 것이다.

그런데 어째서 주자운의 '대가는 누군가요?' 라는 간단한 물음에 마치 최면이라도 걸린 사람처럼 그동안 견지해 왔던 철옹성 같은 침묵을 한순간에 와해시켜 버린 것인가?

지금껏 어떤 형태로든 그와 인연을 맺은 여자는 주자운까지 세 명이 전부였다.

삼 년 동안 같은 방에서 함께 목욕도 하며 살았던 상명은 누나 같은 존재였다.

소군은 화무린이 처음이면서도 또 유일하게 여자로 받아들인 사람이었다.

그녀를 보고 있자면 자연스럽게 안고 싶은 마음이 생겼고, 그녀의 알몸을 보면 욕정을 느꼈다. 그러므로 그가 소군을 여자로 보는 것은 분명한 사실이었다.

그리고 주자운은 몇 차례의 우여곡절과 만남 끝에 누이동생처럼 대하기로 결정을 내렸다.

혹시 그는 세 여자에게 각각 다른 반응을 보이는 것은 아닌가?

누나 같은 상명에게는 자신의 알몸이나 치부를 거침없이 보여주었으면서도 자신에 대해서나 속마음, 그리고 감정에 대해서는 일체 함구했다.

소군에겐 상명에게 했던 스스럼없는 행동 같은 것은 하지 않았다. 그녀하고는 뭔가 좀 더 대등한 관계 같은 것이었다.

그러나 설혹 그녀와 몸을 섞었다고 해도 결코 자신의 신분 내력이나 목적 같은 것을 말하지는 않았을 것이다.

그녀는 단지 한 명의 여자일 뿐이었다. 다만 그녀에겐 화무린이 자신의 감정을 허물없이 드러낼 수 있었다.

그리고 주자운에게는 듬직한 남자, 아니, 오라비 같은 존재이고 싶었을 것이다.

그런데 왜 상명에게나 소군에게도 말하지 않았던 것을 이렇게 쉽사리 토설하는 것인지에 대해서는 도저히 이해할 수가 없었다.

하지만 더 큰 문제는 한번 터져 나오기 시작한 속내가 그녀가 묻지 않았는데도 불구하고 계속 이어지고 있다는 사실이었다.

"그놈들은 강도가 아니었다. 무쌍신(武雙神)과 육천군(六天君)이라는 자들이었지."

그는 이를 갈 듯이 중얼거렸다. 마치 그 이름을 갈아 마셔도 시원치 않은 듯했다.

"무쌍신, 육천군……. 처음 들어보는 이름이에요. 어떤 사람들인가요?"

"나도 모른다."

그때 주자운은 자신도 모르게 흠칫 놀라 눈을 커다랗게 떴다.

맞은편에 앉은 화무린의 모습은 조금도 보이지 않는데 그의 두 눈에서 두 줄기의 은은한 금광이 뿜어지는 것을 발견했기 때문이다. 그녀는 사람의 눈에서 빛이 뿜어지는 것을 이 순간 처음 보았다.

"부모님을 죽이고 누나를 납치해 간 그들 여덟 명을 언젠가는 기필코 내 손으로 천참만륙 찢어 죽이고야 말겠다!"

그리고 화무린의 입에서 흘러나온 말은 그녀가 이날까지 듣고 보았던 그 어떤 것들보다 섬뜩했다.

그 말을 끝으로 화무린은 굳게 입을 다물었다.

그로서는 무려 구 년 만에 입 밖으로 꺼낸 분노였고, 수면 아래에 가라앉아 있는 거대한 빙산 같은 원한의 일각(一角)이었다.

주자운은 화무린의 말을 더 이상 듣지 못하는 대신 그의 거친 숨소리를 들을 수 있었다. 아마도 분노를 스스로 삭이느라 무던히 애쓰는 것 같았다.

주자운은 오늘 큰 소득이 있었다.

화무린이 대성학 화운락의 아들이라는 사실과 소문으로 들었던 강도 떼가 아니라 '무쌍신'과 '육천군'이라는 이상한 이름의 흉수들이 천화장을 멸문시켰다는 것.

그의 부모는 죽음을 당했으며 누나는 납치됐다는 사실, 그리고 그가 구중천에 온 이유는 '무쌍신', '육천군'에게 복수를 하고 납치당한 누나를 구하기 위해서라는 사실 등을 알게 된 것이다.

그녀는 화무린이 천황무록을 불과 보름 남짓 만에 읽고 이해했던 경이로운 사실을 이제야 어느 정도 이해할 수 있었다.

그가 하늘도 놀랄 만한 명석함을 지니고 있는 것은 대성학이었던 부친과 결코 무관하지 않을 것이다.

"너… 어떻게 한 거지?"

한참 만에야 화무린이 약간 갈라진 듯한 음성으로 입을 열었다. 조금 전의 섬뜩함과 분노는 말끔히 사라진 나직한 어조였다.

"네? 무슨……?"

"나를 어떻게 했기에 구 년 동안 한번도 입 밖에 꺼낸 적이 없는 속마음을 토해내게 한 것이지?"

그때 그녀는 자신과 화무린의 필연적인 운명의 나무가 이미 그의 심장 속에 뿌리를 내리기 시작했다는 사실을 깨달았다.

그가 구 년 동안 아무에게도 말하지 않고 비밀로 지켜왔던 멸문지화의 비밀을 주자운에게 스스럼없이 털어놓은 것은 그 자신도 모르는 이유 때문이었다.

주자운은 그것을 운명의 힘이라고 생각했다. 그리고 화무린이 아직 그것을 자각하지 못한 상태라고 판단했다.

그의 신분이나 목적을 알게 되어서가 아니라 이제는 그도 운명의 나무를 함께 키워 나가야 할 동반자가 됐다는 사실 때문에 주자운은 너무나 마음이 뿌듯해졌다.

화무린의 물음에 그녀는 아무런 말도 없이 그저 어떤 미소보다 아름다운 미소를 살포시 지어 보이기만 했다.

화무린은 가볍게 눈썹을 찌푸렸다.

"뭐야, 그 미소는?"

그는 자신이 몇 년 후에 그녀의 미소가 세상의 그 무엇보다 아름답다고 생각하게 될 것이라는 사실을 지금은 까맣게 모르고 있었다.

"아, 아버님……."

화무린은 잠든 주자운이 잠꼬대를 하는 소리에 잠에서 깼다.

그는 즉시 일어나 앉아 공력을 끌어올려 은신처 밖을 살폈다. 야차나 나찰이 주자운의 잠꼬대를 듣지는 않았을지 걱정스러워서였는데 다행히 아무런 기척도 감지되지 않았다. 하지만 그대로 내버려 두어서는 안 될 것이다.

"아아… 제발… 아버님을 그냥 내버려 두세요……."

주자운은 화무린이 덮어준 가죽 깔개 밖으로 두 팔을 내밀어 허공에 저으면서 잠꼬대를 계속했다.

악몽을 꾸는 것 같았다. 화무린은 즉시 그녀에게 다가갔다.

하지만 그녀를 깨우려던 그의 손이 뚝 멈췄다. 그녀의 얼굴에 공포가 가득 떠올랐으며, 땀이 송알송알 맺혀 있고, 몸이 가늘게 떨리고 있는 것을 발견한 것이다.

문득 그 자신도 멸문지화를 당한 악몽 때문에 무수한 밤을 두려움과 분노로 떨었던 기억이 되살아났다. 그리고 주자운에게 여린 동병상련의 연민을 느꼈다.

그는 땀을 부드럽게 닦아준 후 그녀 옆에 누워 감싸안듯이 가만히 안아주었다.

그러자 그녀는 기다렸다는 듯이 그의 품속으로 파고들었다. 그때부터는 더 이상 잠꼬대를 하지 않았고 떨지도 않았다.

그날 밤 그녀는 팔대지옥에 떨어진 이후 가장 편안한 잠을 잘 수 있었다.

"······!"

눈을 뜬 주자운은 자기가 화무린의 품속에 포근히 안겨 있는 것을 발견하고는 화들짝 놀랐다.

하지만 그녀는 움직이지 않은 채 뛰는 가슴을 애써 진정시킨 후 까만 눈동자를 살며시 굴려보았다.

화무린의 턱이 자신의 이마에 닿아 있고, 그의 팔이 등을 꼭 끌어안고 있는 것이 설핏 보였다.

그녀는 화무린이 자신을 안고 있는 것을 처음 알게 된 순간에도 그가 나쁜 의도를 품고 그랬으리라곤 추호도 의심하지 않았다.

아니, 그녀는 왜 이런 형국이 되었는지 다음 순간 곧 깨달았다. 그녀 자신은 언제나 그랬듯이 지난밤에 또 악몽을 꾸면서 잠꼬대를 한 것이 분명했다.

그래서 화무린이 안쓰러운 마음에 품에 안은 채 토닥여서 악몽을 쫓아주었고, 그래서 편안하게 잠잘 수 있었던 것이 분명했다.

주자운은 행여 화무린이 깰세라 눈을 감고는 꼼짝도 하지 않았다. 숨소리도 더욱 작게 했다.

마치 가슴속 깊은 곳에 따스한 물을 퐁퐁 솟아나게 하는 조그만 샘물 하나가 새로 생겨난 것만 같았다.

그 따스한 물은 온몸과 마음으로 퍼져 나가더니 끝내는 그녀를 구름 위에 올라탄 것처럼 행복하게 만들어주었다.

그녀는 화무린의 따스한 가슴에 살포시 뺨을 댔는데 거짓말처럼 잠시 후에는 다시 편안하고도 깊은 잠에 빠져들었다.

은신처에서 나오던 화무린은 크게 놀라서 그 자리에 얼어붙어 버리고 말았다.

은신처 바로 앞, 그러니까 작은 공터 한복판에 한 사람이 화무린을 향해서 책상다리의 자세로 앉아 있는 것을 발견했기 때문이다.

그자는 고개를 뒤로 젖힌 채 길쭉한 가죽 주머니의 주둥이를 입에 대고 무언가를 마시는 일에 열중하느라 화무린에겐 신경조차 쓰지 않았다.

화무린이 팔대지옥에서 사람을 본 것은 처음이 아니었다. 지금까지 최소한 열 명 이상은 보았으며 그들이 야차에게 죽음을 당하는 광경도 목격했다.

하지만 이곳 지궁계에서 야차나 나찰이 아닌 사람을 발견하긴 처음이었다.

더구나 눈앞에 있는 사람은 그가 여태껏 봐온 사람들과는 전혀 다른 모습이며 행색을 하고 있었다.

그는 화무린처럼 가죽으로 만든 옷을 입고 있었다. 다른 점이 있다면 화무린의 가죽옷은 얼기설기 대충 만든 것인 데 반해 그의 가죽옷은 재질이 가죽이라는 것만 같을 뿐이지 바깥세상에서 볼 수 있는 옷이나 거의 다름이 없을 정도로 솜씨있게 제대로 만들었다는 점이었다.

또한 그는 텁수룩한 수염과 구레나룻이 온 얼굴을 덮었으며 길게 자란 머리는 뒤에서 질끈 묶은 괴인 같은 모습이었다.

오른쪽 어깨에는 한 자루 도의 손잡이가 삐죽 튀어나와 있는데 가죽으로 감싼 모습이었다.

특이한 것은 괴인이 입고 있는 가죽옷과 도파를 감싼 가죽의 재질이 화무린이 입고 있는 가죽옷과 같다는 사실이었다. 그것은 그가 지궁계의 짐승 가죽을 사용했다는 뜻이었다.

괴인을 발견한 순간 화무린의 머릿속으로 수만 가지 생각들이 복잡하게 떠올랐다가 사라져 갔다.

도대체 이자가 누군지, 무엇 때문에 이곳에 앉아 있는 것인지 모를 일이었다.

그러나 한 가지만은 분명했다. 그가 야차나 나찰, 그리고 구중천에 관계된 인물은 아닐 것이라는 직감이었다.

괴인은 화무린이 은신처에서 나왔는데도 아는지 모르는지 가죽 주머니의 액체를 마시는 일에만 몰두해 있었다.

꿀꺽꿀꺽―

무얼 마시는 것인지 그의 커다란 목젖이 규칙적으로 오르락거렸다.

화무린은 바짝 긴장했다.

어젯밤 같은 실수를 다시 되풀이하지 않기 위해서라도 결정은 빠르고도 정확해야 할 것이다.

괴인을 죽여야 한다면 지금이 기회였다. 화무린을 무시하고 있는 것이 분명한 저 행위가 끝나기 전에 결정을 내리고 그것을 행동에 옮겨야만 한다.

화무린은 슬쩍 앞섶을 열어젖혀 가슴과 배 중간에 차고 있는 도곤이 드러나게 했다.

이제 수없이 연마한 귀명비혼을 펼치기만 하면 괴인은 여지없이 고슴도치가 되고 말 것이다.

거리는 불과 일 장 반.

괴인이 제아무리 절정고수라고 해도 절대 피할 수 없을 것이라는 것이 화무린의 확신이었다.

그의 생각은 그리 길지 않았다.

'적 아니면 친구'라는 평소 그의 지론은 지금 이 순간에 가장 적절하게 적용되었다.

내자불선(來者不善). 옛말에도 찾아온 자는 선하지 않다고
했다.

그는 결정을 내렸다.

괴인을 죽이기로.

그는 괴인의 어느 부위를 어떻게 맞출 것인지를 빠르게 생
각하며 두 손으로 귀명비도를 잡았다.

한 손에 두 자루씩 한꺼번에 네 자루가 먼저 발출될 것이
다. 직후 나머지 마흔한 자루가 순식간에 소나기처럼 쏟아져
나가게 된다.

최초 네 자루의 귀명비도가 발출되는 순간부터 마지막 귀
명비도가 발출되는 사이의 간격은 불과 반의반 호흡에 불과
하다.

"……."

그런데 화무린은 양손에 네 자루의 귀명비도를 잡은 채 발
출하지 않고 있었다.

그렇다고 살심을 거둔 것이 아니다. 아니, 그는 공격을 안
하는 게 아니라 못하고 있는 것이었다.

'뭐, 뭐야? 저자는 도무지 허점이 없잖은가! 게다가 내가
조금이라도 움직이기만 하면 온몸을 난도질당할 것 같은 이
섬뜩한 예기(銳氣)는 대체 뭐라는 말인가?'

그렇다.

괴인은 그냥 퍼질러 앉아서 무언가를 마시는 일에 열중하

고 있는 중이었지만 화무린은 그의 몸 어디에 귀명비도를 쑤셔 박아야 할지를 정하지 못하고 있었다.

얼핏 보면 괴인의 온몸이 허점 같았지만 조금만 신경을 써서 보면 허점이 단 한 곳도 없었다.

화무린은 자신의 눈을 믿을 수 없었다. 이런 상황이 벌어질 것이라고는 추호도 생각해 본 적이 없었다.

목표 없는 공격이란 있을 수 없다. 그것은 그저 허공에 대고 몸부림을 치는 것이나 다르지 않을 것이다.

게다가 화무린은 마치 보이지 않는 수십 자루의 날카로운 창끝이 자신의 온몸, 심지어는 등 뒤까지도 바짝 겨누고 있는 느낌을 받고 있는 중이었다.

어이없게도 그것은 결코 착각이 아니었다.

마치 찌는 듯한 더위나 뼛골을 저리게 만드는 추위를 온몸으로 느끼는 것처럼 너무도 생생했다.

물론 그의 앞쪽 바닥에는 여전히 무언가를 마시고 있는 괴인 혼자뿐이었다.

그러므로 현실적으로는 화무린을 겨누고 있는 여러 자루의 창 따위가 있을 리 없었다.

그는 빠르게 눈동자만을 굴려 좌우를 살폈다.

역시 아무도 없었다.

아무도 없는 줄 뻔히 알면서도 일부러 눈알을 굴려 확인을 해야만 할 정도로 그는 절박한 긴장감에 빠져 있었다.

강호 경험이 일천한 화무린으로서는 지금 자신이 느끼고 있는 이 괴이한 기운이 강호의 고수들이 뿜어내는 '기도(氣度)'나 '살기'라는 것을 알 턱이 없었다.

화무린의 이마와 양 뺨으로 굵은 땀방울이 흘러내렸다.

"크으! 어린 놈아, 네놈의 살기를 거두어라. 아니면 죽든가."

그때 괴인이 입에서 가죽 주머니를 떼면서 손등으로 입을 닦으며 말문을 열었다.

겉모습과는 달리 저음인데 음성의 끝 느낌이 마치 골짜기를 빠져나가는 삭풍처럼 허허로웠다.

그가 말을 하자 확하고 술 냄새가 끼쳐 왔다.

그가 마시던 가죽 주머니의 액체는 술이었다. 이런 곳에 술이 있다니 하나에서 열까지 이해하기 어려운 일뿐이었다.

화무린은 괴인의 말뜻을 금세 이해하지 못했다.

'살기를 거둬라. 아니면 죽든가.'

아마도 화무린더러 살기를 거두라는 뜻일 게다. 또한 살기를 거두지 않으면 괴인이 손을 써서 그를 죽이겠다는 뜻일 것이다.

거기까지는 알겠는데 살기라니? 자신이 언제 살기를 뿜었다는 것인가? 그가 이해하지 못하는 것은 바로 그 부분이었다.

"이놈이 그래도!"

순간 괴인이 가볍게 호통을 쳤다.

단지 그뿐이었다.

"......!"

그러나 다음 순간 화무린은 두 눈을 찢어질 듯이 부릅떠야만 했다. 자신의 얼굴 앞에 한 자루 도신이 불과 한 치 사이를 두고 딱 멈춰 있는 것을 발견했기 때문이다.

도신이 겨누고 있는 것은 얼굴 한복판의 미간과 콧등이었다. 만약 한 치 거리를 두고 멈추지 않았다면 화무린은 비명조차 지르지 못한 채 얼굴뿐 아니라 몸이 세로로 일도양단됐을 것이다.

그런데도 화무린은 두 눈 뻔히 뜬 상태에서 언제 어떻게 도가 자신의 코앞까지 쇄도했는지 보지도 느끼지도 못했다.

괴인은 어느새 화무린 앞에 우뚝 선 채 오른손으로 굳게 잡은 도를 뻗어 화무린의 얼굴을 겨누고 있었다. 그의 왼손에는 여전히 가죽 주머니가 쥐어져 있었다.

그 순간 화무린은 머리가 텅 비었다. 아무 생각도 들지 않았으며 아무 행동도 취할 수가 없었다.

그는 자신이 가볍지 않은 공력과 실력을 갖추었다고 나름대로 여기고 있었다.

더구나 얼마 전에는 비록 암습이었지만 야차도 한 명 죽이지 않았는가.

대단하다고는 할 수 없지만 그렇다고 어디 가서 꿀릴 정도는 아니라고 생각했다.

최소한 방금 전까지는.

그런데 그것이 한순간에, 그리고 한꺼번에 와장창 박살이 나버렸다. 누군지도 모르는 괴인의 일도에 말이다.

슥—

"이제야 어설픈 살기가 사라졌군."

그때 괴인이 느릿하게 도를 거두어 어깨의 도집에 꽂으면서 중얼거렸다.

순간 화무린은 깨달았다.

자신이 괴인을 죽이려고 결정했을 때 그 '살기'라는 것이 자신도 모르게 뿜어졌을 것이다. 그랬다가 괴인의 도가 코앞 한 치에 이르렀을 때 살기가 사라진 것이다.

살기는 상대를 죽이려고 결심하는 순간 뿜어진다. 그리고 고수는 그것을 감지하는 능력을 지니고 있다.

그러므로 살기를 뿜어내는 상대의 의도를 즉시 간파할 수 있는 것이다.

또한 상대가 은둔한 채 모습을 보이지 않는다고 해도 살기로서 능히 상대의 의도와 위치를 짐작할 수 있을 것이다.

화무린은 지금 자신이 처한 상황과는 상관없이 그런 것들을 순간적으로 한꺼번에 깨달았다.

살기를 감출 수만 있다면 상대에게 나의 의도와 숨어 있는 위치를 드러내지 않을 수 있다는 사실도 더불어서 깨달았다. 그것은 목숨을 건 싸움에서 가장 중요할 수도 있는 문제였다.

"너, 구중천에 선택받은 놈이냐?"

괴인이 화무린 바로 앞에 우뚝 서서 술 냄새를 풀풀 풍기며 대뜸 물었다.

이자는 구중천이 팔대지옥에 떨어진 자들 중에서 극소수를 선택한다는 사실까지도 알고 있었다.

도대체 이자는 누구라는 말인가? 그리고 얼마나 많은 것들을 알고 있는가?

화무린은 속으로 고개를 가로저었다. 보통의 상식으로는 이 괴인을 이해할 수 없을 것 같았다.

상식과 논리를 적용해서도 이해할 수 없는 일은 비논리와 비상식으로 접근해서 이해해야 한다.

짧은, 그리고 괴이한 만남이지만 화무린은 많은 것들을 배우며 깨닫고 있었다.

정말로 필요한 배움에는 반드시 위험이 따른다. 그것도 결과를 예측할 수 없는 미지의 위험이.

"당신에게 대답해야 할 이유가 없소."

상대가 자신을 죽이는 것이 여반장(如反掌)이라고 해도 고분고분할 화무린이 아니었다.

"선택받았으면 그냥 고분고분 구중천에 올라갈 것이지 무엇 때문에 이곳에서 얼쩡거리고 있는 게냐?"

"나는 선택됐다고 말하지 않았소."

"선택되지 않았다면 어째서 처음의 내 물음을 이해했느냐?"

"……."

화무린은 말문이 콱 막혀 버렸다. 상대는 화무린보다 무공이 월등할 뿐 아니라 경험이나 상대의 생각을 꿰뚫어 보는 능력까지 탁월했다.

조금 전에 괴인이 '너는 구중천에 선택됐느냐?'라고 물었을 때 팔대지옥에 떨어진 대다수의 사람들은 구중천이 누군가를 선택한다는 사실 자체를 모르고 있기 때문에 그게 무슨 뜻이냐고 되물어야만 할 것이다.

그런데 화무린은 '대답해야 할 이유가 없다'라고 잘라서 말했다. 그 말은 구중천이 사람을 선택한다는 사실을 알고 있다는 뜻이며, 선택됐기 때문에 누군가에게 그 말을 들었다는 뜻이기도 했다.

결국 화무린은 대답하지 않았으면서도 대답해 버린 우를 범한 꼴이 되고 말았다.

그는 자신의 바보 같은 행동에 화가 나면서도 상대의 예리함에 적잖이 감탄했다.

괴인이 칼을 들이대며 죽이겠다고 위협했다면 화무린은 죽일 테면 죽이라고 끝까지 버티며 대답하지 않았을 것이다.

그런데 괴인은 위협보다는 기지(機智)를 택했으며 결과적으로 원하는 결과를 얻어냈다.

설망어검(舌芒於劍).

세 치 혀가 칼보다 날카롭다는 것을 유감없이 보여준 것이며, 화무린의 강직한 성격을 몇 마디 말이 오가는 중에 간파하여 적절하게 이용한 것이다.

화무린은 괴인과 만난 잠깐 동안에 많은 것들을 깨달았으며, 또한 많은 것들을 배웠다.

"스스로의 힘으로 오르겠다고 고집을 부리는 중이냐?"

화무린은 괴인의 물음에 대답하지 않았다. 자신이 침묵하면 괴인이 그것을 인정하는 것으로 받아들일 것이라고 짐작하면서도 입을 굳게 다물었다.

입을 열수록 본의 아니게 손해를 보는 것 같은 미심쩍은 느낌 때문이었다.

"네가 이루고자 하는 것이 명성이든 원한이든 그 무엇이든 간에 하루빨리 이곳 구중천에서 원하는 무공을 완성한 후 천하로 나가야만 이룰 수 있을 것이다."

괴인이 말을 할 때마다 견디기 어려운 술 냄새가 풍겨 나왔지만 그의 말속에는 뼈가 있었다. 아니, 지금의 화무린에겐 진리일 수도 있는 의미가 담겨 있었다.

"세상 모든 일에는 시기가 있는 법이다. 목표를 이루지 못하는 대부분의 사람들은 능력이 모자라서가 아니라 사실은 시기를 놓쳤기 때문이지. 기회라는 것은 준비하고 기다리는 자에게만 오는 법이고, 시기를 놓친 자는 분루를 삼켜야만 한다. 이제 보니 너는 쓸데없는 고집으로 만시지탄(晚時之歎)을 범할 우둔한 놈이로군."

괴인은 긴 말을 특유의 허허로운 목소리로 느릿하게 이어 갔다.

하지만 그 말을 듣는 화무린의 머릿속에서는 뇌성벽력이 휘몰아치고 있었다.

그는 마치 눈앞에 끼었던 짙은 안개가 한순간에 걷히는 것 같았고, 그동안 자신을 가두고 있던 두꺼운 껍질을 깨고 세상으로 나온 것 같았다.

원래 그는 구나찰인 소군에게 한 가지 무공을 배우기 위해서 제 딴에는 머리를 썼고, 그래서 귀명비혼을 터득하는 소기의 목적을 달성했다.

그 후 그는 자신의 힘으로 팔대지옥을 통과하겠다는 소군과의 약속을 지키기 위해서 팔대지옥을 동분서주하다가 우연찮게 주자운을 구하게 되어 어쩔 수 없이 계획을 바꿀 수밖에 없었다.

소군이 떠나면서 자신과의 약속은 잊고 구중천에 오르라고 신신당부했지만 그러는 것은 그의 알량한 자존심이 결코 허락하지 않았다.

하지만 결과적으로 지금의 그는 소군과의 약속을 지키지도 못했으며 시간만 허비한 꼴이 되고 말았다. 영락없는 욕교반졸(欲巧反拙)의 꼬락서니인 것이다.

만약 주자운을 만나지 않았더라면 지금도 야차를 죽이기 위해서 팔대지옥을 헤매면서 돌아다니고 있을 것이다.

물론 소군에게 배운 귀명비혼은 뛰어난 비도술이다. 그러나 구중천에 올라서 배우게 될 무공에는 훨씬 못 미칠 터이다.

구중천에서 무공을 배운 후 무사히 무림으로 돌아가게 된다면 과연 실전에서 귀명비혼을 얼마나 자주 사용하게 되겠는가.

한 걸음 한 걸음마다 생사를 걸어야만 하는 살벌한 무림에서 싸움에 임할 때에는 아무리 많은 무공을 지니고 있다고 해도 그중 최고의 무공을 사용해야 하는 것은 당연하다.

그러므로 결국 귀명비혼을 사용할 기회는 그리 많지 않을 것이다. 아니, 어쩌면 한 번도 사용하지 못할지도 모른다.

결국 그는 반년이라는 세월을 허비했다. 다만 소군과 인연을 맺게 되었다는 것과 주자운과 해후했다는 결과가 어느 정도 위안이 돼주었을 뿐이다.

지식이라면 누구 못지않은 그였지만 이런 식의 실용적인 경륜은 턱없이 부족했다.

그가 장차 무림에서 활동하며 목적한 복수와 가문의 부흥을 이루자면 지식과 경륜이 모두 필요할 것이다.

괴인은 화무린의 표정이 복잡하게 변하는 것을 유심히 주시하다가 입을 열었다.

"아마도 너는 스스로의 힘으로 구중천에 오르겠다고 너를 담당한 나찰에게 공언한 모양이로군. 그것을 철회하는 것이 자존심 상한다면 내가 도와줄 수도 있다."

그는 구중천이나 팔대지옥에 대해서 모르는 게 없을 뿐만 아니라 상대의 심중을 꿰뚫어 보는 놀라운 능력까지 지니고 있었다.

"팔대지옥 열여섯 지옥의 신물을 네게 주마. 그게 싫으면 야차나 나찰의 면구를 주마."

그는 가죽 주머니를 허리에 차더니 품속을 뒤적여 한 손에는 작은 가죽 주머니를, 다른 손에는 세 개의 면구를 꺼내 들었다.

세 개의 면구는 눈구멍에 끈을 꿰었는데 마치 생선 두름 같았다.

게다가 그것은 놀랍게도 두 개는 야차의 혈면이었고, 한 개는 나찰의 녹면이 틀림없었다.

그렇다면 가죽 주머니에는 팔대지옥 열여섯 지옥의 신물들이 담겨 있는 것이 분명했다.

그는 그저 땅바닥에 굴러다니는 혈면이나 녹면을 운 좋게 줍지는 않았을 것이다.

그가 세 개의 면구를 갖고 있다는 것은 그 자신이 두 명의 야차와 한 명의 나찰을 죽였음을 의미했다.

"당신은 누구요?"

화무린은 평소 웬만해서는 상대가 누군지 묻지 않는 성격이었다. 궁금하지 않으니까 당연했다.

하지만 이 괴인의 신분은 정말 궁금했다. 그는 화무린이 일곱 살 이후 만난 사람 중에서 가장 호기심을 자극하는 인물이었다.

"알 것 없다."

쉽게 대답을 들을 것이라고 기대하지 않았던 예상이 맞았다.

"내게 볼일이 있소?"

"그동안 내가 지내던 집이 어떤 나찰에게 발각됐기 때문에 새 집이 필요하다. 그래서 너를 구중천으로 보내고 이 집을 사용했으면 한다."

그는 은신처를 집이라고 했다. 은신처는 당분간 지낸다는 의미지만 집은 얼마가 될지 알 수 없는 오랜 기간 거주하는 보금자리를 설명하는 말이다.

평소의 화무린은 누군가의 신분에 대해서도 궁금해하지 않지만 무언가를 묻거나 대답하는 것은 물론이고 아예 말을 하는 것 자체를 싫어했다.

그런데도 그는 괴인에게 계속 먼저 말을 걸고 있었다. 그만큼 괴인은 특이한 존재였다.

"당신이야말로 그것을 가지고 지금이라도 구중천에 오르면 집은 필요없을 텐데?"

화무린은 그의 양손에 들려 있는 물건들에게 슬쩍 눈길을 던지면서 말했다.

"그건 내 사정이니 너는 상관하지 말고 어떻게 할 것인지 나 빨리 대답해라."

괴인의 얼굴 아랫부분은 수염투성이라서 용모를 자세히 알아볼 수 없었다.

그러나 커다란 코와 그 위의 한 쌍의 눈이 정광으로 빛나고 있어서 화무린은 그가 사악한 사람은 아닐 것이라고 판단했다. 그렇다고 순순히 물러날 수는 없는 일이었다.

"그렇소? 그렇다면 당신도 내 집에 대해서 이러쿵저러쿵하지 말고 그만 가보시오."

순간 괴인의 눈에서 흐릿한 기광이 번뜩였다가 사라졌다.

"지금 당장 네놈을 죽일 수도 있다."

괴인이 처음부터 화무린을 죽일 생각이었다면 이런 식으로 구구하게 말을 늘어놓을 필요조차 없었을 것이다.

그 정도의 실력이라면 그저 칼만 한차례 휘두르기만 하면 될 일이었다.

그러나 그는 화무린을 죽일 생각이 없는 것 같았다. 괴인이야말로 쉬운 방법을 놔두고 어려운 입씨름을 하고 있었다.

물론 총명한 화무린은 그런 것들을 충분히 짐작할 수 있었다. 하지만 그것 때문에 괴인에게 당당할 수 있는 것은 아니었다.

"죽여보시오."

밟을수록, 그리고 핍박받을수록 튀어 오르는 고무공처럼 반발심이 생기는 것이 그의 강직한 성품인 것을 어쩌겠는가.

그러자 괴인은 '어?' 하는 표정을 짓더니 나직한 웃음을 터뜨렸다. 그에게는 화무린의 행동이 어이없기도 했고 흥미롭기도 했다.

"헛헛헛! 어린 녀석이 맹랑하구나!"

웃음소리가 너무 컸기 때문에 화무린은 깜짝 놀라서 급히 주위를 둘러보았다.

그걸 보고 괴인은 양손에 있는 것들을 품속에 갈무리한 후 태연하게 손사래를 쳤다.

"걱정 마라. 이 일대는 오전에 야차가 두 차례, 일몰 전에 나찰이 한 차례 지나가는데 야차가 첫 번째 순찰을 돌 시간은 아직 반 시진이나 남았다."

"……."

그것은 화무린도 모르고 있는 사실이었다. 그는 시간이 지날수록 괴인에게 짙은 호기심을 느꼈다. 과연 그는 그 많은 것들을 어떻게 알고 있는 것인가.

"정확한 시기는 모르겠지만 이 집은 내가 십여 년 전쯤에 발견하여 며칠 지낸 적이 있는데 그런대로 쓸 만한 집이다."

'십여 년 전쯤에?'

경악할 일이었다. 그렇다면 그는 팔대지옥에서 최소한 십 년 이상 머물고 있다는 뜻이 아닌가?

그 말에 화무린은 더 이상 그와 실랑이를 하지 않기로 결정했다.

"좀 들어오겠소?"

일단 결정하면 거침없는 화무린이다. 그의 뜻밖의 제의에 이번에는 괴인이 잠시 뜻밖이라는 표정을 지었다.

주자운은 은신처를 나갔던 화무린과 또 다른 사람의 말소리가 밖에서 들려오자 은신처 안쪽 입구 근처에 서서 발을 동동 구르며 어찌할 바를 모르고 있었다.

그러다가 느닷없이 화무린과 괴인이 연이어 안으로 들어오는 바람에 크게 놀라 그 자리에 석상처럼 굳어버렸다.

"오호! 이 녀석이 아예 이곳에 신혼살림을 차렸군!"

괴인은 밖에 있을 때 이미 주자운의 숨소리를 듣고 그녀의 존재와 성별, 나이가 어리다는 것까지도 간파했지만 짐짓 처음 알게 된 것처럼 너스레를 떨었다.

주자운은 화무린의 뒤에 숨어서 그의 옷자락을 잡은 채 놀라워하고 있었지만 그즈음 화무린은 웬만큼 괴인에게 적응해 있었기 때문에 경계심이 조금 사라진 대신 슬쩍 얼굴을 붉혔다.

"그런 게 아니오."

"허허! 팔대지옥 아래에서 꽃피운 사랑의 결실이라……."

"그런 게 아니라니까!"

괴인이 계속 놀리자 화무린은 더욱 얼굴을 붉히면서 버럭 소리를 질렀다.

두 사람의 그런 모습은 조금 전과는 판이하게 달라서 마치 오랫동안 흉금을 털어놓고 지내온 사이 같았다.

그런 분위기에 주자운도 슬며시 긴장을 풀고는 조심스럽게 괴인의 얼굴을 살펴보았다.

"흠, 변한 데가 없군."

괴인은 실내를 두리번거리다가 주자운이 안고 있는 아령을 발견하곤 가볍게 놀라는 표정을 지었다.

"음? 뭐야? 백령예를 길들인 건가? 아직 새끼이긴 하지만 놀라운 일인걸?"

그는 한눈에 아령의 종(種)을 간파했다.

그의 말에 정작 놀란 것은 화무린과 주자운이었다. 걸어다니는 서고(書庫), 즉 유각서주라고 불릴 만한 두 사람이 고서에서 백령예라는 글을 못 읽었을 리 없었다.

사실 백령예는 전설의 영물인 용이나 기린에 비견될 만한 영물이기 때문에 그 용맹함과 무서움, 영특함이 여러 고서에 제법 상세하게 기록되어 있었다.

두 사람은 새삼스러운 표정으로 동시에 아령을 쳐다보았다.

괴인이 말하다가 흥미로운 듯한 얼굴로 아령에게 손을 뻗었다.

"오래전 팔대지옥 아래 세상에서—지궁계를 가리킨다—백
령예 한 마리를 발견하여 길들이려다가 실패한 적이 있었지.
아마 이놈은 그 녀석의 새끼인 것 같군."

캬아—

쉬익!

순간 아령이 자신을 향해 뻗어지는 괴인의 손을 향해 번개
같이 앞발을 그어댔다.

그와 동시에 괴인은 바람처럼 뒤로 물러나고 있었다. 마치
아령이 공격할 것을 미리 알고 있었던 듯한 반응이었다. 당연
히 아령의 공격은 무위로 그쳤다.

스읏!

그러나 아령의 공격은 한 번으로 끝나지 않았다. 흐릿한 백
영이 허공을 가로지르는 것 같더니 어느새 괴인의 목전에 이
르러 여덟 개의 칼날 같은 발톱을 그어가고 있었다.

같은 순간 괴인의 도는 이미 도집에서 뽑혀 아령을 향해 그
어져 내리는 중이었다.

아령의 발톱에 괴인의 몸이 먼저 갈가리 찢겨질 것인지, 아
니면 그보다 앞서 괴인의 일도에 아령의 몸이 쪼개질지 예
측할 수 없는 상황이었다.

"멈춰!"

순간 화무린이 다급히 외쳤다.

사실 그는 처음에 괴인이 아령을 향해 손을 뻗을 때 소리를 질렀지만 성대를 울리고 혀와 입술을 움직여서 음성으로 만들어내는 그 촌음지간에 아령이 덮쳐 가고 괴인이 도를 뽑는 동작이 동시에 벌어진 것이었다.

찰나 괴인의 도가 아령의 몸 세 치 위에서 뚝 정지했으며, 그와 동시에 아령은 여덟 개의 발톱이 어느새 사라진 상태에서 앞발로 가볍게 괴인의 가슴을 딛고는 그 반동을 이용하여 주자운에게 되쏘아왔다.

괴인이 먼저 도를 멈추었는지, 아령이 먼저 발톱을 집어넣었는지는 분명하지 않았다. 아마도 동시에 이루어졌을 것이다.

괴인은 백령예의 무서움을 익히 알고 있었다. 아령이 비록 새끼라고는 하지만 엄연한 백령예이다. 그러므로 그 발톱에 베이면 죽거나 치명상을 입을 것이 명백했다.

그런데도 화무린의 외침을 듣는 순간 도를 멈추었으며 마치 약속이나 한 것처럼 아령도 공격을 멈추고 되돌아갔다.

아령이 화무린의 명령에 무조건 복종하는 것은 당연했다.

하지만 괴인의 행동은 목숨을 건 무언의 약속이었다.

아령이 공격을 멈추지 않았다면 지금쯤 그는 피를 뿌리면서 쓰러져 있을 것이다.

화무린은 그 순간부터 괴인을 완전히 새롭게 보기 시작했다. 대부분의 사람들은 방금 전과 같은 상황에서 일단 무조건 일도를 휘두르고 볼 것이다.

그런데 괴인은 발도하는 것보다 몇 배나 더 어려운 지도(止刀)를 하였다. 그것도 화무린의 말 한마디에 자신의 목숨을 내맡기면서까지 말이다.

그런 행동을 하는 사람은 두 부류뿐일 것이다. 아둔패기거나 정직한 사람.

물론 화무린은 괴인을 후자라고 판단했다.

"헛헛! 아직 새끼인 데도 꽤나 사납군! 하마터면 긁힐 뻔했어!"

그는 도를 꽂고 나서 짐짓 무섭다는 듯 너스레를 떨었다.

화무린은 천천히 괴인 앞으로 다가가서 정중히 포권의 예의를 갖추었다.

"저는 화무린입니다. 실례지만 존장께선 누구십니까?"

화무린만 상대를 알아본 것이 아니다. 괴인 역시 이미 화무린의 성격을 웬만큼 파악했기 때문에 더 이상 아웅다웅할 이유가 없었다.

"나는 단궁천(單弓天)이라고 하네."

"원래 단 선배님이셨군요."

화무린은 괴인 단궁천에게 궁금한 점이 한두 가지가 아니었기 때문에 무엇부터 물어야 할지 모를 정도였다.

"단 선배님께선……."

그가 입을 열어 물으려고 하자 단궁천이 불쑥 손을 내밀어

제지하고는 실내 한복판에 정좌를 하고 앉았다.

화무린은 책상다리로, 주자운은 무릎을 꿇고 단궁천 앞에 나란히 앉아서 그가 입을 열기를 기다렸다.

단궁천은 괴춤에서 가죽 주머니를 꺼내 술을 들이키더니 묵묵히 화무린에게 내밀었다.

못 돼도 족히 오십여 세는 넘었을 단궁천이 나이 어린 화무린에게 서슴없이 술을 내미는 것은 그가 번례(繁禮)를 싫어하는 성격이라는 뜻이다.

이미 술맛을 알고 있는 화무린은 굳이 그의 성의를 마다할 이유가 없었기 때문에 고개를 젖히고 단숨에 몇 모금의 술을 들이켰다.

주자운은 그 모습을 가볍게 놀라는 표정으로 바라보았다.

"콜록! 콜록! 콜록!"

그때 갑자기 화무린이 가죽 주머니를 입에서 떼고 허리를 구부리곤 격렬하게 기침을 해댔다.

술이 너무 독한 데다가 무지하게 썼기 때문이다. 쓰기로는 쓸개보다 더했고 독하기론 그가 즐겨 마시던 싸구려 화주(火酒)보다 열 배 이상이었다.

몇 모금 들이켰을 뿐인데도 입 안은 물론 목구멍과 뱃속이 활활 불타는 것만 같았다.

"헛헛! 독사주라서 역시 너에겐 무리였던 모양이로군!"

남들은 목숨을 부지하는 것만으로도 필사적인 팔대지옥에

서 단궁천은 술까지 담가 마셔왔다니 괴사도 이런 괴사가 없었다.

"괜찮아요?"

주자운이 화무린의 등을 쓰다듬으면서 걱정스레 물었다.

"하하! 너무 오랜만에 술을 마셨더니 목구멍이 놀란 모양이야."

화무린은 두 눈에 눈물을 글썽이면서도 기세 좋게 웃어 보였다.

그런 그를 단궁천은 깊숙한 눈으로 응시했다.

그는 화무린에게 가죽 주머니를 받아 다시 한 모금을 마신 후 묵직하게 입을 열었다.

"구중천이 생긴 지 얼마나 지났느냐?"

"아마 올해로 삼십 년쯤 됐을 것입니다."

"삼십 년이라……. 벌써 세월이 그렇게 흘렀는가?"

단궁천은 천장을 보며 아련한 표정으로 중얼거렸다.

"삼십 년 동안이나 이런 지옥에서 헤맸었다니 나도 어지간하군."

"아……!"

순간 화무린과 주자운은 경악을 금치 못했다.

말이 삼십 년이지 강산이 세 번 변할 장구한 세월이었다. 삼십 년 전에 화무린과 주자운은 세상에 태어나지도 않았다.

어떻게 이 지옥보다 더 험악한 곳에서 그토록 오랜 세월 동안 지낼 수가 있었다는 말인가?

두 사람은 너무 놀란 나머지 할 말을 잃은 채 넋 나간 얼굴로 단궁천을 바라볼 뿐이었다.

"나는 화산파 사람이다. 삼십 년 전 구중천에 대한 소문을 듣고 사문의 실전(失傳)된 도법인 정격도(霆擊刀)를 배우기 위해 이곳에 왔었지."

그 말에 주자운이 눈을 빛냈다. 마빈도 화산파 제자이기 때문이었다. 하지만 입을 꼭 다물고 다음 말을 기다렸다.

"그때 이후 나는 아직도 팔대지옥을 벗어나지 못하고 있다."

그 말을 할 때 단궁천의 얼굴은 더할 수 없이 어둡게 변했다.

그가 팔대지옥 열여섯 개의 신물과 두 개의 혈면, 한 개의 녹면을 언제 손에 넣었는지는 모르지만 마음만 먹으면 언제라도 구중천에 오를 수 있는 자격은 이미 넘치고 있었다.

그런데도 그는 그러지 않았을 뿐 아니라 오히려 팔대지옥의 신물과 야차, 나찰의 면구를 한낱 자신의 집을 확보하기 위해서 서슴없이 화무린에게 주려고 했다.

그에게는 구중천에 오르는 것보다 집을 얻는 것이 더 중요한 일이라는 말인가?

무슨 연유인지는 몰라도 그는 구중천에 오를 마음이 없는 것이 분명했다.

단궁천은 과거를 회상하다가 감정이 격앙되는지 고개를 숙인 채 무거운 한숨을 푹푹 내쉴 뿐 말을 잇지 못하고 있었다.

화무린과 주자운은 격동과 긴장으로 범벅된 마음을 다스리며 잠자코 기다렸다.

이윽고 한참 만에 단궁천이 긴 한숨을 토해낸 후 다시 입을 열었다.

"삼십 년 전 나는 사매와 함께 이곳에 왔다. 당시 나는 이십칠 세였고 사매는 이십삼 세였으며, 우리는 서로 지극히 사랑하는 사이였다. 이곳에서 정격도를 배운 후 화산파로 돌아가면 혼인을 할 예정이었지."

그의 눈빛이 흔들리기 시작했고 목소리는 가늘게 떨려 나왔다. 그로 미루어 그가 얼마나 격동하고 있는지 어렵지 않게 짐작할 수 있었다.

화무린과 주자운은 예상 밖의 이야기를 듣게 되자 적잖이 놀랐지만 내색하지 않았다.

"우리는 팔열지옥 중 한곳에 은신처를 마련한 후 숨어 지내면서 열여섯 개의 신물을 찾아내는 일에 전념했다. 당시 우리에겐 야차나 나찰을 죽일 만한 능력이 없었지."

그는 한마디 한마디에 뼈를 깎고 심장을 쪼개어 뱉어내는 것처럼 죽을힘을 다했다.

"팔대지옥에 떨어진 지 석 달이 지났을 무렵 우린 신물을 다섯 개 확보한 상태였다. 어느 날 나는 사매를 혼자 놔두고 은신처를 나섰다. 석 달 동안 우린 언제나 함께 다녔지만 그 날은 왠지 예감이 좋지 않았지. 은신처를 나서는 내게 그녀가 말없이 미소를 지으면서 손을 흔들어주더군. 그리고 그것 이… 그녀를 마지막으로 본 모습이 되고 말았다."

화무린과 주자운의 표정이 크게 변했다. 두 사람은 단궁천의 설명을 들으면서 그 당시의 상황이 눈앞에 생생하게 재연되는 듯한 착각을 일으켰다.

"좋지 않았던 예감은 안전하라고 남겨둔 사매에게 적중했다. 돌아와 보니 사매는 없었다. 나는 이성을 잃고 사매를 찾아 팔대지옥을 헤매고 다녔다. 그렇게… 삼십 년이 흘렀지."

단궁천은 천장을 응시하면서 어금니를 악물었다.

"사매는 죽었을 것이다. 살아 있다면 지난 삼십 년 동안 나와 마주치지 못했을 리 없지. 나는 사매의 시신, 아니, 유골이라도 찾고 싶은 것이다."

그것이 그가 팔대지옥을 떠나지 못하는 이유였다.

"야차나 나찰은 팔대지옥에 떨어진 사람들을 죽일 뿐이지 시체를 치우지는 않는다. 어쩌면… 짐승들이 사매의 시신을 먹… 어버렸을 수도 있겠지만… 그러지 않았기를 간절히 바랄 뿐이다."

눈물을 보이지 않으려고 눈을 부릅뜨고 있는 단궁천은 주먹을 움켜쥐며 쥐어짜 내듯이 뇌까렸다.

"하아! 말없이 미소를 지으며 나를 배웅하던 삼십 년 전의
그 모습이 아직도 눈에 선한데… 어찌 이 엄혹한 곳에 그녀를
혼자 놔두고 떠날 수 있겠는가? 그녀의 머리카락 한 올이라도
찾아낸다면… 나는 더 바랄 것이 없다."

이미 주자운은 화무린의 어깨에 기대어 몸을 떨면서 소리
없이 울고 있었다.

단궁천의 이야기는 지극한 순애(純愛)였다.

남녀가 서로 죽도록 사랑하는 예는 어디에나 흔하지만 죽
었을 것이 분명한 여자의 시신을 삼십 년씩이나 찾아 헤매는
경우는 고사에서도 결코 흔한 일이 아니었다.

그 어떤 상황에서도 외눈 하나 까딱하지 않던 목석 화무린
의 가슴도 이 순간에는 촉촉하게 젖어들었다.

고통은, 그리고 아픔의 본질은 같으므로 전염되는 것이다.
또한 고통스럽고 아팠던 과거를 품고 있는 사람들에게는 더
빠르고도 깊게 전염되는 법이다.

"이런, 내가 쓸데없는 얘기를……."

단궁천은 흐느끼고 있는 주자운과 침통한 표정인 화무린
을 보고는 어색한 표정을 지었다.

그때였다, 화무린의 뇌리로 그 무엇인가 섬광처럼 스친 것
은.

"혹시……."

순식간에 그의 입술, 아니, 목구멍 속까지 바짝 말라붙었다. 그는 이제부터 자신이 하려는 말이 거의 분명하다고 확신했다.

"사매라는 분은 혹시 붉은 옷을 입고 계시지 않았습니까?"

"……."

힐끗 화무린을 쳐다보는 단궁천의 얼굴이 순간적으로 멍해졌다.

콱!

"그렇다! 사매는 아래위 홍의 경장을 입고 있었다! 너는 그녀의 옷을 본 것이냐?"

다음 순간 그는 화무린의 어깨를 쇠갈고리처럼 억세게 움켜잡으면서 다그쳤다.

"으으… 그, 그렇습니다."

고통을 밥 먹듯이 당해왔던 화무린이었지만 어깨뼈가 당장이라도 조각나 버릴 것 같은 지금의 고통은 견디기 힘들었다. 하지만 그는 이를 악물고 참았다.

"어디에 있느냐? 다 낡은 옷 조각 하나라도 좋다! 가르쳐다오!"

화무린은 그를 좀 진정시킬 필요가 있다고 판단했다.

"옷 조각은 없습니다."

"……."

단궁천의 얼굴색이 눈에 띄게 하얗게 탈색되었다. 그녀의 혼적을, 옷 조각마저도 찾지 못할 것이라고 여긴 것이다.

"그 대신 이십 세 초반의 아름다운 여자 분이 예쁜 홍의를 입고 있었습니다."

"……!"

단궁천을 진정시키려는 화무린의 의도는 빗나갔다. 그 말을 듣는 순간 단궁천의 얼굴은 핏기 하나 없이 더욱 하얗게 변해서 밀랍처럼 변해 버렸다.

"그 여자 분은 한 자루 청강검을 지니고 계셨는데 제 생각에 그분이 단 선배님의 사매인 것 같군요."

"어디냐? 어디에서 그녀를 봤느냐?"

순간 거의 발작을 하듯 부르짖는 단궁천의 두 눈에서 불길이 활활 타올랐다.

『구중천 제2권 끝』

잠들어 있던 거대한 공룡, 중국이 깨어나고 있다!

세계의 중심으로 우뚝 부상하고 있는 중국.
그들을 알지 못하고서 어찌 글로벌 시대에
경쟁력을 갖췄다 할 수 있겠는가.

한 권으로 끝나는 중국 고전 시리즈

한 권으로 끝내는 중국 고전 길라잡이

■ 모리야 히로시 지음 / 장선연 옮김 | 값 12,000원

각 세계의 지도자들에게 지침서로 읽혀온
명저에서 핵심만 추출해 낸 입문자를 위한
실천적 고전 안내서!

한 권으로 끝내는 춘추전국 처세술

■ 마츠모토 히로시 지음 / 김미선 옮김 | 값 12,000원

예측 불허의 변수 속에 풍랑을 만난 조각배처
럼 표류하는 현대인들에게 등대가 되고 나침
반이 될 처세술의 비전!

한 권으로 끝내는 중국 고전 언행록

■ 미야기타니 마사미쓰 지음 / 연주미 옮김 | 값 12,000원

자기 계발과 경영 전략 등 현대 생활에 도움이 되는
내용을 명쾌하게 풀어낸 이 책은 지적 자극이
넘치는 최고의 실용서이다.

장대한 역사의 영고성쇠 속에서 태어난 실천적 지혜의 핵심!

군주는 현명하지 않아도 현인에게 명령을 하고, 무지해도 지식인의 기둥이 될 수 있다.
신하는 일의 수고를 더하고, 군주는 일의 성공을 칭찬하면 된다.
그 일만으로도 군주는
지혜롭다는 평가를 받을 수 있다.

한권으로
끝나는
중국 고전 시리즈

한 권으로 끝내는
중국 고전 일일일언
■ 모리야 히로시 지음 / 계 일 옮김 │ 값 12,000원

자신도 모르는 사이에 인생의 시계(視界)가 넓어지고,
인간관계의 폭이 넓어졌다면 본 서의 내용을 적어도 반
이상은 이해한 것이다. 삶을 윤택하게, 보다 지혜롭게
살고 싶어하는 모든 사람들에게 이 책을 권한다.

한 권으로 끝내는
노자의 인간학
■ 모리야 히로시 지음 / 장선연 옮김 │ 값 12,000원

오늘날 사회적 혼란보다 더 큰 문제는 우리의 심신 모두
가 너무나 약해져 있다는 점이다.
당장 힘들다고 쉽게 약해져 버리는 모습을 많이 볼 수
있다. 이렇게 되면 이토록 삼엄한 현실 속에서 살아남기
힘들다. 그래서 『노자』다.

한권으로 끝내는
중국 재상 열전
■ 모리야 히로시 지음 / 김현영 옮김 │ 값 12,000원

중국의 방대한 정치 비결이 축적된 역사책은
정치에 뜻을 둔 사람은 물론이고 조직 안에서
고군분투하는 여러분에게 시대에 따라 변하지 않는
정치의 요체를 알려줌으로써 '정치' 뿐 아니라
널리 조직을 운영하는 데 큰 도움을 줄 것이다.

잘나가고 싶은 사람은 읽어라!

그에게 한눈에 반했다! 그것은 분위기 탓?
애인과 나란히 걸어갈 때 당신은 좌, 우 어느 쪽에 서는가?
이성은 왜 서로 끌리는 걸까? 그 심층 심리를 해명한다!

30초의
심리학

■ **30초의 심리학**
아사노 하치로우 지음 / 계일 옮김 | 값 8,500원

처음 본 사람인데 와 닿는 느낌이
너무나도 강렬한 사람이 있다.
흔히 하는 말로 '필이 꽂힌 사람',
그래서 잊혀지지 않는 사람,
한눈에 반했다고 하는 것이 바로 그것이다.
이런 인간의 감정을 논하는 데
남녀의 구분이 있을 수 없다.
사랑하는 그, 혹은 그녀를
생각하는 것만으로도 가슴이 두근거린다.
이상할 것 없다. 당연히 그럴 수 있는 것이다.
그렇기에 인간을 감정의 동물이라 하지 않는가.
그러나 그렇게 좋아하는 그 사람이
어느 날 갑자기 싫어지는 경우는 왜일까?

Psychology